九州の歌人たち

現代短歌社

目次

インタビュー　森園　俊氏

九州の歌人たち

【凡例】

一、原則として二〇〇〇年までに没した九州在住の歌人を対象とした。

二、選歌は、各解説者が担当。企画編集委員の合議を経て、各解説者が確定した。また、略年譜も各解説者が担当した。

三、各作品の漢字、仮名遣いは、底本のままとした。

四、生涯執筆・インタビューは、それぞれ歌人にゆかりのある方に御願いした。

五、写真・色紙などの資料は、解説・生涯執筆者が探索し、御遺族や関係者・執筆者によって提供されたものである。

六、参考資料は、さらに探究をすすめたい方のために、各歌人に関わる主要な文献を、紙幅の許すかぎり掲げた。

浅利良道

明治30年（0歳）　十二月七日、大分県速見郡別府町（現・別府市）に生る。三男。父喜兵衛は十一代目を継ぐ醸造業。

明治39年（9歳）　肋膜炎にて百日余休学、この前後より生涯薬餌を離れ得ず。

明治43年（13歳）　六月、母逝く。

明治44年（14歳）　父脳溢血にて倒る。12月、大谷光瑞師により受戒、釈良道。

大正元年（15歳）　大分中学校入学。

大正4年（18歳）　入院、喀血。油絵と作歌を始める。聖書を読みはじめる。

大正5年（19歳）　大分中学病気退学。新築の家で老女を伴っての療養生活をはじめる。アララギ入会。歌書美術書を読む。

大正6年（20歳）　父、逝く。

大正7年（21歳）　徴兵検査、不合格。

大正12年（26歳）　病気軽快、覇王樹に入社。筆名速水冬樹。長歌を作る。

大正14年（28歳）　浅利良道の名を用う。

昭和3年（31歳）　「大分歌人」創刊。

昭和4年（32歳）　大分日々新聞歌壇担当。

昭和7年（35歳）　十月から翌年二月まで関西を経て上京、覇王樹社・岡麓・斎藤茂吉・子規庵を訪問。

昭和9年（37歳）　大分新聞歌壇選者担当。石垣村に移居、自炊生活をはじめる。

昭和11年（39歳）　日本歌人協会会員。浅利家没落、一家離散。

昭和12年（40歳）　関西を経て上京、岡麓を訪問。覇王樹社を去る。

昭和13年（41歳）　博物短歌会に入る。療養中の吉井鶴江と共同生活をはじめる。

昭和22年（50歳）　現象短歌会結成、「現象」発行、後「朱竹」と改題。

昭和25年（53歳）　鶴江入院。大分合同新聞社文化賞受賞。

昭和27年（55歳）　自炊生活に憔悴し、国立療養所光の園入院。

昭和37年（65歳）　光の園退院。これより晩年まで、知人宅を転々と寄寓。

昭和48年（76歳）　浅利良道歌集刊行会により『浅利良道短歌集』発刊。

昭和51年（79歳）　死後を託するための「無弓の会」（後「良道会」）結成。

昭和52年（80歳）　四月五日没。

銭費《つか》ふことが好きにて生れたる吾はかなしも銭無くなれば　昭和11年

今のことにきほへる友よ古の竹田の繪もわからねばならぬ　昭和16年

描く繪さへことば少なき方がよし一枚の上に柿二つ三つ　昭和17年

樂しくて書きつづけたるわれの繪はのち見む人も樂しからむか

大きな魚籠を買つた。何うするといふのでもなかつた。その技の秀れてゐるのに惚れたのであつた。

おほらけき魚籠のこの形精々《なりこまごま》と手ははぶくなく成りしこの魚籠　昭和20年

雲華玉潤

作りたる人の心がそのままに吾にかよふを尊しとすれ

日の暮のしばしの明り惜しみてぞ小床の上に伏して書讀む　昭和22年

いまいましくなりきて本を下に置く餡掛け豆腐などいふところにて

やめぬかやまだ日の暮の裏畑に鍬の音するもうやめぬかや　昭和24年

金冬心小傳讀後

貧苦の爲めに客舍に窮死すと金冬心もあああこれかこれか

わが部屋を外より見れば七厘がぽつねんとあり誰もをらぬに　昭和25年

まがなしきことを昔の人は言ふ「引裂き見れば括《くく》り戀しや」　昭和26年

あしたより飯《いひ》炊き飯くひ野菜を煮眠くなりたり寒き書過ぎ

飯すみてひとりしをればだんだんに暗くなりくるがらすの外は

竹の葉の部屋の中まで吹き散れど聖者の如くをるにはあらず

考へてゐてもつづまることはなし寝ませう寝ませうもう何時頃

遠つ人來りしごとき思ひにて書讀み止めぬ啼くほととぎす　昭和28年

先輩は如何なる老《おい》をおくりけむわが石濤よ金農よ八大山人らよ　昭和29年

松の間に灯ともれどほの暗しあれが良道歌の餓鬼の家

速水ツル、郷里鹿児島にありて死す。

逢ひたしと手紙のたびに書きおこす汝の心を蒙《くら》しとしたりき

昭和34年

思ひ出はさまざまなり。

いろいろのかたちとなりてあらはれし性のかなしみを今もかなしむ

離れ難き一生《ひとよ》の友にすぎずともいひける言葉知るとせざりき

十一日葬儀ありし筈なり。

一生《ひとよ》に幾たび哭かむ日のありや吾には盡きよ今日の日の限り

わが衣《ころも》汝が許にあり汝が衣わが許にあり永久《とは》に終らむ

わが頭巾も頭陀袋もみな縫つてくれたのであつた。

こまごまと縫ひし針目を見るさへに心忘れて吾は哭きにき

天涯の孤独といふはうるはしく匂ひたちてぞあるべきものを

昭和35年

蕗の薹一皮むきてそのままにさみどりを食ふぐじやぐじやに食ふ　昭和36年

岡麓先生晩年

ぼうつとして花が咲いたるやうな歌詠みたし詠まむと先生言はしき

『淺利良道短歌集』淺利良道歌集刊行會、昭和四十八年刊

一つづつ一つづつ箍《たが》がゆるみゆき箍ほぐるれば崩るるならむ　昭和46年

鏡に気づく

眉の毛のしまひ二三本長くのびこれがいけないのだいけないのだ長生をする　昭和48年

今さらに何を言はうやひとの家の二階に住みて歳七十八　昭和49年

詞書ありたれど消したる歌

今少し生きてゐる間に作る歌心打ちひらき樂しきを作れ

たなぞこをひるがへす如ひるがへし心飜し樂しきを作れ

『淺利良道遺稿集』良道会、昭和六十年刊

解説

阿木津　英

　生涯にわたって良道のもっとも深部に食い込んでいたのは、僧良寛の歌ではないか。遊ぶ童の無心にあくがれ、鞠つきをして時を忘れる無邪気をよろこんだ良寛だったが、背後には懊悩する繊弱なこころが潜んでいた。そのことを良道ほどよく知ったものはあるまい。良寛歌集に出会ったのは、良道二十三歳の年。以来、良道もまた、

　一人の子もんどりうてば佇みて見てゐし子等ももんどりうつも（二十九歳作）

　子どもらに心は負けてゐたりけりこの積極よこの貪欲よ（七十歳作）

と、生涯を通じて子どもをうたい、その戯れの生命力を、もとめる芸術の根底となした。いわば、現代の良寛と言ってもよい。

　掲出冒頭歌〈銭費《つか》ふことが好きにて生れたる吾はかなしも銭無くなれば〉は昭和十一年作、生家没落ののちの歌。身辺に置く物にも、身につける物にも、妥協しない美感の鋭さと潔癖は、生家の富裕に支えられていた。いまさら曖昧なものでは我慢できないおのれである。そういう困ったおのれを「銭費《つか》ふことが好き」というくだけた語彙によって、かるくユーモアを含んでうたう。病のやや軽快した三十代の研鑽は、良道の歌にしだいにこのような自在さをもたらしていった。

　昭和初期には新興短歌が隆盛したが、日中戦争が泥沼化する昭和十五年以後は戦場詠や大政翼賛歌が隆盛した。〈今のことにきほへる友よ古の竹田の繪もわからねばならぬ〉や次の魚籠を買う歌は、そんな時代の昭和十六年作。新しい歌壇情勢に勢い立つ友人に、江戸期の南画家田能村

竹田の絵もわからなければならないと説く。秋吉倉始は、追悼文に「先生の日常は、ほとんどが読書であり、思索であり、すぐれた古人の詩文、書画、四季折々の花鳥風月が唯一の友であった」と述べる。良道の関心領域は文学のみならず書画骨董におよんだ。歌にもそこから汲み上げるところが多かった。日本・中国の古人を友とし、不易の美の感覚を磨こうとした。西欧に関心が傾き、新を追いもとめがちな近代歌人の中にあって、まれな例である。

また、その審美の精神は、日用品である魚籠のようなものにも向けられる。職人の手技に惚れて使いもしない魚籠を買った歌は、

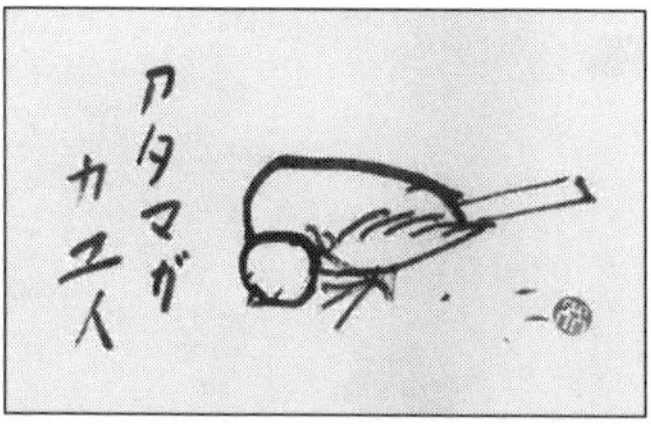

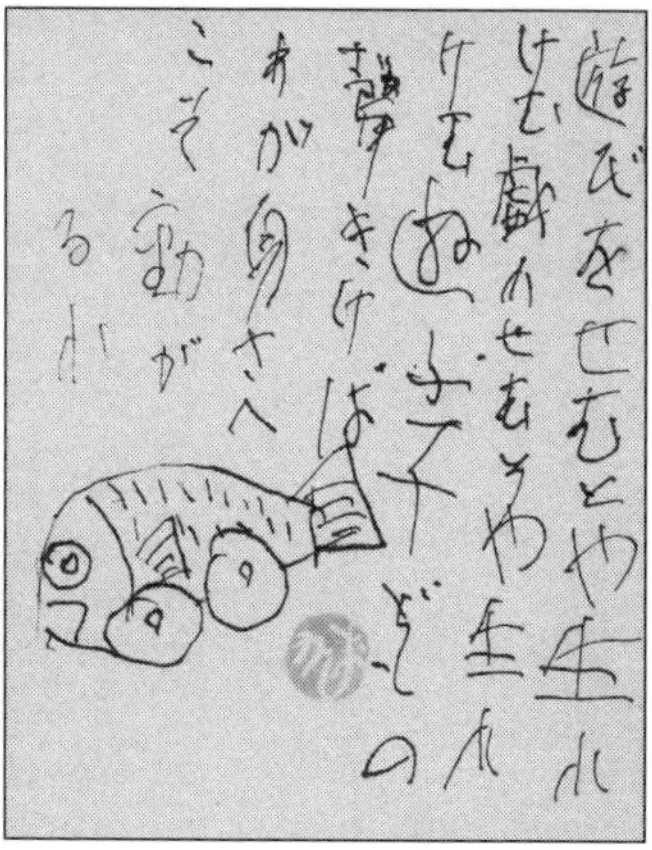

昭和二十年七月か八月頃の作。

「雲華」とは、茶道の土風炉や灰器につかわれるという雲華焼のことであろう。「雲華玉潤」とは、ぼやけた黒斑のある乳白色の地膚に潤いがあって美しいという意。焼きものを作った人の心がそのまま自分にかよってくるのが尊い、とうたう。芸術とはすべからくそうでなければならないと改めて悟るのである。

戦争歌は多くない。戦争の時代は、良道にとっては、世の喧噪に隔絶したかのように美の尺度を研ぎ澄ましてゆく日々であった。

たぶるものなしとする時貪りて飽かぬとはする聖《ひじり》の書を

考《かう》へて棚にをさめし一つ書心にかかるいついつまでも

昭和十九年作。この時期ことに中国の絵画書道の本を読みむさぼった。戦渦拡大してゆくなか、良道はぽっかりと生まれた真空地帯のような日々を過ごした。四十二歳の年より、同じく療養中の吉井鶴江（速水ツル）と共同生活を始めたことも、心に余裕と豊かさを与えたのだろう。この間、歌が飛躍した。生活の些事から解放されて思う存分歌に没入し、窮しながらも書を買うに躊躇わないささやかな我儘をなし得た。鶴江という共同生活者の支えあって、歌は充実し、言葉は自在、揺るぎない良道の歌風をひらいていった。

〈やめぬかやまだ日の暮の裏畑に鍬の音するもうやめぬかや〉は昭和二十三年作。戦中に増して食べ物は乏しい。日の暮れの薄暗い裏畑から鍬の音のするのは、腹の足しにと南瓜か何か植え付ける鶴江であろう。貧窮きわまってゆく日々に、金冬心の伝記を読む。金冬心は、清代の詩人・書家・画家。その末路を知って、おのが末路を思わないではいられない。

〈先輩は如何なる老《おい》をおくりけむわが石濤よ金農よ八大山人らよ〉は昭和二十九年作。石濤は、明王室の末裔として不遇ながら一七世紀清朝初期に活躍した画僧。縁戚関係のある八大山人より若いが、共に当時の四画僧の一人と称された。金農はさらに若く一八世紀半ばまで生きた書家・文人。良道は、胸中に棲む彼らを芸術上の先達とし、友として、その「老」を問う。石濤は晩年腕を病みながらも描き続けたというが、彼らはこのやっかいな「老」を如何に迎え、如何に乗り越えたのか。

昔見し石濤山水花卉畫册いま出して見て嘆《なげき》あらたにす
かくのごと至らむものの歌にして誰かあらむや嘆かひ深し

しかも、日暮れて道遠し。石濤におよぶような歌人は今の世に一人として見出せず、また己の歌もはるかに及ばない。嘆ずるばかりである。昭和三十三年作。

昭和三十四年、郷里鹿児島に帰って療養中であった吉井鶴江が没した。号泣が聞こえてくるような挽歌一連は、芸術一筋に生きた良道の人となりを伝える。鹿児島から鶴江が手紙のたびに書いてくる「逢いたい」という心情を「蒙《くら》しとしたりき」。そんな甘さを通俗情として良道は嫌ったのだったが、死なれた今となっては淋しがらせたことがつらい。

〈玉の如き心は思へ自律なき蒙き心は吾の悪みき〉〈愚かとは吾は思へど吾さへに世の事も性のことも幼なかりにき〉。女は、共に生活をしながら体に触れようともしない男に悲しみを感じたであろう。仕打ちに堪えつつ、ときには恨み言を洩らしたであろう。男は言う、「あなたは、離れ難き一生の友なのだ」と。妻などより「一生の友」であることの方がどれほどあなたを人間として尊重することであるか。いくら言ってもあなたはわからなかった。振り返ればそれは、自分が世間並みの事を知らず、性に対して幼かったせいかもしれないのだが――。

「すぐれた歌は、すぐれた生活から生まれる」というのが、良道の作歌上の信念であったという。

生涯

伊勢　方信
（歌人・「朱竹」代表）

浅利良道は幼少より虚弱で、生涯薬餌を離れることはなかった。十四歳で母と死別、十五歳のとき父が脳溢血で倒れたこともあり、孤独癖がつのり、この年の十二月、別府滞在中の大谷光瑞師により得度し釋良道を法号とした。十九歳の大正四年六月に喀血、画家への望みを捨て作歌を始めた。翌年、身辺の世話をする老女を伴って療養生活に入り「アララギ」に入会。良寛や長塚節に親しみ、中村憲吉と岡麓に私淑、岡麓には上京して直接に指導を受けた。

その翌年、二十一歳で父は他界し、別府有数の旧家浅利家も徐々に逼塞していくが、病弱なるがゆえ、定職に就くことなく、娶るなく、家なく、歌壇にも稀有な、清廉高潔な歌人として、歌一筋の道を歩み続けることとなり、「覇王樹」「博物」の有力同人として、短歌や文章の発表を続けた。また、二十九歳より、筆名の速水冬樹を浅利良道と改めた。

良道の、人や時流に阿《おもね》ることのない孤高の生き方は、性狷介とも受けとめられかねないが、短歌に対する姿勢や学びの確かさ、深さが人々を心服させ、天性の資質のようなカリスマ的な魅力を放っていた。

明治四十三、四年頃から始まったとされる、大分県における歌壇的な形成は、その後、各地で多くの歌会の結成と歌誌の創刊が行われたものの、どれも長くは続かず、結成と分散を繰り返しながら大正期を過ぎようとしていた。昭和十年に浅利良道が発行した大分県では初めての超結社による「大分縣歌人作品集」の後半に掲載された「大分縣歌壇史」によれば、大正十年から十五年までの五年間に県内で創刊された歌誌は九誌にものぼる。

このような現状が、大分における歌壇の発展を妨げることを良道は憂えて、昭和三年八月、僅か三十二歳で大分新聞（現大分合同新聞）学芸部の強い支持のもと、原常雄、瓜生鉄雄らと図り、各地で発行されていた六誌を統合し「大分歌人」を創刊した。昭和七年の「大分歌人」解散直後には、県内で最初の組織的・実質的な歌人集団となる「大分県歌人協会」を設立し、主事として各種行事の統括を行ったが、中央の結社に所属する会員の、地方での団結が進み、閉塞的とも言える結社意識が強まったことで、九年五月に解散せざるをえないこととなった。しかしながら、良道はこの年、三十八歳で大分新聞の選者となり、没年までの四十余年間に、多くの才能を発掘し育成した。

戦後の昭和二十一年、葉山耕三郎らが再編した「大分県歌人協会」（現大分県歌人クラブ）が歩みを始めたことを見定めて、歌壇の第一線を退いたが、二十二年には、戦後の社会不安の中で、短歌文学をして、そ

前列左から二人目が淺利良道、三人目が藤野武郎。

の本然の姿を探るとして「現象短歌会」を結成、「大分歌人」につぐ県内統合歌誌「現象」を創刊、十月に「朱竹」と改題し現在まで続いている。

なお、良道が昭和三年の「大分歌人」創刊号に載せた「お互いに勉強したい。一人でも歌よみがふえ、いい芽の人が生るれば、これに越した喜びはない」との精神は、その後の「大分県歌人協会」や「大分県歌人クラブ」の規約に引き継がれている。「大分縣歌人作品集」は「大分県短歌名鑑」として、歌人クラブの主たる事業に位置付けられていることからも、浅利良道の識見と求心力なくして、大分県歌壇の基盤は築けなかったと言える。

良道は、昭和五十二年宿痾により八十一歳で没したが、生前に刊行された歌集は五三二一首を収めた『浅利良道短歌集』のみ。没後、「良道会」により短歌八六八首および歌に関する感想、覚え書、短文、短章、随想などを一括して収めた『浅利良道遺稿集』と二宮冬鳥が序を認めた『良道長歌集』(長歌九十九首、反歌五十五首、旋頭歌五首。師岡麓の題僉)とが刊行されている。冬鳥は長歌集の序文の中で、浅利良道について「九州にあって評価が遅れ、藝術院会員への推挙を固辞した坂本繁二郎と同じ道を歩んだ」と記し、その作品を「たましいの清麗から発するもの」とも述べている。

【参考資料】
秋吉倉始「浅利良道先生の思い出」「大分合同新聞」昭和五十二年四月十六日付
石田比呂志「浅利良道私注」『夢違庵雑記』短歌新聞社、昭和五十二年
石田比呂志「長く暗い夜　浅利良道没後の大分県歌壇」『続・夢違庵雑記』短歌研究社、昭和五十五年
飛松實「感銘歌集再読　浅利良道長歌集短歌集」全六十九回、「高嶺」平成五年七月号~平成十一年十一月号

郊外に移居してはや一箇月

裏畑の人は朝來つ　畑つものあまたとりひき　籠に盛りてかへりてゆきぬ　かへるさにくれてしものか　氣につけば厨の棚に　一束は置かれてありけり　向畑の人は晝來つ　畝畝を歩き見廻り　あら草をこきてむしりて　かへるさに寄りてし言ひぬ　欲るものは何ぞととれと　門の田の人は夕來つ　かき均《なら》し種蒔きをへて　かへるさに縁に廻りて　腰かけて心くつろぎ　四方山の話かたりぬ　茶をすすめ吾も語りぬ　おしなべて人のこころは　自がからか直く優しき　つくづくと思へば嬉しき　まことにも思へば嬉しき　吾の心は

反歌

ここに来て心も安し病さへよろしと言へばよろしかりけり

麥打

こもり居て聞けばま近し　麥打の間なき響きや　出て見れば向つ田遠し　遠けども見つつ面白　村人のあまた出揃ひ　巡り棒持つや手に手に　ゆくらかにくるりくるりと　廻しつつはたりはたりと　打ち鳴らし鳴らし鳴らして　いやつぎにくるりはたりと　打ちてゐるかも

反歌

麦刈りて廣くなりたる田のおもて麦打の音はあたりに響く
巡り棒くるりくるりとめぐりつつはたりはたりと聞えくるかも
くるりくるりはたりはたりと巡り棒やまずめぐれば面白きかも

思ひ出の父　三

惡きマント要らぬ要らぬと　わがすねて腹立てしかばすぐさまに電話をかけて　遠き所《とこ》大き店より　取寄せて生地を見立てて　新しく作りてたびぬ　親馬鹿と昔申しき
わが父のみ心思へば　涙ぐましも

うごくものに

朝ごとに夕ぐれごとに　わが家に來るはらみ犬　乳房垂れ腹張り搖れて　餌を欲りに來るはらみ犬　この夏のいつにありけむ　家うらにつるみゐにしは　何も知らず自がせしわざも　うごくものにうごかされてぞ　かくのごと日ごと息づき　ものうくは求食《あさ》りてあるく　あはれや雌犬

作歌

僞りの歌を作れば　筆とりて直し直せど　いつまでも思ひきまらず　僞りをうたふつ

もりに　うたふにはつゆあらねども　わが心にごれるためか　きよらけく澄みえぬため
か　ひとすぢに思ひは出でず　よこしまに外《そ》れて苦しむ　そを思ひ然かとさとりて
人知れず心かなしむ　歌詠むたびに

子供等　二

來年より圖畫の先生に　なるなりとわが言ひければ　いたづらの村の子供等　そを信
じその友に言ひ　その友のまた友に言ひ　いつしかにみなおとなしく　なりにけるか
も

柿をわかつ

いやしき子はすぐわかる　もらひたる柿は隱して　二たびを得むものとする　甘き柿
澁きと言ひて　口しかめまた得むとする　よその者に多くやらずやと　わが籠のそば
を離れず　しかすがに性《さが》に生れて　かくのごと性に生ひつつ　あらはにも人には見せ
て　一生《ひとよ》をば思ふや思はずや　寂しくも經るらむ思へば　憎まれむや豈

硯を

わが有《も》つ硯　いつちよき硯　古樸に　重剛に　石のよさ刻《ほり》のよさ　わが友に　讓ると
昨夜《よべ》を見たりしが　今日の朝明も　見てをりにける

反歌

わき出づる泉《せん》のあまたができしときは硯は吾にまた返してよ

一つある傘

一つある傘なるものを　一つある傘なりけりと　言ひ得ずて人に貸しにき　をとつ日もその前の日も　前の日もきのふも今日も　降られつつ吾はをりける　いぶせき雨に

反歌

里芋をもらひに行くと里芋の葉に降る雨をききつつぞ行く

里芋の葉に降る雨のよく聞ゆ里芋もらひに濡れつつ行けば

芋の葉をかぶりながらに歸りをり芋を手籠に雨にぬれつつ

かへり來て

かへり來てひもじけれども　飯炊かむことのものうく　火をおこすことのよだけく　冷えきりしけさの蕪煮　戸棚より出してたべつつ　かんかんを探しいだして　煎餅をわがたべてをり　ともし火のもとに

反歌

ねころびて飯の代りの蕪煮をわがたべてをり外は宵の風

『良道長歌集』良道会、昭和五十三年刊

解説

阿木津　英

淺利良道が長歌集出版をもくろんだのは、昭和十二年のことだった。活版屋に組方見本をつくらせ、画家福田平八郎に表紙絵・見返しの絵・カットをもらい、わざわざ上京して岡麓に題簽までもらっていたという。良道が初めてもくろんだ自著の刊行は長歌集なのであった。

昭和四十八年刊行の歌集名が『淺利良道短歌集』であったことも、「短歌集」「長歌集」合わせて淺利良道作品集とする意志のあらわれであろう。長歌にこれほどまでに重みをおいた近代歌人は稀である。良道による「あとがき下書」には、「何うした動機から長歌を作り始めたか覚えていない」とある。万葉集巻頭の「籠もよ」の歌や三山の歌、良寛の長歌、子規・白秋・空穂など、親しんだ長歌を掲げるが、いつのまにかごく自然に作り始めたもののようだ。

掲出「郊外に移居してはや一箇月」は大正十二年、二十七歳の作。つぎの「麥打」は、大正十三年作。ことに「麥打」は良寛の長歌を連想させて、とても二十代青年の作とは思えないような老成ぶりである。しかし、この老成ぶりも、世に為すべきことを持たない病弱な青年のありようだと思えば、暖かい春の野辺にすわって村人の生活をうつらうつらと眺めているまなざしに若い愁いが匂い立ってくるようだ。

掲出の「思い出の父三」「うごくものに」「作歌」「子供等二」「柿をわかつ」は、昭和二年、三十一歳の作。昭和二年は長歌充実の時期で、長歌集におさめられたもの二十四篇を数える。野良の妊み犬をうたって生きとし生けるものの苦しみをあぶり出した「うごくものに」や、「いやしき子」のこの後の人生の寂しさを思い遣る「柿をわかつ」など、人間の生の深部にとどくまなざしをもつ。また、「子供等二」は村の子供の神妙な顔が見えてくるようで、こんな笑いをふくんだ長歌も忘れがたい。

自然に大胆に大分弁を取り入れているところも目を引く。昭和十年作「かへり来て」のなかの「火をおこすことのよだけく」の「よだけし」は、本来古語だが、大分方言「よだきい」として残っている言葉。気怠い、かったるいという意味である。缶を「かんかん」というのも耳慣れているが、どこでも言うものだろうか。

良道が長歌をもっとも作ったのは大正十二年から昭和十年あたりまで、その後、断続的に続き、昭和十九年の作で『良道長歌集』は終わる。松岡隆夫の後記によると、短歌集出版後まもなく長歌集編集にとりかかったが、転居を重ね、体調不良のうちにも「一点一画をもゆるがせにせぬ仕事ぶり」によって難渋したという。それでも「あとがき」だけを残して完成させたのち、昭和五十一年年末、最後の入院をした。序文は二宮冬鳥の筆。

「眞實のみを歌ひつづけた西田嵐酔も、清冽な精神を貫いた淺利良道も、ともに九州の一端で坂本繁二郎と同じ道を歩んだ。本當の「人間の為事」といふものは、そのやうにしてなされるものであらう。」「私は、良道作品を歌の源流だともいつた。この長歌集を繙けば、さらに、そのことが如實に感得せられることと思はれる。それは、ひとへに、作者のたましひの清麗から發するものであるが、現在の歌壇は、この長歌集に對して、みづからを羞恥するところがなくてよいであらうか。」(二宮冬鳥「序」)

インタビュー

亀ノ井別荘隠居　中谷健太郎氏

《聞き手・阿木津　英》

中谷　久しぶりにこうして本を並べてみると、少し思い出しました。こういうもの（短歌集）をやるときも、正字でないものが五つ以上あったときは「わしゃ本を破って捨てる」とかおっしゃるんで（笑）、すごく厳しいんです。

活字はまっすぐに並んでいても字列はまっすぐには見えないんで、薄い鉄板を入れたりして補正するんですが、植字工のおじいちゃんが「わしはここまで言われるのは初めてじゃ」と言いながら、直してくれる。もう、ぴしっと言われますからね。「ちょっとどうかなあ」とか、そういう言い方はなさいません。「ここおかしいじゃないの、どうしたんかい」と（笑）。この本の箱も、天地背表裏と五個切って糊で仕上げるんですが、この角がぴっと立ってなきゃ「あんた箱じゃないで」（笑）。

方法論をおっしゃったのか、ただの我が儘だったのか（笑）、そこは恐れ多くて聞いてないんですが。これ（クロス）を探し歩くのが、僕の仕事でした。僕は短歌はお弟子筋じゃなかったですから、そんなに手厳しくは怒られなかったけれども、それでもおっかない（笑）……。

これ（長歌集）のとき、紙がなかなか承諾を頂けなくて、臼杵にいる紙屋さんに漉いてもらったんですけど、その人もガンコな人で、ガンコさんとガンコさんの間を行ったり来たりしまして。木の繊維のようなものを散ったままに漉いてもらった。それと、本にするときに、こういうやり方がこの辺（大分）ではよく分からなくて。

――ちょっとフランス装みたいな。

中谷　そうですね。町場、東京へ行けばどうってことはなかったんでしょうけど、大分で作ろう、ということで、ここはちょっと糊が利きすぎて、お叱りを受けるかなあ。まあ、ぎりぎりか、と、みんなでびびるんです。

――この出版時には良道さんはもういないんで……

中谷　でもやっぱり、まぼろしが出て来る（笑）。みんなで、こりゃあ、と頭を抱える。

――中谷健太郎さんと言えば、由布院の映画祭など町造りで有名な方ですが、浅利良道さんとこんなに接触のあった方だとは知らなかったんです。自筆年譜によりますと、昭和三十八年、「三月二十五日、中谷健太郎氏ご一家と知る」。良道六十七歳のときです。

短歌集、長歌集、遺稿集。いずれも中谷氏の装幀。

中谷　僕は昭和三十七年、二十八歳のときに東京から帰ってきました。三十八年というと、ここを売っぱらって撮影所に戻るか、嫌々宿屋をやらなきゃならんかと迷っていた頃です。

――良道の方も三十七年十二月に、十年ほどいた別府の国立療養所「光の園」を退所、湯布院町八山の内田家に寄寓しています。

中谷　由布院短歌会（後、朱竹会）というのがあって、うちの母親もそのメンバーにいたような気がします。

――昭和四十六年刊行の『浅利良道短歌集』あとがきには「ここは中谷家の一隅である」とあります。昭和四十五年十月から、中谷さんのところに移ったのですね。

中谷　四十五年の四、五月頃に宿屋をやっていけるかどうか、可能性を調べるためにドイツに行って、五十日間帰って来なかったんです。帰ってきて、「よしっ、やれる」となった直後ですね。音楽祭・映画祭とか、馬車を走らせるとか、ヨーロッパかぶれでカリンカリンになってたころに先生をお迎えしてますね。みんなも短歌や絵画にわぁっと集まる勢いがうずまいていたころです。

旅館の裏手の離れ家に川向うの一膳飯屋から仕出しをするという話をつけたのは私の母で、ときにわが家からも差し入れをして、そういう流れのなかで朱竹の湯布院分会ができて、そこに若い者らやお年の方々がいらしてました。先生の離れは六畳と四畳半でしたから、ちょっと人が集まると余裕がなくて、旅館の方で短歌会をずいぶんやりました。

床の間を背にした先生は凜然と、「あんたたちは歌の中ばっかり籠もって、それじゃあだめなんじゃ。歌は漏斗みたいなもんで、こう上が広く開いておってから、ずうっと細いところを通って歌に集まるんじゃ。あんた上が開いちょるかい？　あんた開いちょらんのかい？」

そんな批評が面白かったんでときどき加わったんです。「健太郎さん、あんたも出さにゃいかん。すみっこの方におるだけじゃいかんよ。」と言われて出したのが、「こどもの日海軍大将夢見たる古き湯船に今浸りおり」。大方の人から発想が陳腐だと酷評をいただきました。

そうしたら先生が「あんたたちはそういうことを言うから駄目なんじゃ」「昔を思うちょろうがい。思うたところから今がぽんとでりゃいいんで、構成がどうのこうのとか言いなさんな」。それとか「購いしゴッホ画集を携えて今日快晴の海辺を歩く」、それがどうしたの、とみなさんから酷評を受ける。良道先生は、「ゴッホに憧れるとか、そういう大きな漏斗の上のようなものが問題なんで、巧いとか下手とか、言いなさんな」、ニコリともなさいませんからねえ（笑）。身勝手な先生の道場というか、そんな集まりでした。

掃除に来られる人なんかもすごく叱られるんです。乙津きえさんなんか、ほんとにいいおばさんで、湯布院でも名家なんですが、しょっちゅういらして片付けしたり、きめ細かくなさる。そして叱られる（笑）。おばさんたちもそれが嬉しくなくはないというか、自分が尊敬する先生に身近にお仕えして、密着して叱られるというのもまんざらでもないという感じでしたね。佐藤さんなんか、「あんた、ほんとにいいおばあちゃんだったんですが、「あんた、少しは物を考えよるのかえ？」。うちにアヒルを飼っていて、そのへんをこっこっ歩いていたんですが、「あんたあのアヒルぐらいは考えよるんかい?」そんなことを言われても答えられない（笑）。そういう空気が、なんかおかしくて、おばさんたちも、けっこう生き生きしていました。

大崎聡明という写真家がいまして、わがままで、思ったとおりに写真をとる世間知らずの魅力的な人でしたが、その人に良道先生を撮っていただいたときには、これはもう失敗で。「先生、身体は向こう向いたままで、ひょいと振り向いてください。いいですか。ヒョイ。ヒョイ。」（笑）。

そしたら先生も、最初はヒョイヒョイしてらしたけど、とつぜん向き直って「このことに何の意味があるんかえ?」（笑）後から思うと、淺利先生はにこりともしないで仰ってたけれど、ほんとはヒョイとか言いながら、一寸だけ面白がっておられたんじゃないですかね。

――ここを引き払われたのは?

中谷　弟が結婚して、母親の行き場がなくなったのです。そのあとも湯布院にだいぶ居られたと思いますけど。佐土原の乙津さんのところにも居られて、八山の内田さん所や、湯の坪の藤野さん所、岩男病院に入院のかたちをとっておられたこともありました。

――そんなに居所が定まらなかったというのは金銭的な問題があったんですか。ふつうは借家でもするところなんですが。

中谷　金銭的なこともあったでしょうが、病気の老人をお世話するという部分がなかなか。夕べは熱が出たとか、吐き気がしたとか……。そういうことになると、アパートを借りるという感じじゃないですからね。家に病気のご隠居がひとり生まれたなという……。

――そこまでお世話が必要だったんですね。お家賃はあったんですか。

中谷　お家賃とかそういうのじゃなくて、いろんな人が結び合ってお助けするという。簡単な下着とか、足袋とか襦袢とかは、どなたかが預かっていって洗濯してくる。冬は寒いからこれ、夏になったらこれと、そのつど着る物を整える。

――普通はそんな病人を養うと夫が言い出したら、奥さんは大変ですよね。

中谷　うーむ。ある意味カリスマでしたからねえ。

著名ではなくても、あの方の風貌と、周りをとりまく状況を見ると、これは、この人をお断りするわけにはいかんなあ、と、そういう感じが漂う方でした。よくものを知っておられたし。世間的な知恵はそぎ落としたのか、欠陥的になかったのか（笑）わかりませんけど、ちょっと異様な上等さを持っておられましたから。おばさんたちにとっても、自分が憧れていながら、生活のためにそぎ落としてきた、とても大事なものを良道先生が体現しておられた。

洗濯とかお掃除とか、そういう事はみなさんの勤労奉仕で。藤野さんや松岡さんのお家では奥さんが全部おやりになったんだと思いますね。だから一定の時間が経つと、悪いけども先生、そろそろ……ってなりますよね。

——食べ物の好みはうるさかったのでしょうか。

中谷　元々、高等遊民というか、お金持ちの家のお生まれですし、美味しい物や珍しい物をいつも食べて育った方でしょう。だから「今さらそんなものわしはいらんで」というダンディズムをずっとお持ちでした。だけど、下駄が汚れているのは「こらえられん」という、そういう、美意識はひじょうに強かったですね。

字も好きだとおっしゃって、毎日書かれる。こうとか、たくさんお書きになっていらっしゃいましたね。（横一棒）だけとか、こう（縦一棒）だけとか、◯ね。紙があって、墨があって、墨がにじむ、それだけで楽しい。練習というよりは、お遊び。作品を、というときには書き崩しがこんなに（山のように）なっていましたね。

墨もいろいろお持ちでした。僕もちょっと欠片をいただきましたけど、中国の青墨は、「これはいい墨だ」とおっしゃっておられた。いろんなお宝をもっておられました。

八大山人の掛け軸を掛けたから見にこないかとか連絡を頂いて伺うと床に向かって正座しておられた。とてもおしあわせそうでした。

——近代短歌はいったいに西洋の知識や思想への関心を強く持ってきたのですが、淺利良道はむしろ中国とか日本の、とくに南画などに関心が深く、東洋美術にとても造詣が深かったようです。

中谷　時代もあるかもしれませんね。先生のお若かった頃の大分には、磯崎新さんのお父さんの磯崎藻

由布院佛山寺の淺利良道歌碑。「この郷をかこみてよろふ高山も低山もなべて雪降りつもる」、裏面には「萬里一條鐵」と彫られている。昭和五十五年四月建立。

次、竹の生野祥雲斎、医師の辛島詢二など、後に語られるような、よく物を知った方達がおられました。別府もすごいお金持ちの時代で、京都から大工さんや庭師さんを呼んで、現在まで残っているような名家もあります。大阪からも船がどんどん入ってきて、熱気が渦巻いていたようです。

——別府という地の文化が良道を育てた側面もあるのですね。

中谷　別府には、アメリカ航路の船が立ち寄ったり、海軍の連合艦隊が入ったりして非常に開けていました。京都や金沢とはまた別の、わあっとしたエネルギーに溢れていたようです。中国は相当近かったでしょうし。

その別府の生え抜きの財閥で、身体が弱くて、十分な羽ばたきが出来なかった良道先生。だから「萬里一條鐵」（禅語・硬い一本の鉄線が千里万里を通して貫いているという意）ってのは佛山寺庭内の歌碑の裏にも彫ってありますけど、先生はいつもこの言葉を書いておられました。

先生は長歌集を大事に思っておられましたね。短歌集を出す時に、本当は長歌集だなぁと仰ってました。長歌集は、ところどころぽっと現代風の言葉が出てきたりして、なんか伸びやかな感じがある。あんまり不幸じゃない感じ（笑）。

「おいしいものがあるからどうですか」とご連絡すると、上等の帯をキメキメに締めて、おしゃれな帽子をかぶってやって来られる。お酒を三杯か四杯、飲んで黙っておられる。おいしいものを食べて、おしゃれするのは、ほんとうはお好きだったようですね。良い環境であったら、もっと野放図に、いろいろなされた方かもしれませんね。

徳田白楊

明治44年（0歳） 五月二十八日、大分県大野郡上緒方村徳田にて、父・虎三郎、母・ヌウキの二男として生れる。本名は森下文夫。長兄・武夫。三男・兼夫。四男・邦夫。

大正3年（3歳） 伯母に養育される。

大正4年（4歳） 三月生家に帰る。

大正7年（7歳） 上緒方村小学校に入る。

大正12年（12歳） 三月、父と別府温泉に遊ぶ。

大正13年（13歳） 竹田中学校に入る。

大正14年（14歳） 小説を書き、謄写版雑誌「ポプラ」を発行。

昭和2年（16歳） 初夏、盲腸周囲炎を病み、続いて右乾性肋膜炎、左湿性肋膜炎に罹り休学の止むなきに至る。

昭和3年（17歳） 十二月十四日、母死亡。

昭和4年（18歳） やや健康を回復し、再び中学校に出席し始める。七月、賀川豊彦の宗教講演を聴く。九月一日、大分新聞主催短歌会にて土屋文明に会う。十月二十七日、竹田メソジスト教会にて洗礼を受ける。「朴の花」一連の初恋の人との出逢いと別れ。

昭和5年（19歳） 二月、「アララギ」に入会。六月、腎臓を病み別府の中村病院にて左腎臓摘出手術。術後、これまでの短歌作品を纏め、土屋文明に送る。文明はこれに特別なコメントを付けて一挙三十六首を大分新聞に掲載。八月、退院し新町の林旅館にて病を養う。十月、別府を去り、竹田町の黒川病院に通いつつ中学に出席。十一月、手術口より丹毒に罹り危篤に陥る。十二月九日と記す遺書あり。

昭和6年（20歳） 二月、退院帰村する。三月、認定及第の名目にて中学校を卒業。小康を得、六月、徴兵検査を受ける。九月、再び病篤く、遺書を書く。十月、排尿不能となり、カテーテルにて採尿。つづいて膀胱潰瘍を発病し意識なし。十一月、衰弱甚だしいまま意識は明瞭となる。

昭和7年（21歳） 六月、痔瘻発病し、病床に呻吟。

昭和8年 一月六・七日、鹿児島県阿久根の九州アララギ歌会に出席途次の土屋文明から寄せられた激励の手紙を受け取り、文明を追慕する歌七首を詠む。一月十九日午後八時三十五分死亡。

かごめかごめ遊びし頃《ころ》はこの庭に大き櫻の木のありたりき

亡き母の古き寫眞を出し來て位牌《ゐはい》の前に置きしは父か

血を吐くまでやれとは兄の言《こと》學問を斷念せよともまた兄の言

昭和4年

街道に撒かれし水のかわく間《ま》をしばし宿れる夕映《ゆふばえ》の色

麻雀《マージャン》も歌も結局おなじだと友は笑へり我も笑へり

夕飯を食べつつあれば雁が音《ね》のたまゆら聞え母の戀《こほ》しき

昭和5年

朴《ほほ》の花宵々見れば色白《いろじろ》の人の頬に似てあやにかなしき

六月の眞晝の町の垣ぬちに見上げて通る朴の木の花

誰にしも語らぬことの我にあり朴の木の花見れば悲しき

わが入る前は誰の居しならむカレンダの日附ペンで消してあり
腎摘《じんてき》の手術受書をこの眞書叔母の前にて書きて居るかな
横腹の邊《あたり》の切開されてゐたるとき眼《まなこ》をあきて父を見にけり
故里ゆ來ませる父は病院に二日とまりて歸り給へり
暮《くれ》の日にかへりて來れば我が父は木戸《きど》のあたりの掃除してをり
胸の上に何か物落ちしけはひして遠くに鳥の啼く聲のする
昭和6年
わが病よきに向ひしころ買ひし往還集をこのごろ讀むも
瓶《びん》づけとなりて病院の棚にある腎臓のことを夜ふけて思ふ
父と繼母《はは》といさかひごとのおほかたは長病《ながやみ》のわれにかかはりて居る

秋とならば鶏《にはとり》飼はむと思ひたることもむなしく病みてすぎゆく

身じろげばほこりあがるもさびしさに堪え來し心たへかねむとす

宵々に雁《かり》鳴き渡るこのごろのわがむらぎものこころ寂《しづ》けし

この夕べたまゆら鳴きし雁が音のいづらのかたへ渡りゆきけむ

寝てゐるが盗人《ぬすびと》の番にもならぬとはひくく言ひつつ出でてゆく繼母《はは》

昭和7年

柘榴《ざくろ》の花咲きゐる窓にふる雨の幾日《いくか》いぶせき床に臥しにき

晝寝よりさめたる父はそのままにわがために山櫻桃をとりに庭に出づ

樫林に照る月冴えてわが庭の鶏舎《けいしや》に一つ虫の鳴きをり

足たたずなりたるころゆわが心いちづに子規によりゆきにけり

弟にとらしめにける茗荷《めうが》の花手にとりもてば匂ひけるかも

生《い》きの緒《を》の命かなしも臥《こや》りつつ重湯《おもゆ》するにいきづきて居り

花すぎし車前草《おほばこ》の葉のかげにゐてめんどり一羽羽根つつきをり

今ははや足かなはねば終《つひ》にわが起たむ望みも絶えはてにけり

足起たば行きても見むにさ庭べの山茶花の花のすぎむ頃かも

昭和6年

師のわれに賜ひしみ歌よむときに心きほひて生きむと思ふ

來む秋にあへぬ命とわが思ひ乏しき虫の声を聴きをり

背戸のべに消《け》ぬがに一つ啼きてゐしこほろぎの音も止みにけるらし

『徳田白楊歌集』私家版、昭和九年刊

解説

恒成美代子

徳田白楊と言えば〈夭折の歌人〉という冠がついてまわる。事実、白楊は二十一年七か月余の短い命であった。そして、その一生は病を抜きにしては考えられない。最初の発病は十六歳の時であり、中学をようやく卒業できたのも認定及第の名目であった。社会に出ることも、家事を手伝うこともままならず、さまざまな病を背負いながら、生きるものの心の叫びをうたい続けた。歌はそのほとんどが病臥の周辺の素材である。限られた生活ながら、自然に目を向け、季節の推移を、病者の生活を、うたった。

腎摘《じんてき》の手術受書をこの眞書叔母の前にて書きて居るかな

昭和五年七月四日、別府の中村病院で左腎臓摘出手術をした時の歌である。「吾が心落ちつき居ると思へども手術受書《しゆじゆつうけしよ》を書く手ふるふも」と詠まれているように、緊張していたことが窺え、手術には父親が付き添っている。

白楊は、この年の二月に「アララギ」に入会している。二月十四日の日記に「アララギに入会するために会費を三円二十銭振替にて竹田局に振り込んだ…何だか荷が卸ろされた様な気がした」と書いている。白楊の歌の出発は大分新聞の読者文芸欄の投稿であり、選者が土屋文明だったことで、その後のアララギ入会は自然な流れとも言える。文明の期待に応えるかのように、白楊は大分新聞に投稿を続けた。土屋文明の選歌によって、注目され、更にアララギ内部でも知らぬ者とてなくなっていった。白楊は誰の影響を受け、どのように育っていったのか。

日記によると、『啄木全集』を読み、『正岡子規集』『病状六尺』を読んでいる。啄木調の歌は「朝晩の冷えにし出づる我が咳の声にしみじみ秋を感ずる」の評で、文明は「面白い見つけ方だが、三四句は手堅い。そして露骨だ。これでは駄目と思ふ」と手厳しい。六月十四日の日記には「アララギを読む。感ずる所あり。ソッチョク。自分はこれを久しく忘れてゐた」と記す。文明の評言を真摯に受け止め、精進したのだろう。

稲葉山夕霧がくり啼く雁《かり》を今年もすでにいくたびか聞く

雁が音のするに戸をあけ空見れば月読あかく照りてゐるかも

宵々に雁《かり》鳴き渡るこのごろのわがむらぎものこころ寂《しづ》けし

宵々に南に下る雁の群《むれ》なほ遠く空を渡りゆくらし

前の二首が昭和五年作の「雁が音」の連作で、後の二首は昭和六年の「雁渡る」の一連の中の二首である。文明はこの歌を「独自の境地を摑んでしかも澄み切つたものがある」と絶賛した。二十二歳にも満たず亡くなった白楊の歌の清澄さ、少年のままの無垢な心を持ち続けられたのも一つには早逝ゆえでもあろう。しかし、白楊もその生涯に一つ二つの恋はしている。それは実らぬ恋であったが『徳田白楊日記抄』には、その恋がこと細かに綴られ、情動を露わにしている。「昭和四年七月二四日、水曜 晴 竹田に行くのを父からとめられた。すべてが終わった。自分は泣いた。泣いた。泣いた。」また「七月二五日、晴 泣いて、泣いて、泣いてゐた。」

朴《ほほ》の花宵々見れば色白《いろじろ》の人の頬に似てあやにかなしき

六月の眞晝の町の垣ぬちに見上げて通る朴の木の花

炎天の光まばゆき屋根ごしに朴の木の花白く寂しき
朴の花夕闇の中に白かるをあはれと思ひ見上げけるかも
朴の木の大きく白きその花をあなあはれよと仰ぐ宵々
誰にしも語らぬことの我にあり朴の木の花見れば悲しき

歌集では、昭和五年に七首の連作「朴の花」がある。この一連の朴の花に寄せる歌は、白楊より二つ年下の竹田女学校の生徒の「みつちゃん」であった。家庭的な事情を抱えて、鹿児島県串木野から竹田へ来て、ほどなく鹿児島へ帰っている。八月四日の日記には「みつちゃんから来たのは長い手紙であつた。長い手紙は悲しい。涙の文字で埋つてゐた。そしてそれが鉛筆で走り書きしてあるので、なほ一層悲惨であつた。みつちゃんを知つたのは六月の中旬、…」と書かれている。十二月九日の日記には「朴の花を思ひ出せば滅入る様に悲しい。朴の花は二学期の自分を全く支配した。いや永久に支配するだらう。朴の花は毎年夏が来れば咲くだらう。夏の夕暮、屋根と屋根との間にボンヤリと咲く白い花、しづかに、ほのかに。自分は忘れることは出来ない。」白楊にとって、あまりに短い、せつない恋であった。白楊の日記を通して読むと実らぬ恋であったが、その体験が歌に微かな色彩りを帯びていることが感じられる。病歌人として、歌が自己表白になりがちなこと。むしろ、その自己を表白することによって、生きていることを実感できたのではないか。先行きが不安なことに押し潰されながら「神の試練だとすれば、斯くも悲惨でなければならないのか。されど生きられることが許されるなら、すべての苦痛は突破しなければならない」と書く。

昭和四年、十八歳の時に洗礼を受けた白楊、日記には教会や日曜学校のこと、聖書のことなど日々書かれているにも関わらず、宗教に関する直接的な歌は、歌集収載歌では次の一首のみである。「基督を信仰せしといふことも我はよみつつ心惹かれき」この歌は、故・白水吉次郎の年譜を読んで作られている。白楊が意識して宗教に関わる歌を詠まなかったのか、或いは、歌集の編集時に外してしまったのか。いずれにしても、日記に書かれた生活の記録と、歌集の歌を並べて読んだ時、歌の幅の方がいささか狭く感じられる。五百三十一首の収載歌数から考えても、編集時点で整理され過ぎたのではないか。全歌集がないだけに惜しまれる。

『徳田白楊歌集』は、白楊の死の翌年の昭和九年六月、土屋文明が発行者となり、非売品で刊行された。文明の弟子に対する情の籠った序文が付されている。啄木の模倣から出発し、子規の歌によって開眼し、文明の教えを忠実に守り、白楊独自の歌世界を構築したのだ。その歌は素朴だが、美しく澄み、独特の透明感を湛えている。

生涯

高木　正
（歌人・「青南」所属）

昭和三十年（一九五五）八月三日から長野県戸隠神社中社で行われた、アララギ第十回安居会《あんごえ》の四日目の朝四時から「土屋文明にものを訊く会」があった。

どうすれば歌は上達するかの質問に答えて、先生は徳田白楊と板書しながら、本名は森下文夫

だったかと、それも書き終えて、

「白楊は石川啄木から入って短歌を学び始めたらしいが、正岡子規の歌に傾倒するに及んで歌は止揚され、重厚味を増してきた。啄木は常識ある人で、この人の歌から入った人を何人も知っている。そこの元山手津夫君もそうだね。一心に子規に就いて倣《まな》んだことが作品にも滲んで、雁が音の一連のような名作をあの若さで達し得た。僕はその過程を大分新聞歌壇の選をしながら見届けて来た」

と言われた。この辺の事は『徳田白楊歌集』再版序文（四版序まである）にその例歌を挙げて詳しい。

「歳若き心の友」と文明を讃嘆させた白楊の二十一年七ヶ月の生涯を実弟の故・板井兼夫、その夫人幸喜久氏（九十六歳・画家）に訊いた話を基に記してみよう。

生まれは明治四十四年（一九一一）年、奇しくも金石淳彦と同年。大分県大野郡上緒方村字徳田。年譜によれば、「大正三年（三歳）伯母の膝下にて養育さる。大正四年（四歳）三月生家に帰る」とあり、このことに就いては、板井家の玄関先に、書家であった兼夫の次の書が平たい石に刻まれている。

「白楊五歳頃伯母の当家に養育さる、後に弟兼夫替りて養子となる　一九七六・五・二八　傾山書」。そして、次の白楊の歌が書かれた白い標柱があり、朴の高い木が植えられていた。

誰にしも語らぬことの我にあり朴の木の花見れば悲しき

今は伐られて株のみが残っているという。

墓碑　豊後大野市徳田白楊記念館

板井兼夫氏宅の歌碑

昭和三年、十七歳で母と死別。

夕飯を食べつつあれば雁が音《ね》のた
まゆら聞え母の戀《こほ》しき

この五年後に、夭折した白楊の墓標側面には、右の歌が刻まれている。前年（十六歳）の年譜には、「初夏盲腸周囲炎を病み、つづいて右乾性肋膜炎、左湿性肋膜炎にかかり、休学の止むなきに至る」とある。

文明に会えたのは、昭和四年九月一日、大分新聞大分歌壇大会の日だった。八回来県した文明が、大分県に初めて来られた日。文明も自身が歌に入りかけた頃を思い出し、懐かしがったという。『徳田白楊歌集』の序文に文明は、「徳田君のにこやかな若々しい少年姿は私自身が歌に入りかけた頃の記憶を呼び起して私にはなつかしかつたのである」と記している。昭和五年六月、腎臓を病み、別府・中村病院に入院。当時は浜脇にあり、七つの病名のついたカルテが今も保存されているという。

海岸を遠くまはりてゆく汽車や手術はしても生きて歸らな

闘病の憂さを晴らそうと屢々出かけた松原公園・朝見川橋・浜脇海岸。思いは還るふるさとの緒方徳田。

昭和八年一月十九日午後八時死す。二十一年七ヶ月余。昭和十年一月五日から八日、別府小安居が開かれ、土屋文明出席の徳田白楊追悼歌会でもあった。

五年前あひにし君はわかかりきすこやかにして素直に見えき　　土屋文明
ながら経《ふ》る命はつひにあらなくに年少《わか》き友の死ぬには泣かゆ
亡き母をこひつつ病めるわかき子が雁《かり》が哭《ね》ききて堪へて歌ひき

文明歌集『六月風』冒頭に、次の歌がある。「別府松原公園にて徳田白楊を思ふ」の一連。

若き君が手術《しゆじゆつ》の創《きず》のくさるまで命《いのち》生きつつ歌よみきとふ　　土屋文明
西日さす暑き納戸《なんど》にくさくなりて病みつつ声に立ちし命《いのち》か
相寄《あひよ》りて君をかなしみ橋わたるほのぼの清《きよ》き三日月《みかづき》立てり

【参考資料】
渡邊秋編『徳田白楊日記抄』一莖書房　平成十七年
上田三四二『アララギの病歌人』白玉書房　昭和三十四年
米田利昭『土屋文明と徳田白楊』勁草書房　昭和五十九年
後藤清春『徳田白楊のすすめ』一莖書房　平成二十二年

金石淳彦

明治44年（0歳）　九月二十七日、呉市にて、父・学真、母・裕子の二男として生まれる。

大正3年（3歳）　父が僧職をやめ、鉱山業をはじめる。

大正13年（13歳）　四月、県立広島第一中学校に入学。

大正15年（15歳）　学費に窮し休学。

昭和3年（17歳）　秋、再び僧職に復した父の寺、福岡県田川郡の修福寺（現在光願寺）に一家で移る。短歌雑誌「山脈」に入り、扇畑忠雄等を知る。

昭和4年（18歳）　秋、広島市市立修道中学校夜学部に入学。

昭和5年（19歳）　秋、私立広陵中学校四年に編入。

昭和7年（21歳）　七月、アララギに入会、土屋文明の選を受けた。

昭和8年（22歳）　四月、佐賀高等学校文科に入学。父は三河の山寺・高月院の住持となり、母は戸畑市に留まる。

昭和9年（23歳）　十二月父死亡。

昭和10年（24歳）　一月、別府アララギ小安居会にて入会後初めて土屋文明に会う。

昭和11年（25歳）　四月、京都大学経済学部に入学。

昭和14年（28歳）　三月、京都大学卒業。十月、叔父所有の九州製油所に勤務したが、月末喀血。

昭和15年（29歳）　三月、母死亡。

昭和16年（30歳）　六月、喀血。九月、別府鶴水園の叔父の別宅に寄寓、療養。

昭和18年（32歳）　二月、喀血。七月、別府市内の武藤家に移る。

昭和20年（34歳）　八月、終戦。秋、アララギ再刊。

昭和21年（35歳）　五月「にぎたま」創刊。土屋文明を迎え、九州アララギ歌会。田端郁子と相知る。

昭和24年（38歳）　十二月「にぎたま」休刊。

昭和25年（39歳）　五月合同歌集『自生地』に参加。

昭和26年（40歳）　近藤芳美来訪。九月、田端郁子と結婚の形式をとった。

昭和27年（41歳）　十一月、高安国世来訪。

昭和30年（44歳）　六月、大喀血。

昭和31年（45歳）　十月、喀血。

昭和34年（48歳）　八月二十三日死亡。

折れし翼鋭く夕日にかがやきて解體されし兵器が並ぶ

曖昧に物煮る香立ち人群れゆく亡びしさまか興りゆくさまか

アマリリスの過ぎたる花を鉢ながら庭に下して今日の降る雨

マルクス主義衰へし後《あと》に學生となりにしことも一生を支配せむ

まざまざと國敗れたる時に來て海岸に並び動かぬ起重機

合同歌集『自生地』白玉書房、昭和二十五年刊

丘畑に下葉すがれて菜の花の傾く見れば春は去《い》ぬらし

戰のいたましき個人を悲しみて言ふ吾や戰争を理解せざらむ

寢返りて立ちたる微塵光りつつ下り來る見れば安からなくに

饒舌になりゆきしとき傍らに友は素直に言ひぬ僕は本をよんでゐないなあと

わが母をつひに納むる釘を打つわが不器用を叔父の言ひつつ

貧しくて夜學に行きつつ羨みき高等學校生徒扇畑君を

働かざりし父の一生を受けつぎて病めば怠りすぎむ吾が生も

吾が持てる冷き性よ貧しき中に身を守り來し故のみならじ

躑躅すぎカンナは高く丈伸びぬ六月へてわが立ちたるときに

歌よみて一生すぎよと見切つけし如くうからららにはや云はれをり

車前草《おほばこ》の霜凝りし葉を手にとりて融けゆくさまを見つつし憩ふ

食ひあましし菠薐草に花咲きて夕ぐれ永くなりたる光

すでにすでに古くなりたる法律學經濟學書は一棚にして隣の部屋におく

働かぬ吾が手をやはらかしといふ病む吾に來て苦しまむ汝よ

君が忘れてゆきし手袋ほのぼのと匂ふを顔におしあてて寝る

暗くなりし庭に石鹼を煮つめゐる弟をおきゆふべ散歩する

病む君が作りたまひし正座圖を使ふこともなく夏のすぎゆく

妻の孤獨の老年のため子を欲しと思ふことあれど妻にいはずも

わがために粧ふこともなき妻が夜となるときに呆けしごとくをり

子なく貧しき老年のこと言ひ出づる妻の今宵の何に亂れて

涙ぐみ入り來し妻の手を握るめとりしこともわが罪にして

いつまでも稚き妻のかなしみに焚火のにほひする顔を抱く
限られし吾の命を思ふにも支へとならずコミュニズムも神も
この妻を苦しめむために生れ來し誕生日なり歯刷子一本呉れる
遠き樟淡きみどりになりたりとある日簾をあげておどろく
働かざりし四十餘年か世の汚れ知らぬ如くに言はれてゐたり
冬の月まともに浴みてわれの身はひとしきり血を喀きし安けさ
ひぐらしの今年の聲よ今年ありし命かりそめの如く思はず
わが歩み二三歩なれど臥床より出でて巣ごもる小鳥を見に來

『金石淳彦歌集』白玉書房、昭和三十五年刊

解説

恒成美代子

「アララギ」昭和二十五年一月号、二月号の裏表紙に広告の掲載された『自生地』には〈アララギ新人十人集〉と銘打たれている。この合同歌集には、金石淳彦の他、近藤芳美・中島栄一・扇畑忠雄・高安国世・宮本利男・狩野登美次・小市巳世司・樋口賢治・小暮政次の十名が参加。各自の戦後の作品二百首が編まれている。いずれも土屋文明の選歌に名前を並べた「年次に多少の後前はあつても、殆ど同年代にアララギ会員として歌を作つて来た」（自生地後記）人らで構成されている。最年長の小暮政次が四十二歳、もっとも若かったのが小市巳世司で三十三歳。当時の「アララギ」で彼等は〈青年群〉と呼ばれていた。『自生地』出版を五味保義は「諸君は本集刊行を機として再奮闘を実行し、アララギ本誌に其業績を更に反映せしむる責をもつと信ずる」と編輯所便で期待を寄せている。土屋文明の選を受け、（途中休詠はあったものの）十七年を経過した金石の歌は、写実・写生を基本としており、戦後の風景が活写されている。

「僕自身は、余り自分の歌を本などにして世に問いたいなどと思はぬし、まして死後の遺歌集などどうでもいい。しかしこうした気持は本当は、誤りであらう。もつと自分の作品に、どんな意味でも執着心をもつ人の方が、責任のあるすぐれた仕事をするだらう。」昭和二十六年一月号の「にぎたま」に書かれた文章である。その後八年生きて、遺歌集は死の翌年の昭和三十五年、土屋文明の序文が付されて刊行された。九八二首を収め、ほぼ全生涯の歌が収められている。社会の一員でありながら、社会生活とは殆ど隔たる療養生活。しかし、療養者だからといって、社会や時代の動きには無縁でいられる訳はないのである。逃れることのできない現実の中で、生身の声が歌となって迸る。それが金石の置かれた場であり、〈生〉の歌であったのだ。

歌よみて一生すぎよと見切つけし如くうからからにはや云はれをり

働かざりし四十餘年か世の汚れ知らぬ如くに言はれてゐたり

歌を詠んで一生を送ったらいいと言う親族らの言葉、金石を思い遣ってのこととはいえ、「見切」をつけられたようにも感じるのだろう。京大経済学部を卒業した金石にとって、健康であったならば社会人としての場も広がっていた筈だ。この世の汚れを知らないという言葉は金石にとって決して褒め言葉ではなく、魂の深部に突き刺さってくるのだろう。知識人であったが故の懊悩が率直にうたわれている。

戰のいたましき個人を悲しみて言ふ吾や戰争を理解せざらむ

限られし吾の命を思ふにも支へとならずコミュニズムも神も

一首目は昭和十三年の作品。この年、国家総動員法が成立し、翌年、国民徴用令が発令された。健康であれば出征していたかも知れない当時二十七歳の青年。個人の生死さえ国家に捧げるものとして扱われた〈戦争〉に対して、懐疑しつつも「理解せざらむ」と、諦観している。二首目は昭和三十年の作である。支えとすべき「コミュニズム」、そして「神」。しかし、限られた自身の命ではいずれも支えにならなかったと悟る。哀調を帯びたこれらの歌は金石短歌の真髄ともいえよう。この哀調は写生の歌にも揺曳している。

丘畑に下葉すがれて菜の花の傾く見れば春は去《い》ぬらし

車前草《おほばこ》の霜凝りし葉を手にとりて融けゆくさまを見つつし憩ふ

食ひあましし菠薐草に花咲きて夕ぐれ永くなりたる光

一首目、花の終わりの頃の菜の花。二首目の霜に固くなってしまった車前草の葉。三首目の旬を過ぎてしまった菠薐草と、対象に自身の姿を投影している気がしないでもない。この世の片隅でひっそり生きているものに寄せる哀憐の情、とでも言おうか。

昭和二十一年、田端郁子と相知る。金石が起床不能となった昭和二十六年、郁子は看病に来てそのまま留まり、九月になって結婚の形式をとる。療養中の金石に恋が芽生え、その恋を実らせたのだ。

働かぬ吾が手をやはらかしといふ病む吾に來て苦しまむ汝よ

妻の孤獨の老年のため子を欲しと思ふことあれど妻にいはずも

涙ぐみ入り來し妻の手を握るめとりしこともわが罪にして

いつまでも稚き妻のかなしみに焚火のにほひする顔を抱く

この妻を苦しめむために生れ來し誕生日なり齒刷子一本呉れる

ひぐらしの今年の聲よ今年ありし命かりそめの如く思はず

大学卒業後、戸畑の叔父所有の九州製油所に勤務したものの、同月に喀血した金石は以後、終生働くことがなかった。別府の伯父、武藤幸治の援助によって療養生活を続けた。働くことの出来ない金石の指は白く柔らかかったのだろう。一首目の下の句には、恋人をも巻き添えにしてしまう自身の〈生〉に対する畏れと、悲しみがただよう。いずれ自分の方が先に死ぬことを考えた時、妻に残してやれるもの、それは、二人の血の繋がった子ども。二首目の「妻の孤独の老年のため」と一旦は思い、それも妻に告げることを憚る。結婚したことに対して「罪」と考える三首目。「妻のかなしみ」を取り除くことができない非力さ無念さは絶えず金石の脳裏に在り、それゆえに妻が不憫でもあったことだろう。子どものいない夫婦の愛のかたちはいっそう研ぎ澄まされ育まれる。五首目の「歯刷子一本」の誕生日の贈り物のつつましさ。金石の生きる在処はおのずと短歌に向けられ、うたうことによって〈死〉を遠ざけていたのだ。病むということも生活、その生活を遊離せず、うたうこと。それは文明の言う「生活あり、言葉あり、短歌あり」でもあった。

なお、金石の妻・郁子は「アララギ」に在籍し、昭和三十四年十一月号では「アララギ特別歌稿欄」に柴生田稔選にて夫・金石の挽歌七首が掲載されている。

嘆かへど吾は世にあり石鹸におのが身洗ふかなしかりけり
亡き夫の愛しみたりし小鳥らを七日經て人にわかたむとする

金石　郁子

生涯

佐藤　嘉一
（歌人・「新アララギ」所属）

金石淳彦は明治四十四年、呉市の正覚寺に生まれた。大正三年、僧職を辞めた父は広島市に出て鉱山業を始めたが間もなく失敗し、以後、貧困に苦しむ生活を続けた。大正十三年、県立広島一中に入学したものの、学費が続かず三年生で退学の止むなきに至った。勉学の志は強く、昭和四年、十八歳の時に広島市内の私立中学校夜間部に通っている。この頃、短歌雑誌「山脈」に入り、後にアララギにて再会する友廣保一・扇畑忠雄・中島周介等を知った。その頃、叔父武藤幸治より学資援助の見通しが立ち、翌五年、広島市の私立広陵中学四年に編入した。昭和七年七月にアララギに入会して、いよいよ土屋文明の選を受けることになった。

昭和十年一月には、二泊三日の日程で九州小安居が別府で行われるのに参加し、アララギ会員になって初めて土屋文明の謦咳に接した。朝五時から夜十時過ぎまで歌会、講話の連続で、出席会員が同じ屋根の下で寝食を共にすること等から、会員としての独特の連帯感も育てられた。昭和十一年、京都大学に合格。文学部を希望したが、武藤幸治や母の意見に従い経済学部に入学した。在学中は京大アララギ会の主要メンバーとして扇畑忠雄・高安国世・小西邦太郎・和田義人等と共に盛んに活動した。だが、京大一回生の時に喀血し、終生、療養を主とした制約の多い生活を続けることになった。昭和十五年三月、土屋文明を小倉に迎えて歌会を開き、文明に同行して香春鏡山を歩いた。翌年、太平洋戦争が始まり、昭和二十年の終戦までは、誰も作歌に集中することは困難な状況となった。金石も同十六年に叔父の所有する別府の家に移住し、四年近くの間、歌友との交流は絶えてしまった。

昭和二十年九月、アララギが再刊された。翌十月号の「編輯所便」に、各地アララギ会の発展を促し、全国を十四ブロックに分けて、それぞれに連絡者を指名した。九州では日田の藤原哲夫がなった。藤原は昭和二十一年、戸畑の山本伊敏と同道で別府市上田《かみた》の湯に金石を尋ね、地方誌

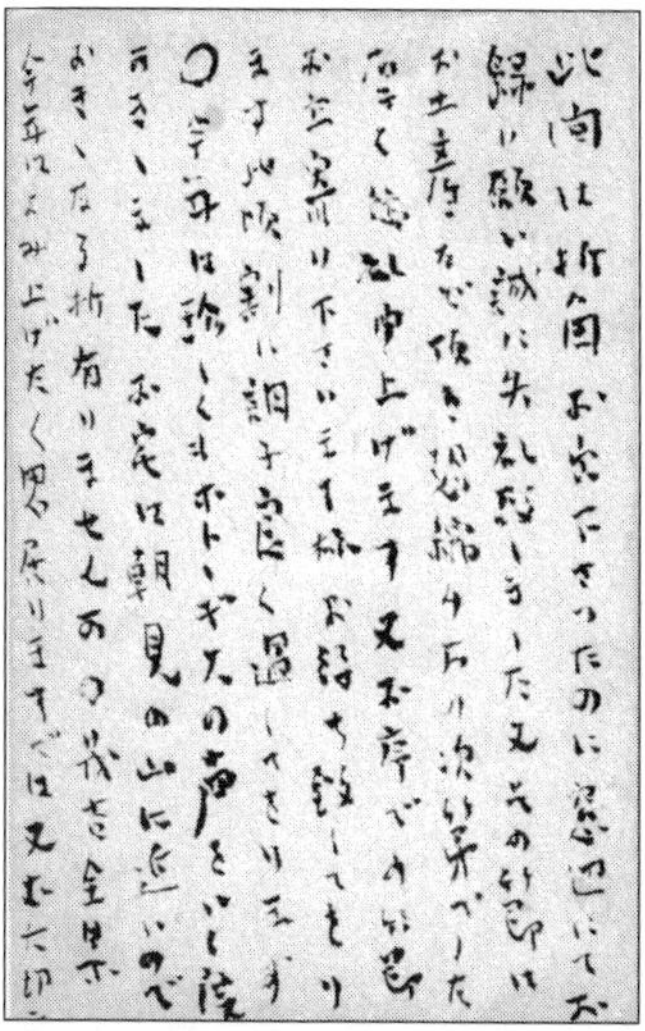

此間は折角お寄下さったのに途中にてお
帰り願い誠に失礼致しました又その節御品は
お土産など頂き恐縮千万の次第でした
有難く御礼申上げます又お序での節
お立寄り下さいます様お待ち致しており
ます此頃割に調子良く過しております
○今年は珍しくホトトギスの声をよく聴
きました宅は朝見の山に近いので
おきゝなる折有りませんでしたの茂吉全集
今年はよみ上げたく思って居りますすぐには又お大切に

昭和34年、金石淳彦最晩年の佐藤嘉一宛葉書

発行の相談をした。五月に全九州アララギ会とし、編集人は藤原哲夫にて創刊されたのが「にぎたま」である。金石は選歌に当り、歌と文章をその都度送っている。

同じ頃、土屋文明を日田に迎えて九州アララギ歌会が開かれ、戦中音信の絶えていた会員と再会を喜び合った。また、沖縄より無事復員した瓜生鐵雄が訪れ、戦争により跡絶えていた大分アララギ歌会再会の相談を受け、金石宅で月一回開くことになった。この大分アララギ歌会は、会場は変更したが、平成二十九年の今日まで休むことなく続けられている。

昭和二十二年夏には、瓜生鐵雄等と国東半島沖の姫島にて二泊歌会を行い、アララギにも歌を送り、二十三年一月号には斎藤茂吉の歌集『遠遊』の評文「遠遊私感」を送っている。また、「短歌研究」に二回計五十一首を発表している。昭和二十四年春に経済的理由で「にぎたま」が休刊になり、翌二十五年、「九州アララギ」と改め、山本伊敏編集で再発足した。それにも努めて短歌、文章を送った。同年三月に、九州各地で歌会を行なった五味保義を別府に迎え、その時の歌会の司会をした。この頃からまた喀血が続き、次第に起床不能となった。病状少しも治まらないなかに、同二十八年には「未来」、「日本短歌」等に歌を送り、この年、「九州アララギ」の後を継いだ「リゲル」（発行者中島恒雄、編集者添田博彬、選者藤原哲夫）が刊行され、金石は最期を迎える三箇月前まで「別府通信」の文章を送り、通算二十一回に及んだ。翌二十九年からアララギ土屋文明選歌欄に投稿を始め、それは最晩年まで続けた。

殁後刊行された『金石淳彦歌集』に序文を寄せた土屋文明は、「私の感じたことの第一は、金石が実によく生きたといふことであつた。実に清く生きた。実に美しく生きた。さうして実に強く生きた。」と述べている。金石の生涯を要約したこれ以上の至言はあるまい。

【参考資料】

藤原哲夫「机上漫語」歌誌「にぎたま」（藤原哲夫編集・発行）昭和二十三年二月号
金石淳彦「にぎたま第三巻回顧（一）」歌誌「にぎたま」昭和二十四年一月号
「金石淳彦追悼号」歌誌「リゲル」（添田博彬編集）昭和三十五年三月号
「金石淳彦歌集合評」歌誌「リゲル」昭和三十六年八月号～四十五年十月号迄、十四回連載
岡井隆「金石淳彦の妻の歌についてなど」『海への手紙』白玉書房　昭和三十七年
上田三四二「病歌人たち」『戦後短歌史』三一書房、昭和四十九年
高木正「金石淳彦①　金石淳彦②」「大分青南短歌小誌」（高木正発行）平成二十八年六～七月号

炭鉱の歌人たち

炭坑夫之像

殿畑豊治

明治四十年生まれる。大正十年、尋常高等小学校卒業。五月、京都市の店に丁稚として奉公。昭和二年十二月「アララギ」入会。岡麓選。昭和三年八月、「大分歌人」創刊号より参加。昭和四年、三井伊田竪坑にて採炭夫として働く。昭和五年十月、三井伊田竪坑の人員整理のため馘首され帰郷。昭和十年一月、九州小安居会にて土屋文明に会う。昭和十二年八月、三井田川鉱業所の繰炭試錐に就職。昭和五十五年十二月死亡。

工藤奈良生

昭和二年生まれる。昭和二十年、復員と同時に日本炭鉱に仕繰夫として就職。昭和三十年十一月、「未来」入会。昭和三十四年、第三未来歌集『風炎』に参加。平成四年五月二十日死亡。

長山不美男

大正二年、高知県で生まれる。昭和四年、大病をする。昭和五年、北九州の醤油醸造会社に勤務。その頃短歌に出会う。戦後、大牟田市で古書店「松花堂書店」を経営。昭和三十六年、歌誌「母船」創刊。平成十三年、二一六号にて「母船」休刊。平成十四年死亡。

北島泰宜

大正四年生まれ。二十三歳頃、大病をする。昭和十三年五月「ひのくに」短歌を初発表。昭和二十六年頃より三井田川三坑で働く。昭和三十年、「群炎」入会。歌誌の「香春」を五十三号まで発行。昭和四十二年死亡。田川の成道寺公園に歌碑建立。

木村　守

大正八年一月一日生まれる。昭和十七年、万田坑に入社、坑内電車の運転手。昭和二十一年、「万田坑短歌会」にて作歌を始め、岩本宗二郎の指導を受ける。昭和二十二年、熊本の「竜灯社」に入会。昭和二十六年、「水甕」入社。昭和三十八年、三井三池炭鉱の炭塵大爆発により、その救援作業で一酸化炭素ガスの被災者になる。平成十二年死亡。

殿畑豊治

習慣となりて哀しもま晝時ほとをいだして昇坑《あが》る坑夫ら

切羽より出でて來にける坑道にかがやき冬の入日さし來る

炭層の硬き柔きが一日の我の感情をただに支配す

炭坑に老いなむ我の携る瀝青炭の語韻かなしも

炭坑を離れて生くる道のなき考へ方も子に傳はらむ

青山の重なる谷にバスは下る住みて久しき炭坑がある

七人の子を育てたるこの社宅住みて三十年の心うごかず

峡の門《と》をさへぎる硬《ぼた》の山二つすでに木立の茂りあひたる

職なき者は炭坑に行けといふ世に隨ひて一生定まりき

『瀝青炭』椎の木書房、昭和五十四年刊

北島泰宜

打鋲機の連打音はいまだ殘りゐて夜業終へたる油手を洗ふ
今朝の勤務に言葉かけくれし人のこと思ひ出ださず疲れて帰る
落盤に死にたる人を坑口に四時間あまりを待ちて夜更けぬ
額灯は乱れ近づき運ばれ来し担架にすがり泣きさけぶ人
炭塵に汚れし死体はすばやくふき清められて検屍は終る
乳色の霧が移動す硬山に古き抒情を育くめるわれ
よく聞けば嗚咽と変る風の音硬山の上を夕べ流るる
硬山を炭車のぼりゆくその上の冬青空に昼の月あり
人間の代りに砂俵を人車に積む擔いだ時に嫌な感じす

『波紋』ひのくに短歌会、昭和三十二年刊

工藤奈良生

瓦斯に倒れし人等つぎつぎ抱えゆきエア噴かせまた切羽に戻る

この下に友は埋もるる幾度か石におらびて吾が掘り続く

胸背も砕かれ死にて掘られたる友のむくろを上衣で包む

機械化する坑内施設が鉱夫らの馘首に直接関わりなしとせず

炉の側に坑衣は汗の臭い立ち出勤までの暫らくを眠る

安否より出炭量を先に訊く受話器の奥の冷たき言葉

顔なかば砕けし友を抱え出すわが背に肩に硬をあびつつ

たどたどと学び来りし五年なり坑夫らのみの資本論講座今日終ゆ

無駄のなき遺品に君を想い出づ清らに貧しき坑夫にありき

第三未来歌集『風炎』、白玉書房、昭和三十四年刊

長山不美男

闘争の鉱山《やま》をくだりてビラ配る必死に未来を信じゐる貌
闘争の激しき街の片隅にわれら暮せり絵本を売りて
職追はるる一線を守る闘ひのデモのなかなる母と子の声
のどやかに桃咲ける鉱山《やま》の社宅街無慙対立のままに夜がくる
落盤死の子の幻を追ひ求め雪夜老婆の水に果てたり
炭住街の雪のなかストの指令とぶ耐へゐし涙の噴き出づるなり
落盤に押しつぶされし骨たちの軋むがごともインター聞ゆ
絵本売る日々を業とも誇りとも思ひつつ今日のたそがれを待つ
夫たちの死をきはめんと坑深くくだる主婦らのかざす炎《ひ》の旗

『絵本』桜桃書林、昭和四十五年刊

木村　守

一斉休憩の規定もたざる採炭工弁当に水をかけて飲み込む
発破音とどろくときもとどろかぬ時も無意味に坑壁崩れ落つ
若づくりして出勤の選炭婦いずれの顔も寡婦犠牲者の妻
投光器の及ぶ明かるさ集りて馘首抗議のデモ繰りいだす
非協力者の烙印きびしく捺されいて差別労働、格差賃金
幾遺体あるやも数に読み難し触る遺体の硬直なせる
逆捲きし土砂の流れに捲かれつつ手足ちぎれてしまえる遺体
首のなき遺体運ばれ幾日を棺に首の来たる待ちいき
ようやくに動きとどまる死亡者数四百五十八名無念でならず

『鉄帽』短歌新聞社、昭和四十八年刊

解説

恒成美代子

筑豊の炭鉱で十四歳から坑内に入り、五十年にわたって採炭夫や鍛治工として働いていた山本作兵衛。六十歳を過ぎて記憶を呼び起こしつつ、明治中期頃から昭和戦中期にかけての坑内の人の労働や事物を詳細な注釈付きで描いた。それらの絵画、日記、ノート、文書などが「ユネスコ世界記憶遺産」に登録されたのは、平成二十三年五月だった。

経済成長政策によるエネルギー革命は、昭和三十七年以降、石油エネルギーへと転換していった。日本の近代化を支えてきた重要な石炭産業は昭和三十年代の終り頃から翳りを帯び、戦後の日本の復興に大きく寄与していた炭鉱はことごとく消えていった。

殿畑豊治は大正の末期から炭鉱で働きはじめた。三井伊田炭鉱に採炭夫として入ったのは昭和四年である。しかし、一年程で人員整理のために馘首され、帰郷する。再び炭鉱で働くのは昭和十二年だった。「習慣となりて哀しもま晝時ほとをいだして昇《あが》坑る坑夫ら」。一首目の「昇坑」に「あが」とルビを振っているのは、仕事を終えて地下深く潜っていた坑道を昇ってくることから、退勤の謂いである。「ほとをいだして」に昭和初年の時代の坑夫らの姿が想像でき、殿畑の坑夫に寄せる愛憐の情が伝わってくる。「切羽より出でて來にける坑道にかがやき冬の入日さし來る」。初句の「切羽」は「きりは」と読み、鉱石採掘やトンネルなどで、掘り進めてゆく坑道の先端を指す。輝きながら冬の入日が射してくる坑道。生の歓びが「冬の入日」に託されている。「炭坑に老いなむ我の携る瀝青炭の語韻かなしも」。四句目の「瀝青炭」は、歌集題になった言葉で、

旧三井田川鉱業所　伊田竪坑櫓

光沢のある黒色の長い炎を出して燃える代表的な石炭。「頭蓋底骨壊滅したる弟に布巻きつけて頭かたどる」。昭和二十二年、弟を落盤事故で亡くしている。アララギの写実を基本としながら、その歌には人間としての鋭い洞察と愛が湛えられている。

北島泰宜は昭和二十六年頃より三井田川三坑で働いた。「打鋲機の連打音はいまだ残りゐて夜業終へたる油手を洗ふ」。油塗れになった手を洗う時にも耳にまだ残る打鋲機の音を鋭く捉える。「今朝の勤務に言葉かけくれし人のこと思ひ出ださず疲れて帰る」。二十四時間フル稼働の炭鉱では勤務は三交代制が常である。「今朝の勤務に」とあるので一番方だろう。退勤の時ふと思い出したのだが、誰であったか定かでない。それほど心身が疲れているのだ。「硬山を炭車のぼりゆくその上の冬青空に昼の月あり」。初句の「硬山」は、ボタ山と読み、石炭や亜炭の採掘に伴い発生する捨石（ボタ）の集積場である。ボタは炭車に積まれ、線路の上を通って頂きまで運ばれ捨てられる。この集積場が後年、ボタ山と呼ばれるものである。ボタ山に昇ってゆく炭車、そのボタ山の上の冬青空には昼の月が浮かんでいる。見ている作者の心揺らぎが伝わってくる。

工藤奈良生は戦後、復員と同時に日本炭鉱に仕繰夫として就職。仕繰夫とは、採炭夫が掘り進んだ坑内の保全を行うため、丸太などで、木枠を補強するなど採炭夫の仕事を補佐する役割である。炭鉱では、常に危険と隣り合わせで生と死は背中合わせにある。落盤事故やガス爆発事故、火災、出水等々。「この下に友は埋もるる幾度か石におらびて吾が掘り続く」。落盤事故で生き埋めの友の名を呼びながら掘り続けている。その現場に居合わせた具体的な表現が迫ってくる。「機械化する坑内施設が鉱夫らの馘首に直接関わりなしとせず」。機械化すれば坑夫らの仕事は楽にはなるのだが、それはまた人員整理に繋がりかねない。「安否より出炭量を先に訊く受話器の奥の冷たき言葉」。企業側にとって出炭量が大事なのだと思い知る事故の日。「たどたどと学び来りし五年なり坑夫らのみの資本論講座今日終ゆ」。五年の歳月をかけて学んだのも、無産階級としてのやむにやまれぬ思いからだろう。

長山不美男は大牟田市で古書店を営んでいた。炭鉱で働いた経験はないが炭鉱労働者や、炭鉱の街に暮らす人々の姿が歌集『絵本』には多く収められている。大牟田市では、三池炭鉱労働組合の指名解雇通告に端を発した「三池争議」の激しい労働運動が続いた。長山は街の片隅から炭鉱労働者たちの在りようを詠んだ。

旧三井田川鉱業所　伊田堅坑
第一、第二煙突

闘争の激しき街の片隅にわれら暮せり絵本を売りて

職追はるる一線を守る闘ひのデモのなかなる母と子の声

のどやかに桃咲ける鉱山《やま》の社宅街無慙対立のままに夜がくる

昭和三十五年「安保とみいけ」という三百十三日にわたる大闘争だった。機械化、合理化によって齎らされたのは、人員整理であり、それによる馘首反対デモがあり、その結果として、新労組・旧労組の角逐が起こった。当事者でない長山だが、坑夫らの苦しみ、悲しみを詠んだ。

落盤死の子の幻を追ひ求め雪夜老婆の水に果てたり

第二堅坑櫓跡

落盤に押しつぶされし骨たちの軋むがごともインター聞ゆ

絵本売る日々を業とも誇りとも思ひつつ今日のたそがれを待つ

小さな古書店では、炭鉱の盛衰がたちどころに影響する。老婆の入水死を耳にし、インターに心を添わせる。炭鉱街に店を営むことを、「業とも誇りとも」と内省している。

木村守は三池三川鉱炭塵爆発事故が起こった昭和三十八年十一月九日、事故現場の坑道で救助活動に当たった。当時坑内には千四百人の労働者がいた。

幾遺体あるやも数に読み難し触る遺体の硬直なせる

逆捲きし土砂の流れに捲かれつつ手足ちぎれてしまえる遺体

首のなき遺体運ばれ幾日を棺に首の来たる待ちいき

事故の悲惨さを即物的に詠んでいる。目を背けてしまいがちなことながら、木村は感情を抑えて詠んでいる。死者四百五十八名、一酸化炭素中毒患者八百三十九名を出したこの事故は戦後最悪の炭坑事故となった。救出作業に携わりながら、CO中毒患者となった木村だが、医師の診断が「尿に出ぬ」ということで認定されず公病から外され、私病となった。

先の大惨事により、人的補償費用などで炭鉱を営む鉱山会社の企業体力が奪われ、石炭産業の衰退へと繋がっていった。

ところで、「九州の歌人たち」の連載では、没年を平成十二（二〇〇〇）年くらいまでの歌人という線引きをしていた。しかし、以下の二名を紹介することによって炭鉱の記録文学としての側面も伝わるのではないかと思い、あえて取り上げることにした。

池田喜澄は昭和七年生れ、長崎県の高島炭鉱で三十五年という長きに渡って従事した。昭和六十一年、高島炭鉱の閉山によって離職した一人である。坑道掘進から坑内の安全管理まで、石炭産業の採掘現場で働いた。

死に到る事故の夫とは知らされず替へ着もつ主婦坑口に待つ

海底坑の深度八百降りる日日頼れるものはわれの視野のみ

足腰の疲れるままに坑に這ふ背をのばすほどの空間が欲し

地上との交信はこの無線器のみ保安巡視の排気坑道をゆく

一首目の歌は、死んだということも知らされぬまま、着替えを持って来た主婦が坑口に待っている。誰もそれを告げる人はいない。一人の死者は明日のわが身の姿かも知れない。高島炭鉱は海底坑であり、深度八百メートルまで下ってゆく。地上との交信は無線器のみの真っ暗闇の世界である。僅かな額灯と自身の眼、背中を伸ばす程の高さもない坑道である。三・四首目の歌はそれらを活写している。池田の歌集『地底の生』（平成十二年　印美書房）より。平成二十三年没。

古島哲朗は大正十四年生れ。少年期を大牟田市で過ごし、後年、筑豊に移り、古河鉱業所目尾炭鉱に長く勤めた。しかし、石炭産業の急激な凋落によって職場を失い離職。昭和三十九年、再就職のために愛知県に移り住む。『歳華』（昭和五十四年　群炎短歌会）は、炭鉱離職者の光と影が生活を通して丹念に詠まれている。

遺歌集を共につくりしグループも炭鉱を追はれて何処《いづく》にか生く

炭鉱《やま》離れ就きし職場の分校に四十路の妻とガラス戸を拭く

おもひなほ炭鉱《やま》に執《しふ》するわが性の悲しもよ昨日《きぞ》の夢が棲みつぐ

逃亡に似たるひけめをわが持ちて炭鉱《やま》を離れき十年は過ぐ

一首目の「何処《いづく》にか生く」は、翻れば古島自身のことでもあり、生きることの難さを思い遣っている。人生の半ばになって新しい職場で妻と共に生きる姿勢が二首目に窺える。そして尚、炭鉱を離れたことへの思いが尾を曳いている四首目、その抱えた〈負〉を考察し続けた。平成二十四年没。

石炭が国を支えた時代、低賃金で、危険の多い過酷な現場で働いた男たち。炭鉱の閉山によってヤマを追われた坑夫たちの声、その短歌は当時の実態を確実に伝え得ている。

【参考資料】

殿畑豊治『瀝青炭以後』筑豊アララギ会　昭和五十六年

木村守『大正生れ』近代文藝社　平成三年

「香春」北島泰宜追悼号　五十四号　昭和四十八年

松井義弘『黒い谷間の青春』九州人文化の会　昭和五十一年

上野英信『追われゆく坑夫たち』岩波新書　昭和三十五年

石田比呂志「『東雲抄』断簡――古島哲朗歌集」『長酣居雑録』砂子屋書房　平成十九年

『三池炭鉱写真集』―万田坑聞き書き―三池炭鉱掘り出し隊　平成二十五年

有馬学他共著『山本作兵衛と日本の近代』弦書房　平成二十六年

永吉博義・帆足昌平写真集『筑豊・最後の坑夫たち』集広舎　平成二十七年

山口　好

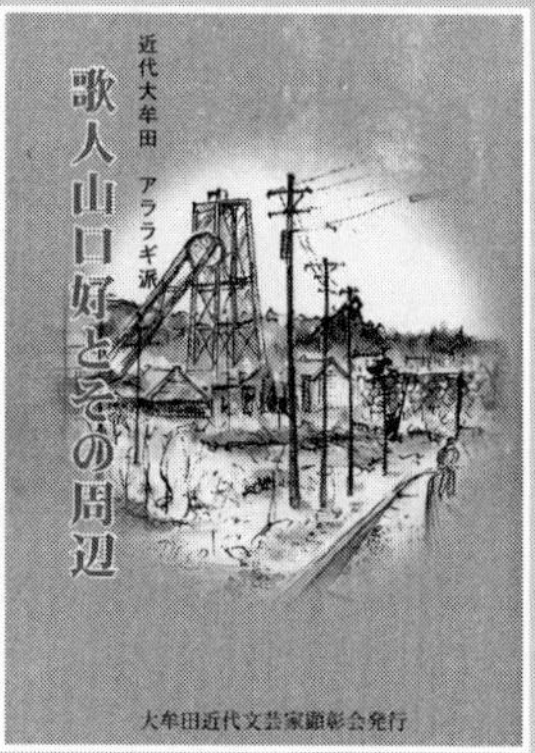

明治28年（0歳）　五月二十六日、父忠太郎、母キクの次男として福岡県大牟田町稲荷に生れる。父は三池鉱山大浦炭坑で鶴嘴鍛冶業を営み、好も小学三年まで、学校を遅刻して父の事務などを手伝っていた。

明治43年（15歳）　高等小学校卒業。名門の三井工業学校に合格するが、父の病弱のため進学を断念。家業の鍛冶に従事する。その一方で、「文章世界」に投稿するなど文学少年であった。

明治44年（16歳）　父が病没。家業の鍛冶を継ぐ。

大正2年（18歳）　九月、文芸同好会「白秋詩社」を結成し、大牟田歌壇で活躍。翌年そこで竹林末人と知り合い、「アララギ」を知る。

大正5年（21歳）　三月、母没。

大正6年（22歳）　三月、弟信義没。四月、「アララギ」に入会。六月号の「結び飯」が初掲載。島木赤彦の称賛を得る。八月、妹アサノ没。年末頃、腸チフスで松原町の避病院に入院。

昭和7年（23歳）　五月、妻ミツ没。好の従妹で入籍はしていなかった。このころより、末妹トモヱをわが子同然に愛し、「児」として歌に詠む。十一月、「アララギ」同人となる。この頃、親族と絶縁、家業で収入を得るのが難しくなり、炭坑内の採炭仕事に関わる。

昭和8年（24歳）　四月、赤彦の求めに応じ、弟忠義妹ミドリを連れて上京。岡麓宅に寄寓、岡の紹介で工場で働くが一月を経ずしてやめる。アララギ発行所に寄寓し、砲兵工廠に勤める。八月頃、芝明神町に家を構え、家族を呼び寄せるが、心臓脚気にかかる。

昭和9年（25歳）　一月頃、帰郷。後妻となった徳永キサの実家に寄寓。三月、長女キミ生まれる。四月頃から大浦坑で菓子の行商をしたり、鶴嘴鍛冶に勤めるが、病状悪化のため、駛馬村に移る。八月の七夕の晩、突然発熱し、数日後、腸チフスと診断され、九月六日、駛馬村避病院に入院するが、四日後に逝去。

鞴《ふいご》挽く弟子をあはれと思へども居眠りすれば叱りけるかも

大正6年

梅の實を盗む兒群《こむれ》の追はれつつみだれて走る足音きこゆ

仕事場にねむり催ふすひるさがり鞴の音の耳に重しも

をさな兒を先にあゆませのぼる坂使ひのこしの銭かぞへたり

大正7年

明王は火守りの神ゆゑあれが鍛《う》つ奉納太刀に加護あらせ給へ

病む妻に心いそげば手まどりて鞴挽きつゝこころあせるも

きのふまで筑紫邊《へ》春《ばる》の大梨をわれにむかせて食せし妻はも

なげく兒を熊笹路にあゆませて笹舟つくるはゝ忘らせに

笹舟は岸を去らねば兒とゝもに息ふきかけて走らせにけり

抱かれて枕につけば眠入《ねい》る兒をわが淋しさによびさましけり
男手のとどかぬゆゑにこれの兒の頭髪《かみ》のくさきにしらみ生ひたり
まはだかの汗ぬぐひつつ坑の人は地上《そと》の日和《ひより》を吾に問ひけり
鎚の柄の凹みに残る亡父《ちち》のあと手馴れてにぎる火床の前に
落盤の重なれる下のうめきごゑ立ちきけるまにことぎれにけり
落盤におしつぶされしまはだかの女人をみたりあかりの下に
千切れたる膝より下の片足を胸あやしくも吾は持ちけり
掘りいだす落盤下の片足はわらぢをはきてゐたりけるかも
生きもののもろきいのちを思ひつつ足場さだめて石炭《いし》掘る吾は

大正8年

足も體《からだ》も一つ木箱に納め入れ荷ひてあがるはだかの坑夫《ひと》は

叱らねば肩にものぼるをさな兒のひとりふるまひさせて飽かぬかも

綿入の羽織の裾を折りまげて背負へる吾兒の足をつつむも

生きもののもろきいのちを思ひつつ足場さだめて石炭《いし》掘る吾は

坑《あな》そとは雨降るならむ入り来る炭箱はみなぬれてゐにけり

死にたれどまぶたつぶらぬ黒馬は臺車に積まれはこばれゆけり

坑《あな》奥のひくき天井に體をまげ石炭《すみ》切りおこすはだかの吾は

坑道の水のなかゆくはなしごゑ機械とまればひびきてきこゆ

挽き馴れて風調子よきわがふいご賣り惜しみつゝながめけるかも

面よせて火力しらぶるかまの穴風つよめつつ鐵熔かす吾は

たぎりつつ粒玉の飛ぶあぶら壺熱量みるとわれちかづきぬ

ひとくれの氷を口にくはへつつふたたび汽鑵《かま》の穴にはひるも

にくたいのをみなにふれぬくるしさを人にも告げずさびしむ吾は

しみじみとつめたきうなじに手をくみてゆくさきくらきいのちを思ふ

故郷《くに》の地踏《つち》まねばいえぬ脚氣病《あしやまひ》むねにのぼりて歸るすべなし

大正9年

生きものと思へぬ小貝かずしれず夕ひく汐になくがさびしき

脚立たずいねつつすするぬるき粥日ながく病めば疎まれにけり

『近代大牟田アララギ派歌人山口好とその周辺』大牟田近代文芸家顕彰会、平成二十一年刊

解説　　　　　黒瀬　珂瀾

大正六年から同九年までの約三年間に「アララギ」に掲載された三一八首。それが山口好の名を不朽のものとした。その短い生涯は大牟田近代文芸家顕彰会による一冊『近代大牟田アララギ派歌人山口好とその周辺』（平成二十一年）にほぼ纏め尽くされている。幼時より利発で文芸愛好の少年だったが、家庭の事情で名門校進学が果たせず、大牟田の三池炭坑で労働しつつ歌を詠み、才能が認められ上京するが体を壊し、夢破れ帰郷、二十六歳で夭折。という物語が好の歌には固く結びつく。読者は歌と共にその境涯をも作品の一部として読み続けてきた。

御木山の炭焼の子のわが打ちし小刀を欲りて今日もうごかず
奉納の太刀鍛つゆゑに業《わざ》たらぬふたりの弟子を今日は叱らず
月よみの片より光る夜のひきあけ務め場に來て火おこす吾は

好はよく「炭坑歌人」と紹介されるが、実際は、炭坑夫らが用いる鶴嘴等の製作修理を手掛ける鍛冶を本業としていた。右に挙げた歌には鍛冶屋としての自負、仕事を愛する心が直截に表れている。子供も欲しがる小刀を見事に作り上げた喜び、鍛冶場の主として弟子を指導する誇り。三首目のように、小さな生活の美を嗅ぎ取る繊細な視点も印象的だ。これらは「職人の歌」であり、己の生への深い自負に貫かれ、主体の意思の太さ、頑固さも感じさせる。

梅の實を盗む兒群《こむれ》の追はれつつみだれて走る足音きこゆ
藤花の花にさはりてむらさきは夜はみえずといひにけるかも

妻の喪にこもれば辻の螢狩り盛りをすぎて日はたちにけり

その一方で右のように繊細な抒情を細やかに追った歌も数多く、好の歌世界の広さがわかる。一首目の童謡のごとき世界。二首目、夜陰に紛れた藤花が持つ、見せ消ちの美。藤を見ていたのは病妻だが、三首目ではその死を悼む心を幻想的な光景に託し、時の移ろいを描いている。好は大正二年九月に文学同好会「白秋詩社」を立ち上げているが、北原白秋を慕っての命名だろう（同年一月に白秋『桐の花』が刊行されている）。好の本質はこの幻想性を纏った白秋的な抒情美にあったのではないか。その美的志向が先の職人的自負と重なるとき、自己劇化の傾向が生まれる。先の鍛冶の歌に見える自己愛的雰囲気もその一つだろう。ここで注視しておきたいのが、好は自己劇化、フィクション的表現を大胆かつ効果的に利用した歌人だという点だ。

笹舟は岸を去らねば兒とゝもに息ふきかけて走らせにけり

男手のとどかぬゆゑにこれの兒の頭髪《かみ》のくさきにしらみ生ひたり

好の愛児の歌もよく鍾愛されるが、最初の妻ミツとの間に子はいない。好が詠う「兒」は全て歳の離れた末妹のことである。右一首目は「アララギ」大正七年七月号に、「きのふまで筑紫邊《へ》春《ばる》の大梨をわれにむかせて食せし妻はも」などの妻への挽歌と共に発表された。当然、好は「兒」という語を用いる効果を意識していただろう（無論、実際に好は末妹をわが子同然に愛していたようだし、心情の誠実さを疑う余地はない）。この自己劇化については篠塚富子「山口好の周辺」（『歌人山口好とその周辺』所収）に詳細な調査がある。好は「人買ひの手には渡りて病多き南の異國《くに》に行きにけむかも」等を含む、人攫いにかどわかされた妹二人の捜索に奔走する一連「いもと」を「アララギ」大正八年二月号に発表しているが、実際には妹二人は無事だったようで、「やや作歌上の誇張があるようだ」と篠塚は指摘している。その他様々な現実の劇化が指摘されているが、これはすなわち、好の作品構成の巧みさ、ドラマ化能力の高さの証左でもある。好が実際に炭坑内の採炭作業に従事したのは五か月ほどで、専業の炭坑夫ではなかった。しかし、数多くはない好の炭坑の歌はどれも迫真性、現実感にあふれ、読者の心をつかむ。

うつ伏せにおしつぶされしこの女人口はゆがみて血しほ吐きけり
千切れたる膝より下の片足を胸あやしくも吾は持ちけり
坑の底に炭箱はこぶよごれ馬いななきかくる人を見分けて
死にたれどまぶたつぶらぬ黒馬は臺車に積まれはこばれゆけり
炭山《すみやま》をくまなく知れる渡りびと入墨の術《わざ》を吾に教へたり

実際に好が落盤事故に立ちあったかどうか、それは最早どうでもいい。ここには《ヤマ》に生きた者たちの生死、その悲痛な運命が凝縮されている。死者の片足を持って立ち尽くす主体の姿は、日本近代における「炭坑」がどのような存在であったのかを、無言のうちに明示している。そして三、四首目は好の鋭い取材眼の成果といえる。筆者が現地で入手した『三池炭鉱写真集万田坑聞き書き改訂版』（平成二十五年）によると、坑内に降ろされた馬は二度と地上に戻されず、死ぬまで地下で働かされ続けたという。好は見聞きした事柄の中から、《ヤマ》の現実として描くべき事実を鋭く選び取り、発信している。五首目も、入墨が無ければ一人前とは見做されなかった《ヤマ》の男の姿を活写している。まさに近代労働文学の、そして炭坑記録画の山本作兵衛と並ぶ炭坑芸術の一つの成果として、山口好の名は記憶されねばならない。
最後、好の上京について概説する。大正七年末頃から好は上京を考えていたが後妻の父に反対され、それが契機で親族より絶縁状態となったらしい。大正八年四月頃上京し、岡麓の家に寄寓、岡の世話で工場に勤め、「火気つよき汽鑵に燈をもつ手つだひの子供はなくもあつしといひて」等、臨場感ある汽鑵《かま》場の歌を残すが、職人的に偏屈な性格が災いして勤めを辞める。その後、一時は芝神明町に家を構えるが、心臓脚気をおこして帰郷。最期は腸チフスで、誰にも病状を知らせぬまま末妹に看取られつつ亡くなった。中央と地方の格差も激しい時代、短歌と「アララギ」によって生かされ、また、殺された人生だったように思えてならない。

生涯

宮原　陽光
（歌人・「大牟田歌話会」所属）

大牟田の稲荷山《とうかやま》は昼でも不思議な静けさを保つ小さな山ですが、常緑樹の青葉が全山を包んでいます。この稲荷山のその山麓に山口好一家の住居は昔から建っていたのです。幅広く北南へこの地域を通っている、産業道路東側に三井、三池工場地帯があります。これもまた工場の近代化のため静かに静かに生産をあげています。重要なこの工場も明治以前からここにあるのです。稲荷山周辺は山腹に墓地があるためか、いつもしんと鎮まりかえっています。何かしら人々を寄せつけぬ霊力のようなものを感じます。それは私だけでしょうか、なぜか人はあまりこの山には近

大牟田市延命公園に建つ歌碑

づかないようです。不思議に怖いのです。人間を寄りにくくするのはこの山の中腹に龍湖瀬墓地を抱えていたからでしょう。この墓地に山口好の墓もあり、この山に山口好の魂が宿っているという人もあります。この三井三池の工場と向かい合う稲荷山山麓に山口好の家が建っていたといっても、今から百年前に山口好の住居があったといわれていても、その位置と家のかたちを考えるてだてもないのです。（ご遺骨自体は三池の西岸寺に移されたそうです。）

山口好の住所は大牟田市稲荷《とうか》一九〇五番地となっていますが、山口家は、父の代から大浦坑の専属の鶴嘴鍛冶職でした。好は小学校五年生から病身の父の代わりに鍛冶職を手伝うため、小学校には、一時間遅れて登校する許可をとっていたといいます。貧困の山口家の家族はその日暮らしでありましたし、小学校校長の特別のはからいでしょう。好は十五歳位から読書に熱中する習慣がついたのが幸いしてか、その頃より短歌に惹かれ、自学自習で歌をつくることがたった一つのたのしみとなっていました。そして、短歌雑誌社へ作品を投稿することは選者に作品を見てもらうことであり、他の歌を作る人との交流の場でもありました。

山口好は、歌人として早熟で、誰からも指導をうけず、十五歳ころから自学自習で、歌の道を独力で究明しました。病弱の父の鶴嘴鍛冶業を扶けながら、書を読み、作歌に励みました。山口好のアララギ入会は、大正六年、異例の早さ、二十三歳で実力を認められて会員となりました。いつの頃からか、貧乏性の好の酒の飲み方は、むっつりといつも下をむき、うらぶれた表情の姿がうす暗く私のまなぶたに浮かんできます。どろどろと酔いながら家庭を思い、歌のことを思う好の胸中は察するに余りあります。あたかも大正六年は大牟田に市制が施かれた年でありました。三池炭鉱が東洋屈指となり、石炭産業工場が建設され、大牟田が俄に脚光を浴び出した年でありました。その年にアララギの山口好作品に光明があたるのは偶然というより栄誉でもあります。

稲荷山腹に残る山口好の墓

山口好の気息の激しさは、一首一首の作品にこめられている。特に大浦坑の制作の場において、その苦しさ激しさは伝わってきます。山口好は原点となる大浦坑で生命をかけて働き、そこで見た暗黒の坑内での落盤事故、危険な坑内での生と死のぎりぎりの線を越えたところを写しとっています。希有な貴重な作品は永遠のものでしょう。かつて石炭王国であった日本には全国に炭坑が数多くありましたが、後世に残る炭坑歌人は、なぜか少ないのです。

稲荷山に明治十一年に横掘り坑として掘削された大浦坑は、天盤低く、暗く狭い坑道は危険率が高く、落盤事故も多く、坑道のずっと奥の採炭現場は気温が高く過酷な作業現場にて、採炭夫も仕繰工も命がけでありました。時折マイトをうつ切羽や坑道は落盤の危険度は高く、命がけの仕事になる。岩崩れが起こり、岩盤が、みしみしと不気味にきしむ。山口好の歌の大浦坑の落盤事故の血生臭い不気味さや、落盤の危険を一瞬に的確にとらえたその写実は非凡です。しかし、山口好の大浦炭坑の歌は、一首一首の手堅い独立性のあるリアルな真実のひびきが肉迫する。その衝撃は、一枚の写真や絵画も遠く及ばない鋭さがあります。

平成二十二年三月二十七日には大牟田市延命公園玄関奥に山口好の歌碑が建立され、碑面には「掘りいだす落盤下の片足はわらぢをはきてゐたりけるかも」が刻まれた。永遠に山口好を讃えるために市民の浄財で建立されました。

【参考資料】

竹林末人「山口好氏の最後」、「アララギ」大正九年十二月号
松井一郎「山口好」、「アララギ二十五周年記念号」昭和八年一月号
斎藤茂吉「亡友十人傳」、「短歌研究」昭和九年十月号
茂木純「山口好について」、「牙」昭和五十二年三月号
宮原陽光「山口好の歌」、「大牟田歌話会会報107」平成二十年七月
石田比呂志「忘れられた歌人」、『夢違庵雑記』、短歌新聞社、昭和五十二年
同　「消えた彗星」、『続・夢違庵雑記』、短歌新聞社、昭和五十二年
同　「続・枕辺雑感（二七）」、『閑人囈語』、砂子屋書房、平成二十四年

山本 詞《つぐる》

下坑前

昭和5年（0歳） 三月三日、福岡県田川郡の明治鉱業豊国鉱業所の炭鉱住宅で生れる。幼少より炭坑労働者の苦を身近に知る。

昭和20年（15歳） 甲飛予科練を志願、前原航空隊に入隊。終戦で除隊。

昭和21年（16歳） 鞍手中学を卒業後、古河目尾鉱山に就職。翌年にかけて啄木の『一握の砂』などを読む。

昭和28年（23歳） 結核を発病。

昭和29年（24歳） 四月に一時退院、炭坑の俳句会に参加。「寒雷」の土居漠秋らを知る。病状悪化のため再入院し、療友の影響で作歌を始め、毎日歌壇に投稿。十一月、「形成」北豊支部に参加。有野正博の指導を受ける。

昭和30年（25歳） 「形成」に入会。石田比呂志、「標土」の池田富三、「群炎」の仰木実、浦橋七郎らを知る。この頃、生涯の恋人となる手島さかえに会う。

昭和31年（26歳） 毎日歌壇の第一回の年度賞受賞。目尾炭坑に復職。古島哲朗、野村実智明、「寒雷」の山本基志らと文芸サークル誌「萌芽」を発刊。

昭和32年（27歳） 「群炎」に参加。

昭和33年（28歳） 一月、「形成」第一同人。三月、「月刊炭労」新年文芸特集号の短歌部門で作品「黴の花」が第一席。九月、第一回短歌研究新人賞で作品「地底の原野」が第二席。六月、「萌芽」を終刊し、「短詩型」を創刊（翌年八月まで）。十月、上野英信、谷川雁らの「サークル村」に参加。十一月、「短歌研究」に作品「黴匂ふ坑」掲載。

昭和34年（29歳） 三月、目尾労組の機関紙委員になる。

昭和35年（30歳） 四月、サークル誌「ヤマの音」を創刊（翌年十二月まで）。炭坑に限らず、一般の職場や主婦らとの連携を深める。過労と飲酒のため肝臓を患う。五月以降、三池争議で現地オルグの活動。

昭和36年（31歳） 労組活動に尽力。九月、炭労の政策転換斗争で上京。

昭和37年（32歳） 一月、石田比呂志らと「牙」を創刊。三月三十日、午後八時十分、坑内の炭車事故にて殉職。

軌条のみ地底深く続きゐむ坑口はストの静けさ保ちて

炭住の空に泳がす鯉のぼりの幾つかは鉱夫継がむ子らのもの

弟のため婚期過ぎしと聞きてより婦長を吾は憎まずなりぬ

身を避けて発破続けし坑内に匂ひゐし黴の花白かりき

男勝りの鉱夫と母は言はれ来し手をとれば石炭に触れ居る如し

硬山《ぼたやま》を仰ぐときやはり鉱夫らの歴史は鉱夫が変へねばと思ふ

炭粉に頬染めて走り行きし子らすでに鉱夫の言葉放ちて

逢ひにゆく朝ひたすらに梳く櫛より坑塵光りとなりてこぼるる

プラカードの諷刺漫画を高くもつ友と煙草の火を分ち合ふ

落盤に埋れて死にし今日の坑夫空弁当をひとつ残して

今日死にし坑夫の家より洩るる灯に照らされて光る草の露あり

午《ひる》のサイレン鳴れば素早く喰ひ終へて吾はまどろむ炭車音の中に

炭塵もガスも吸ひきし鼻孔より生ひ出でて坑夫の鼻毛は荒し

幾人かの死傷者も打算の中にありて深部採掘の予定表作らる

発破合図の笛鳴れば忽ち逃れゆくかの敗残の兵の如くに

坑道を断たるれば送風管を伝ひ逃れ得る事も確めて働く

鶴嘴を打ち続けつつ不意に思ふ拇指切断の保険金額を

埋没せる一人を漸く救ひ得て添ひ帰る湖に揺らぐ新樹ら

炭坑夫の上りゆく文化水準を本当は怖るる彼らと思ふ
選ばれてドイツの炭坑へ行きし一人先づ賃金に触れて書き来ぬ
爆砕せし炭壁に吾は佇ちつくす此の征服感の寂し地底よ
風化岩咄嗟に崩れ落ちし坑よ父を押しのけて逃れし日もあり
この疲れ語りたき妻など吾になし坑出でて驟雨に打たせ洗ふ半裸を
わが世代に掘りつくし得ぬ坑内の原野ひろびろと走れり図面に
即死坑夫を積みきし炭車忽ちに長き連結の中にまぎるる
坑出でしどの坑夫らも寄りゆけり一斉に春日を反す草生に
掘り出されし君の崩落箇所にやがて黴の花ひそかに咲く日もあらむ

この地底より遂に遁れ得ぬ生活と思ふとき親し黴匂ふ坑も

対き合ひて父との会話もまれまれに坑夫二代と言ふ語が愛《かな》し

対決する思ひに鶴嘴を振り上ぐる此の秩序ある地層の肌に

たまらなく逢ひたくなりし午後の地底自棄のごと振ふわれは鶴嘴を

絶えまなき発破硝煙の中に掘ればいま人間の臭ひもたぬわれら

唐突に地上の雨を君は言ふ濡れて着きたる坑木の香に

デモ果てたる広場より一人の歩み移すわが視野に遠き駅の灯があり

雪降れば雪の童話に眠りゆく吾の子が無性に欲しき夜があり

『定本山本詞歌集』裏山書房、昭和六十年刊

解説　黒瀬珂瀾

戦後日本に、こういう生活が確かにあったのだ。山本詞の歌の数々は、炭坑労働の厳しさと、それを懸命に生きた青年の葛藤を時を越えて伝える証言として、みずみずしく輝く。

膩脂濃きネクタイ明日は取り出し紙魚拭はなむ癒え近ければ

また癒ゆる日もあらむ排気坑口より洩るる夜の灯り見て佇つ

療養生活の中で山本は短歌を始めた。そこにあるのは、自らの生活を取り戻したいという若々しい焦燥である。右はどちらも昭和三十年の作。結核のため一年間を入院して過ごす中で「形成」に入会し、本格的に作歌に取り組んだ頃の歌だ。一首目、「癒え近ければ」と歌に希望を込めつつ、「明日は」ということでまだその時間が来ないことを示す。ネクタイの膩脂色が、生命力への渇望を思わせて印象的だ。二首目も物静かながら、洩れ来る小さな灯りを見つめる主体には、狂おしい焦りが感じられる。山本はこうした欠乏感の中から、己の短歌を育てて来た。

君と同じ神を讃ふる国の人らが今も水爆造りて居らむ

たはやすく感激をする女らを憎みて夜のカーテン下す

殺伐に過ぎし青春わがもてば或日君の労働歌《インター》憎めり

いずれも同時期の歌だが、そこにある怒りの感情は明らかだ。欠乏感はゆっくりと、社会や人間への怒り、批判の心となって、作者に歌を呼び起こす。一首目、ストレートなアメリカ批判の歌に見えるが、底にあるのは眼前に善を説く「君」個人への怒りだろう。二首目、女性蔑視的表現ではあるが、怒りは逆に「たはやすく感激」できない己の内部へも向けられている。三首目は健康、安定への率直な妬み。それを直視することで、歌に揺るぎない時代性が浮上してくるのが興味深い。

幼少からの炭鉱住宅生活がこうした感性を育てたのか、それとも山本が意識的に体得していったものかは判別できないが、かような批判精神をどのようにして歌に昇華させてゆくかが、山本の大きな課題であったように思える。だが、三十二歳で殉職した山本には十分な時間は与えられなかった。従ってその歌たちは全体的に若書きの印象を残しているのだが、その一方で、山本特有の抒情性も着実に広がりを見せている。

乏しき灯を消して鉱夫ら眠るとき月は社宅の間を滲みゆく

敗北を銜きくる如し夜の深みを支へゐる薄きガラス戸震へば

硬山《ぼたやま》も見えなくなれば車窓に寄り旅の蜜柑を音たてて吸ふ

こういった歌には、山本の実験精神が見えるように思われる。炭坑の風景や鋭い感情と、柔らかな抒情をいかにして合致させ、止揚させるかという問いがある。そこに、現実を生きる命を歌に表したいという熱情があるのは明らかだ。一首目、構図的ではあるが、山本の一種メルヒェン的な抒情のあり方がよく表れている。疲れの底に沈む鉱夫たちと優しい月光。二首目、歌の背景は分からないが、敗北感の中から見つめる硝子戸の震えが印象的だ。三首目、蜜柑の甘さ、みずみずしさが「音たてて吸ふ」の語によく表われている。その結句が硬山《ぼたやま》（石炭採掘時の捨石の集積所）から遠く離れた開放感を高めている。

硬山《ぼた》の投影長き此の地帯を遂に故里として棲みつきぬ

硬山《ぼたやま》を仰ぐときやはり鉱夫らの歴史は鉱夫が変へねばと思ふ

くちづけの痕を隠せる首のガーゼ病みゐても哀しき愛とは思はぬ

腐れたる支柱木替へむと寄りしとき羽蟻は生きて飛び立ち行きぬ

一首目は昭和三十二年作で、福岡県小竹町に建つ歌碑に彫られた歌。二首目はその社会性に満ちた決意から山本の代表歌とされる。その一方で三、四首目のような、生きること、働くことの優しい強さを詠い上げた作も重要だ。その二つの極を往還する中に山本の詩情がある。

身を避けて発破続けし坑内に匂ひゐし黴の花白かりき

掘り出されし君の崩落箇所にやがて黴の花ひそかに咲く日もあらむ

この地底より遂に遁れ得ぬ生活と思ふとき親し黴匂ふ坑も

黴の花が炭坑内でどのように咲くのか、筆者は不勉強にして分からない。だがこの「黴の花」が山本にとって、苦しい炭坑労働の中に安堵を見出す心の象徴として重要なものであることは明らかだ。こうした《苦》と《美》を橋渡しする精神に、時代を越えて広く読まれるべき山本短歌の鮮やかさがある。

さて、山本の名が当時の短歌界に広まったのは、昭和三十三年、五十首の連作「地底の原野」が、「短歌研究」の第一回新人賞に第二席として推薦され、三十首が誌上に掲載されたことにある。

風化岩咄嗟に崩れ落ちし坑よ父を押しのけて逃れし日もあり

炭壁を打ち砕く重き気流のなか閉ざされて不意に兆す性慾
放歌しつつ掘る一群よこの地底に狎らされてきし平安と思ふ
わが世代に掘りつくし得ぬ坑内の原野ひろびろと走れり図面に

といった歌が「短歌研究」同年九月号に見える。山本が二位に入ったのはほぼ近藤芳美による強い推輓によるものだった。近藤は「山本詞氏の捨て身な態度をより高く買いたい」という選後評を述べている。また後年、松井義弘は二首目について「追われる獣が死糞をするような精神の痛みがあって、われわれに生命体としての人間の肉体反応の神秘性を考えさせる」（『黒い谷間の青春山本詞の人間と文学』、昭和五十一）と述べた。山本の他の作品にも関わる卓見だろう。

その一方で同時期より山本は、同時代歌人の影響を強く受けだしている。例えば「傍観者の位置にしあれば坑夫の死をめぐりて吾も饒舌なりき」（昭和三十三）、「てのひらにのせられて争ふ如くにも相搏ちて「三池」の坑夫は傷つく」（昭和三十五）といった歌を見れば、「傍観者」という語彙や圧迫感のある語法等に近藤芳美の影響を感じられる。だが筆者が見る限り、山本はその影響をうまく自分の中で消化し、さらなる歌の地平を切り開く前に命を終えてしまったようだ。その早世を心から惜しみ、幻となった熟達期の歌を夢見るのだ。

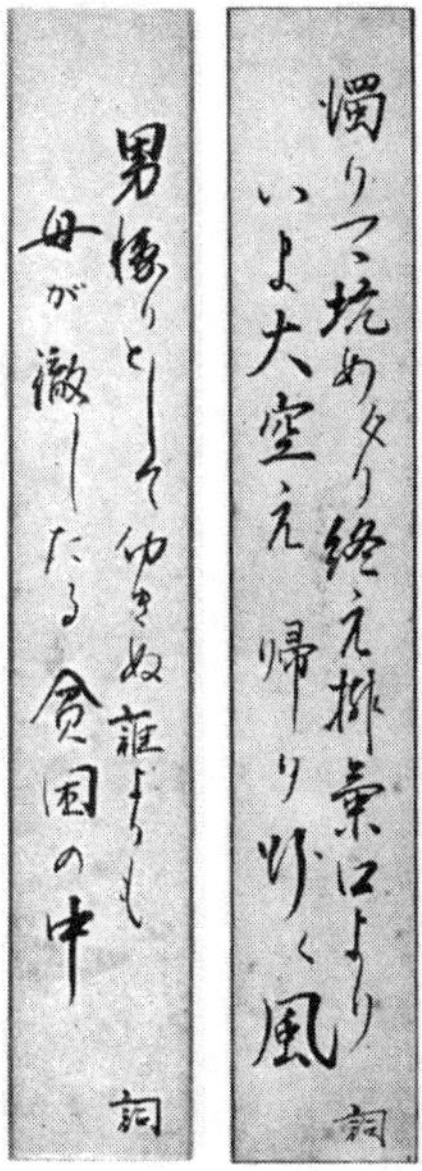

自筆短冊

生涯

松井　義弘（歌人・「綱手」所属）

「筑豊炭田の歴史そのものとでも形容すべき山本詞《つぐる》」と書いた作家の堀勇蔵の讃辞があるように、彼の父山本千代治は筑豊炭田の中小炭田を放浪して暮しを立てる「先山《さきやま》」の一人であった。

詞は昭和五年三月三日、福岡県田川郡糸田村の明治鉱業豊国炭坑の炭住にて、母スギとの間に生れた六人兄弟の長男で、昭和十一年四月糸田尋常小学校に入学、翌昭和十二年五月、父千代治は十一年間働いた豊国炭坑を上役と喧嘩して辞め、三井田川四坑に働く。秋に父が坑内作業中に負傷し、十二月、母が三女キクヱを出産後、極度の貧血で入院した。彼のすぐ下の妹タツ枝は糸田町の知人の家へ、詞は学校があるので川崎町の知人の家にそれぞれ預けられた。幼少より炭坑労働者の苦労を知ることになる。

福岡県小竹町新多に建つ歌碑

昭和十三年、父千代治の負傷は癒えたが、会社の規則によって復職が出来ず、鞍手郡小竹町新多古河目尾《ふるかわしやかのお》炭坑に移った。詞も勝野尋常小学校に転校。同年九月、炭住を移ったため、目尾尋常小学校に転校。

昭和十七年三月、目尾尋常小学校を卒業、四月、直方《のおがた》の福岡県立鞍手《くらて》中学校に進学。昭和二十年三月、甲飛予科練を志願、前原

航空隊に入隊。八月九日、長崎の原爆投下を遠望した。昭和二十一年（十七歳）、三月に鞍手中学を卒業。四月、古河目尾炭坑に、保坑夫として就職。父、千代治の後山《あとやま》として坑内に下り、炭坑夫としての第一歩を踏み出す。その折り、彼は「二十歳まで坑内で働く。それから勉強して、できたら教職に就きたい」と姉のスミヱに語っている。当時の食糧事情のためもあったが、あくまでも一家の貧窮の手助けの為の入坑であったのだ。

昭和二十三年、三井中央病院に看護婦として働いていた長女スミヱが、結核を発病して入院する。昭和二十七年二月には、父の千代治が目尾炭坑を停年退職した。詞は一人で一家の生活を支えなくてはならなくなった。その上、昭和二十八年三月、今度は詞が結核を発病し、福岡県京都《みやこ》郡の豊津療養所に入院する。山本家にとっては、最悪の事態だった。

昭和二十九年（詞、二十五歳）十一月、浦岡薫の紹介で豊前市の有野正博を知り、「形成北豊支部」に入会し、短歌を本格的に作るようになった。また、この時期に同じ療養所で療養していた手島さかえを知る。この二十五歳の女性こそ、生涯の恋人となる女性であった。

昭和三十一年一月、「毎日歌壇」で昭和三十年度の年度賞が設営され、彼の作品は川田順に推薦されて、第一回受賞者となった。そして、三月、豊津療養所を全快退院し、目尾炭坑に復職した。

昭和三十三年一月、「形成」第一同人に推挙され、その地位を不動のものにした。

今は亡き九州大学教授の正田誠一氏は、「歌と死と」と題して、次のように書いた。

「山本君のめざめは深かった。肉親の愛情のふかさ、転々した坑夫の息子の経験の複雑さもあったろう。それにも増して、中学を出たばかりの青年が父親のあとやまとして、炭坑の襞《ひだ》の奥にふれ、病苦と生活の崩落と、恋と飢えとに直面したためざめの深さではなかったか。彼はそれを歌い彫んだ」

坑内の雨のなか背を曲げて掬ふ石炭も友の半裸も濡れてかがやく

この労動歌、この人間讃歌に見られる骨太い抒情はどこから生まれてきたのであろうか。はっきり言って、文学とは態度の問題である。現代のような人間不信の時代に、いかなる表現論が必要か。われわれは再考すべきであろう。行動としての表現を考えずして、いかなる文体があるのかと、私は叫ばずにはいられない。

豊津療養所時代に二十五歳で始めた歌作を考えるとき、歌人としては遅い出発をしながら、三十二歳で目尾炭坑の地底に没するまで、七年間に千三百余首の作品を残し得たのは実に立派である。晩年に近く、彼は上野英信、谷川雁、森崎和江らの「九州サークル研究会」に顔を出して、「萬人一人坑」という言葉を知る。この上野の言葉こそ、山本詞の言葉であったと、私は深く確信してやまない。

【参考資料】

山本詞『地底の闇を切り開け』、山本詞遺歌集編纂委員会、昭和三十七年
同　『地底の原野』、山本詞遺歌集編纂委員会、昭和三十七年
渡辺順三「歌集・歌書批評特集　地底の原野」、「新日本歌人」、昭和三十七年十月号
松井義弘『黒い谷間の青春―山本詞の人間と文学―』、九州人文化の会、昭和五十一年
山本巌「筑豊崩壊―炭鉱歌人の青春と死」、『福岡から見た昭和史』、書肆侃侃房、平成十五年

岩本宗二郎

明治28年（0歳）　八月二十二日、熊本市に生る。

大正5年（21歳）　三月、熊本商業学校卒業。四月、三井鉱山三池製煉所入社。同時期に「水甕」入社。

昭和初年以降　くろだいや新聞、熊本日日新聞、有明新聞等の歌壇選者となる。「大牟田行進曲」「福岡行進曲」「三池製煉所社歌」その他市内外学校校歌作詞。

昭和20年（50歳）　七月、大牟田空襲、戦災にあう。八月、終戦。十月、山口県下関市の三井金属彦島製錬所に転勤。

昭和21年（51歳）　八月、定年退職（事務長）。

昭和23年ごろ（53歳）　三池労組本部の会計責任者として再就職。

昭和37年（67歳）　肝臓病のため大牟田市立病院に入院。

昭和38年（68歳）　大牟田歌話会会長に就く。水甕九州誌友会会長。五月、第一歌集『貝群』出版（日本文芸社）。

昭和39年（69歳）　水甕阿蘇大会にて水甕賞受賞。詠草欄選者となる。

昭和42年（72歳）　大牟田市文化功労者表彰。

昭和43年（73歳）　大牟田市甘木山公園に歌碑建立。

昭和47年（77歳）　『昭和萬葉集』に作品多数採録。

昭和51年（81歳）　四月、生花洋画短歌親娘三人展（井筒屋ギャラリー）。

昭和52年（82歳）　二月、肺気腫のため済生会病院に入院。

昭和54年（84歳）　八月、妻逝く。

昭和56年（86歳）　水甕全国大会最優秀賞。

昭和57年（87歳）　六月、肺機能障害にて済生会病院に再入院。

昭和58年　四月十日病勢悪化。四月十三日午前十一時逝く。享年八十七歳。

昭和59年　第二歌集『夕茜』出版（短歌新聞社）。

合同歌集に『蓬莱集』『青燈集』『七彩』『筑紫野』『不知火』『卑弥呼』等がある。「水甕」「人間的」同人。日本歌人クラブ会員。

終戦のおもひはふかし海峡にあまた沈める我が国の船

昭和20年

明日よりの試験に励みをりし娘《こ》が草かげろふをしばし這はせぬ

戦災者特配の軍用外套を今年また裾長く着てつとめに通ふ

雑談となりて左右の派閥なく熱き渋茶が配られてきぬ

闇市になほ住みのこる家ありて一軒は鍋釜の修理す

未帰還者在籍打切りと決りたる夕《ゆふべ》蒸し暑きバスに揺らるる

遅れじと相次ぐデモの隊列に老いしひとりがつく松葉杖

昭和28年

長期ストやうやく止めり夕光は退潮どきの河幅に満つ

落盤死ありし夕べに子供らの食べ荒らしたる食卓につく

流し元塗り終へし左官がわが書架より抜きだして読む「肥後勤王史」

死にちかく母が蓄へゐし財布移す臥床のしたにのこれる

リベラリストをいたく憎みし頃ありき憎まぬ今も少し軽蔑す

増産にはげまされたる日が嘘のごとく六千名馘首案出づ（三池争議）　昭和35年

「ストはいや」と貼りて一斉閉店の町に渦なす七万人のデモ

卓上に黄いろく置けり警棒に昨日撲《う》たれし君のヘルメット

ただならぬ闘争街に豆腐屋が豆腐を売りに来る刻正し

この膝に嗚咽をききし過去ありや否やは知らず瘠せし手を組む

『貝群』日本文芸社、昭和三十八年刊

つぎつぎに遺体を運びくる車燈夜尿に起きし身は冷えて視つ（炭塵爆発事故）
昭和39年

腹も顔も焼けたる君の亡骸は手足そろひてをりしとぞ聞く

箸とどめ眺めてをれば泡雪は手のとどかざる庭石に積む

あぶな絵に類ふ挿絵のある蔵書いつかは子らの眼に触るるべし

儲けねばならぬ企業に使はるるわれら文化の日の埃吸ふ

街中につねうとまれて臭ふ川ゆふべ妙なるひかりを流す

デモの列解くれば主婦となる貌の幾連れ商店街へ流るる

石粗く削れる墓標獄囚の番号のほか何もしるさず
昭和46年

囚人は繋がれしまま炭掘りきかく簡素なる墓となるまで

刑死待つ日もくろかみを束ねけむ銀くすみたる十字かんざし（島原吟詠）

年々に綴れる宗門改め帳おほよそは姓もたぬ名をつらねたり

坑内に果てたる挽馬供養塔さがせる足に草からみつく

二歳児の孫が広島原爆忌テレビに見つつ掌をあはせけり

惜しみつつ夕餉に食へり亡き妻が最後に漬けてくれし味噌漬　昭和55年

庭さきに乾して彩る子らの傘吾が亡きのちもかくならぶべし

生きてゐてけふも目覚めし暁の泪は右の眼より流れぬ

小堀流踏水術にはげみたる少年の日よ今ははろけし

『夕茜』短歌新聞社、昭和五十九年刊

解説

五所　美子

昭和二十年七月二十七日の空襲によって、岩本はすべての歌誌歌稿を失った。「水甕」入社以来三十年間の作品を歌集に収めることができなかった。昭和二十年八月の終戦。十月の三井彦島製錬所への転勤。関門海峡に面した島である。

終戦のおもひはふかし海峡にあまた沈める我が国の船

みなぎらふ天つひかりはありがたし冬の蟋《いとど》を殺したまはず

米兵を随へし賠償委員らのときに記録とる指は毛深し　工場にて

敗戦後の混乱にあって歌は静かで穏やかである。おおかた焦土と化した日本であったが、「みなぎらふ天つひかり」を実感し復活蘇生の未来を予感している。「冬の蟋《いとど》」は茂吉の影響が感じられる。「ふり灑《そそ》ぐあまつひかりに目《め》の見《み》えぬ黒《くろ》き蟀《いとど》を追《お》ひつめにけり」には、青年茂吉のうっ屈した心があるが、岩本には天然自然の恵みに対する感謝がある。敗戦国日本は連合国側の占領下にあった。軍需工場であった彦島製錬所はＧＨＱの調査を受けた。工場の責任者として岩本がその対応に当っている。伝統的な写実の詠法であるが、鋭い観察眼がある。

第一歌集『貝群』の歌集名は、有明海の干潟で貝掘りをした、その一連の歌によっている。

退きのこす潮《うしほ》つめたき潟踏みてわが蹠《あなうら》にさぐる貝群

視覚より足裏でさぐる触覚が冴えている。干満の差の大きさで知られる有明海の干潟は魚貝の宝庫であるとともに、海底深くには良質で豊富な石炭の分厚い鉱脈があった。平地を掘り尽くした鉱道は海へと伸び網の目状に広がっていった。岩本の生活の場であった有明海沿岸の大牟田荒尾が、のちに歴史的な三池争議の地となり、世界に例を見ない炭塵爆発事故の地となった。

配給の鯨肉《くじら》ぶらさげ幅ひろく夕日のさせる道を横切る

闇市になほ住みのこる家ありて一軒は鍋釜の修理す

売り放しはぐれし戦時公債を今に蔵ひをり資料か何ぞの如く

こゑ嚥《の》みて勝負を目守《まも》る賭けごとの玩具《おもちゃ》の競馬二頭躓く

物資の極度に不足していた当時の庶民生活が活写されている。「賭けごと」の歌は、石炭景気で賑わった戦後の大牟田の路傍の点景である。結句まで切れることなく息長く詠むのが、岩本の独特の文体である。

再軍備やむなしといふ声ひびき吾れは呟く在り甲斐もなく

講和特赦に関はりもなきいにしへの流刑といふをひとりしおもふ

未帰還者在籍打切りと決りたる夕《ゆふべ》蒸し暑きバスに揺らるる

昭和二十五年朝鮮戦争が始まり、米ソは冷戦時代に入る。サンフランシスコで講和条約が締結され、同時に日米安全保障条約が結ばれた。平和憲法が出てまだ三年であったが、国家警察予備隊（のちの自衛隊）が創設された。戦争の悲惨を味わった一人として、国の政策の動向から目を逸すわけにいかない。

戦中戦後は増産につぐ増産で景気のよかった石炭業界にかげりが見えはじめた。安価な外国炭の輸入、やがて石炭から石油へのエネルギー転換があった。

「ストはいや」と貼りて一斉閉店の町に渦為《な》す七万人のデモ

全国から支援の労働者、市民、学生、政党関係者が集結した。中央の安保反対デモと呼応しつつ互いに熱は高まっていった。「総資本対総労働」と言われる日本最大の労資紛争となった。闘争の激化は三池労組の内部分裂を生んだ。憎しみが生まれ増幅した。闘争の現場で死傷者が出た。

憎しみを吐くときゆがむ相貌を曝らしてデモの列蛇行せる

ただならぬ闘争街に豆腐屋が豆腐を売りに来る刻正し

騒然とした闘争街の非日常の日々に、日常がもどる瞬間がある。豆腐売りの声が静かで平和だ。かつて控え目な表現をとっていた岩本だが、今は調べは切迫し断定的だ。岩本は外部の傍観者ではない。三井の労資関係の第一線からは退いている今の位置が、冷静で客観的な眼で闘争の姿をとらええた。歴史的争議の証言者として価値をもつ歌群となった。

この三年後に世界で例を見ない炭塵爆発事故がおき、多くの死傷者を出した。安全管理に問題があった。この年昭和三十八年は、翌年の東海道新幹線開通と東京オリンピックを控え日本中が夢と希望にあふれていた。所得倍増は成り戦後の経済復興は軌道にのったが、岩本の眼は世の中の華やかな現象や流行を喜んではいない。

石粗く削れる墓標獄囚の番号のほか何もしるさず

囚人は繋がれしまま炭掘りきかく簡素なる墓となるまで

大牟田で囚人労働が始まったのは明治五年、昭和六年まで続いた。明治時代の殖産興業、富国強兵の推進力になったのが石炭である。その労働力確保のため九州一円の囚人が集められ大牟田に獄舎が出来た。

刑死待つ日もくろかみを束ねけむ銀くすみたる十字かんざし
この島にのこれる稗史使徒たりし聖ジョセフをつひに伝へず
読みゆきてつひに惑へり弱き者のみが生きのこりゐる一揆伝

「島原吟詠」から。女の命の黒髪と十字かんざし。肉体と精神が切り結ぶところに怪しい美しさが生れる。短歌は正史ではなく稗史の側にある。稗史からも零れ落ちたものの側にある。強いものに力がある。弱いものに力がある。歴史を繙けば発見するいのちの不可思議がある。敗戦の年の「階段《きざはし》に積もれる塵のかすかなるいのちをぞ思ふ南無三世諸仏」の一首が忘れがたい。

（歌人・「水甕」所属）上原　直子

生涯

宗二郎が生まれ育った熊本市萬《よろず》町は、加藤清正が熊本城を築いた折に作られた商人の町である。火事や有事に備えて一町一寺制が布かれ、寺の廻りを町屋が囲みさまざまの店で賑わったそうだ。幸い戦災を免れた狭い町筋を訪ねると、古色然とした東本願寺の佇まいと異様な鬼瓦が印象的である。市制改革の折に当時の長老等が「町名」と「町筋」の保存に鋭意努力されたらしい。

そのような町の老舗である蕎麦屋の長男として育った宗二郎は、県立商業学校（現県立熊本商業高校）に入ったが、卒業翌年の大正五年に三井鉱山三池製煉所の事務職に就職し、以来大牟田中心の炭鉱街で暮らし、仕事の傍ら短歌を通じて大牟田の文化活動に努力を重ねた。

宗二郎の短歌との出合いは、源実朝の「もののふのやなみつくろふこての上に霰たばしるなすのしの原」であった。宗二郎の短歌人生を形成する原点ともなった一首であり、出身校の『熊商七十周年史』（S41）「随想」欄で述べている。十代の若さで短歌に目覚めた彼は「草昧」と言う校内同人誌を作るに至り、以来投稿による作歌活動が始まったようだ。大牟田歌話会会報第42号（S46・7・25）の「大牟田歌壇回顧」に、「大正五年、着任した時最も喜んで迎えてくれた歌友は、山口好（アララギ派、島木赤彦に師事）だった」と記す。山口とは投稿仲間として既に交流があり、水甕入社後も系統は対照的だが、三井系の若者同士で若さ溢れる大牟田歌壇だったと述懐している。

短歌に積極的だった彼は、就職した大正五年十二月に水甕入社、以来六十八年間を水甕同人として短歌活動人生を送る。彼の短歌への情熱は熱く、その指導力と人柄に引かれて集う仲間は多く、昭和初期当時の毎月例会は自宅を使用していたという。

そんな長閑さも、昭和六年以降日本全国一大恐慌に見舞われ、不安がつのるなか、実家の蕎麦屋は畳み、両親を大牟田に呼んで共に暮らし始める。ところが、年の瀬の父の様子を見ながら「商売をやめたる父の年の瀬のいとまおほきはさびしさに似つ」と詠み、彼も大晦日の蕎麦屋の活気を思い出しながら、嫡男である責任感と、防ぎようもない時局の不透明さに悩む宗二郎であった。

昭和十二年後半、いよいよ不況に焦る会社側の過酷な炭坑作業員への重圧や、炭住界隈の悲惨な暮し向きを気遣っている折も折、三池鉱業所の機関紙「くろだいや」短歌欄の選者となった宗二郎は、迷わず多くの勤労歌人を育て、水甕大牟田支社を結成する。

この後十六年には太平洋戦争が始まり、戦況悪化のまま、大空襲で炭都大牟田の旧市街地は殆ど灰燼と化し、宗二郎も一切を失った。無惨の極みは、掛替えのない短歌資料一切を焼失したことだった。そんな真っ只中を、老いた父の命をのみ希って逃げ惑う実直な男であったが、その直後の八月十五日敗戦となった。

絶望的な窮地にありながら、宗二郎の詩魂を呼び覚ましたのは転勤地の下関。静謐な歌境が彼の持ち味となっていく。だが新転地も一年で退職する。人生の岐路に立って誰しも味わう虚脱感に苦しんだ。しかし、詠む歌には、余韻に哀感は漂っていても惨めさはなかった。

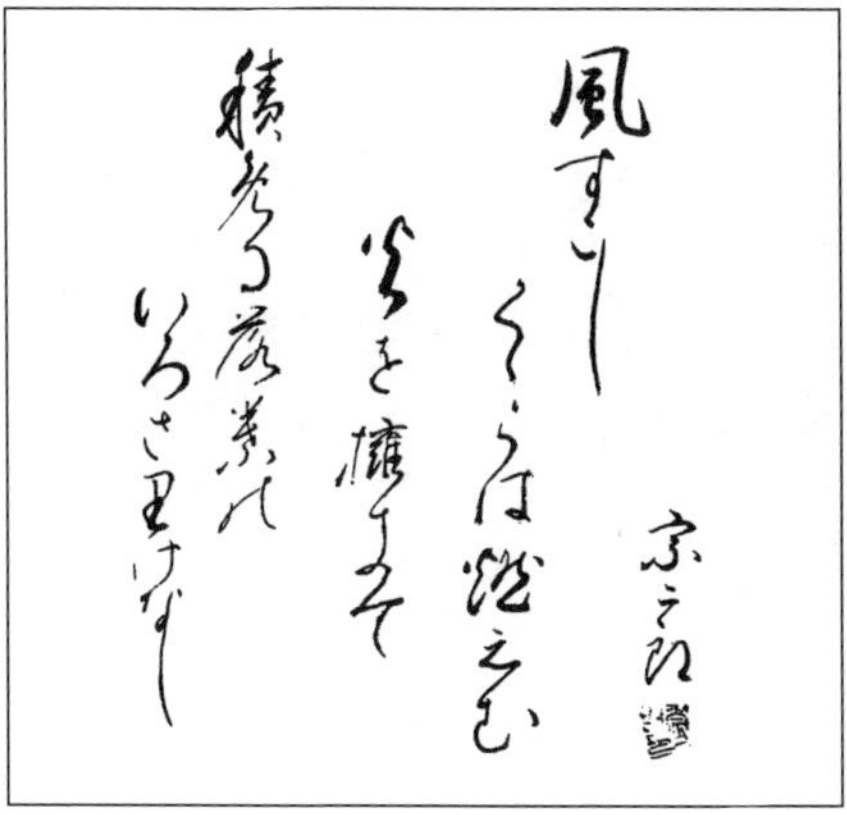

昭和二十三年から二十八年の間に世の中は急速に変貌していくが、彼自身転職、転居を余儀なくされながら、根本の石炭産業の斜陽を見守るしかなかった。苦労を共にしてきた両親であるが、親孝行だった宗二郎は、父を二十二年に、母を三十年に看取り終えて、大牟田に腰を据え、本格的な短歌人生を始めることとなる。
『昭和萬葉集』に応募し、一〜十三巻に掲載される。就中十三巻の〈動揺する日本〉の入選は〝昭和三十五年の十大ニュース〟ともなった三池争議のドキュメント詠

大牟田市甘木山公園の歌碑

であり異彩を放った。以来大牟田を中心に地方文化の向上に尽力した彼の足跡が浮彫となってゆくなか、満を持した第一歌集『貝《かひ》群《むら》』を昭和三十八年に出版した。それは、水甕五十周年記念の節目の年であり、同時に水甕九州誌友会会長就任の重責を担うことになる。翌三十九年には水甕賞を阿蘇での全国大会で受賞。更に水甕詠草欄の選者となった。

続く四十二年には「大牟田市文化功労者表彰」を受け、四十三年の「大牟田歌話会会長」就任と続く。そして念願であった歌碑が、大牟田市甘木山公園に建立される。歌碑には、「波形を刻める干潟夕映えて満ち潮の泡めぐりはじめぬ」と、歌集『貝群』の中の一首が、自筆で彫られている。

【参考資料】

井上生二ほか「岩本宗二郎追悼特集」「大牟田歌話会会報」　昭和五十八年七月
内田守人「岩本宗二郎の短歌」「人間的」　昭和三十八年七月
岩本宗二郎ほか「大牟田歌壇回顧」「大牟田歌話会会報」　昭和四十六年七月
九州産業考古学会筑後調査班編『筑後の近代化遺産』弦書房　二〇一一年
太田薫『わが三池闘争記』労働教育センター　一九七八年七月
三池炭鉱退職者の会編『みいけ　三池闘争30年をふり返って』　一九九〇年三月
西村健『地の底のヤマ』上　講談社　二〇一四年十一月
大牟田囚人墓地保存会『囚人墓地とその関係遺跡　三池炭鉱発展の礎石』　一九九六年

八幡製鉄所と門司鉄道局

八幡製鉄所の第一高炉（第十次修理高炉）

仰木 実

明治三十二年十一月福岡県に生る。少年期の投稿時代仰木朱鳥の名を用いた。「抒情詩」「青杉」「短歌巡礼」を経て、昭和六年「歌と観照」創刊と同時に入社、岡山巌に師事。「群炎」二代目代表。北九州歌人協会初代会長。昭和五十二年没。

辻奥 茂

明治三十二年十二月福岡県に生る。「郷愁」「美穂」「山河」等を経て、昭和八年「日方」創刊。同年「歌と観照」に参加。昭和四十三年「向日葵」創刊。昭和五十三年没。

久原白 象《はくしょう》

大正六年八月福岡県に生る。昭和十四年創作社に入社。若山喜志子、長谷川銀作に師事。昭和四十七年創作社を退社し、同志と長流短歌会の結成に参画。「長流」編集委員。没年不詳。

稲田定雄

明治四十二年七月福岡県に生る。旧制中学校卒業の年の「創作」一月号より入社。その年若山牧水死去。戦後昭和二十二年門鉄で「短歌集団」を主宰。昭和四十七年「長流」創刊に参画。「長流」編集委員。ロシア文学者。ロシア文学の翻訳多し。『プーシキン抒情詩』（平凡社）など。小説『妻の体温』（雁書館）。日本文藝家協会会員。日本ロシア文学会会員。平成五年没。

松本保夫

大正十五年福岡県に生る。「ふるさと会」会員。「国鉄歌人会」会員。「牙」会員。平成三年没。

喜多村千秋

昭和十年東京都に生る。昭和二十九年稲田定雄を知り作歌をはじむ。「群炎」「創作」を経て「長流」「牙」「国鉄歌人会」会員。昭和六十年没。

仰木　実

敗北を蔑む顔に対いいて調べられおり荷をこまごまと

腹這いて飲みし路傍の濁り水子らには言わずまた荷を背負う

幾群も追い越してゆく流民に遅るるのみのわが一家族

野宿すと夕べ飯焚く米のなし疲れし妻とさがす草の実

黒髪を切りて身を守る女等のかなしさよ今娘の髪を断つ

荷車の死体を包む筵より黒髪垂れて地を掃きてゆく

『流民のうた』群炎短歌会、昭和四十四年刊

かがやきて照りかえす水のほとり来てふかき憎悪の眼をほそめいる

思うままに花踏みちらし来し方をみずから責めて病む妻看る

『風紋の章』群炎短歌会、昭和五十年刊

辻奥　茂

いまは妻に抱きねといへり臨終の子のしづけさぞ花落つるがに

各種状態計器が示す好調か能率は音響のなかにあがりぬ

機械力が支配なしゆく工程に壓延の苦熱ここにはるけし

とどろきて空すぎゆける飛行機と旋盤機としばし音を交へぬ

製鐵所にゐて製鐵所をなほ知らず三十五年勤續といふをおもひ恥ず

『高炉の月』長谷川書房、昭和三十年刊

灼鋼の熱気のなかに降る雪の降りつつぞ消ゆその上空に

噛みしぼるごとくロールが噛む鋼の火を噴くときにきたる寂しさ　昭和40年

蔵男《くらをとこ》といひたる名すらとほくして権威なきさまに人は働く

工場の煙流れてくる街をわれよりも汚れ黒き犬行く

桃の木をのぼりゆく蜥蜴桃の木にしあはせが待つやうな登り方をする

『長き冬』歌と観照社、昭和四十五年刊

久原白象

船艙の区切れる床に軍装を解きつつ誰ものの言ふは無し

昭和17年

焼け残る高き煙突が目当てにてけふ柏木町に訪ぬる先生の家

昭和23年

熔銑の噴けるが腹に響きつつ炉床たちまち火の海となる

熔銑の流るる樋を跨ぎたり股間のあたりときの間熱く

下の道にしばらく佇ちゐしが歩き出しぬ籠さげし妻何を想へる

こころ疲れ夢に野良猫を殺しゐて猫よりわれが苦しみをりき

重役に質疑はばかる部長らの目が言へといふ嘱託われに

『丘の上の家』短歌新聞社、昭和五十九年刊

稲田定雄

機関車の黒き外廓見えぬまで今朝《けさ》ふかぶかと靄のこめたり

汚れたる国旗を風呂敷となし青年がためらひもなく立つ貨車の中

路地裏をくればアパートの二階より手が出て卵の殻を落せり

機関車の重量に堪へゐし転車台機関車去りてしばらく震ふ

占領の解《と》かるるときに島国の便所の臭気問題となる

『自然発火』金山堂書店、昭和三十三年刊

面《つら》がまへ非合法的といふだけで海峡をわたるたびに訊《き》かれき　若き日の思ひ出

牢の壁に団結せよと爪をもて彫りしわれ若く純真なりき

霧に隠れし地形のごとく無名にてただ生き最後まであらむといひき

貫禄ある声が受話器を圧《あつ》しきてわが知るころの小娘にはあらぬ

鉄のごとき手をビロードにくるめりと植民地主義を衝《つ》く語気荒し

『危ふき均衡』短歌新聞社、昭和五十年刊

松本保夫

東より吹けば東に西風の出づれば西に避けて罐焚く

入換を終りし夜の機関車が鯨のごとき息をあげをり

つぎつぎに折り返し来し機関車の落とす火屑は酸ゆきにほひす

われの牽く列車を待ちて踏切に母が他人の眼をして佇てり

あへぎつつ勾配登る機関車にて投炭すれば褌《へこ》裂くる音

人も物も淘汰さるべき世は来しに古き機関車の錆落としゐる

ふるさとは霜のきびしくわが売りし田に転売の札が立ちをり

巨大なる鉄体を背に鉄体を磨きてをりぬこの職でよし

病みてよりわれの知りたる一つにて雄鳩は首の美しきこと

『彷徨』国鉄歌人会、昭和四十八年刊

手摑みに出したる壺の梅漬を心臓のごとくわれは見てゐつ

当直の目ざましにせむ梨ひとつ鞄の底に入れて出で来つ

塩酸を便器に落しむせて立つ亀の子束子を右手に持ちて

寝台の下の硬質はねこばばをきめて雑役われの日当

褻《な》れ衣《ごろも》背広の裏に縫ひこみて赤人の歌を五つ秘めもつ

こころすでに枯木か足の爪を切る足にたよりて生きねばならぬ

覆衾《おぶすま》は麻裳ぬくぬく先に寝るこの妻のもときつと去るべし

『石上』短歌新聞社、昭和五十二年刊

喜多村千秋

機関士のわれを継がむかつれづれに子と来し丘は汽車見ゆる丘
雨の夜の闘争拠点の構内に二万ボルトの電車線鳴る
追ひ風に吹き戻さるる煤煙にむせびつつ列車の速度を保つ
石炭《すみ》抛る機関助手きみとの連係を保ちつつゆく声出しあひて
死場所となるかも知れぬ機関車の床丹念に流しつつをり
機関士に憧れゐたる若きらの辞めゆく助士の廃止となりて
水加減問ひつつ米を研ぎおきて妻の病む夜を勤めに出づる

『走行距離』博文堂、昭和四十九年刊

夜深く疼きいでたる腕冷やす鉄のベッドの冷たきに当て

『倉南遺篇』短歌新聞社、昭和六十二年刊

解説

五所　美子

明治三十四年（一九〇一）官営八幡製鉄所東田第一高炉に火入れが行われ、我が国初の銑鋼一貫生産を行う近代製鉄所が誕生した。このたび世界文化遺産に登録された「明治日本の産業革命遺産」の一つが、八幡製鉄本事務所である。和洋折衷のレンガ造りのこの本事務所は、溶鉱炉の火入れの二年前明治三十二年に完成した。この年に仰木実と辻奥茂は生れた。

仰木実は昭和十四年四十歳のころ、八幡製鉄所の一技術員として北朝鮮の清津製鉄所に転任した。しかし、終戦直前の八月十三日清津沖から突如ソ連の艦砲射撃に襲われた。混乱の中、老いた母、病む妻、幼子、年ごろの娘と姪の一家九人の流浪彷徨、苦難の引揚げの日々が始まった。翌年六月に帰還するまでの十ヶ月が『流民のうた』に生々しく詠まれている。「日本の民の忘れ難いドキュメントとして上梓した」と仰木自身のちに『風紋の章』のあとがきで述べている。仰木の戦後の生活はきびしく、闇商いから担ぎ屋までありとあらゆる苦労の連続であったという。

辻奥茂の『高炉の月』は、八幡製鉄所勤続三十六年の年満退職を記念して出版された。昭和十年ごろに「伸びゆく街」三首一連がある。「大いなる発電工場建ちしより野は電動機のやみなき唸り」に続いて〈蝶生れて草生にいこふときの間も電動機うなり伸びゆく街か〉の一首がある。これよりさき昭和五年北原白秋は八幡を訪れ、製鉄所所歌を作詞した。その一節に「鉄なり　秋なり　時代は鉄なり」とある。又白秋の八幡小唄「鉄の都」の詞に「山へ山へと　八幡はのぼるはがねつむよに　家がたつ」とある。時代は鉄なり、鉄は国家なり、と製鉄所と八幡の街の繁栄

門司港駅構内０マイルの標石。ここが九州の起点となる。

を力強く謳い上げた。「伸びゆく街」を詠いながら辻奥は、電動機のうなりの伝いくる野の蝶の羽の震えを見ている。繁栄の喜びより未来の不安を感じている。七色の煙が街を覆い、洞海湾がヘドロの死の海となってゆく高度成長期が待っていた。原料の鉄鉱石から鉄を作る灼熱の溶鉱炉は、製鉄所の心臓部でありシンボルである。威圧的で睥睨しているかのように巨大な存在であり、ときには月下で荘厳で静寂な美しさを見せる。働く現場でさまざまな溶鉱炉を詠った辻奥は「高炉の歌人」と呼ぶにふさわしい。

大正八年九月に官営八幡製鉄所時報「くろがね」が創刊された。発刊の辞に「共に身を修め共に娯しむ」とある。北九州市立文学館の調べによると、確認しうる北九州で最も古い職場雑誌であり、全国的にも早い時期のものであるという。八幡製鉄所内労働組合の成立と時を同じくしての創刊であった。三苫守西は製鉄所の事務職にあったが、「くろがね」短歌欄の選者を長く担当した。この欄から、久原白象をはじめ多くの歌人が育った。久原白象は昭和十七年応召、南方へ出征した。「溶鉱炉はいま出銑か夜の空を焦がして八幡の方の明るむ」と船上より故郷と職場に別れを告げた。戦後「焼け残る高き煙突が目当てにてけふ柏木町に訪ぬる先生の家」と短歌の師（たぶん長谷川銀作）を訪ねる。焦土のなか目ざしてゆく煙突は短歌という灯であった。久原は年齢と共に自己や社会への眼が鋭くなっていったが、歌は穏やかさをもっていた。

筑豊のゆたかな石炭の積出し、輸出を目的に寒村の浜であった門司に港が築かれ、ついで鉄道が敷かれた。明治二十四年九州鉄道公社が本社を門司港に置いた。民営から後国営となり、門司鉄道局（正式名は門司鉄道管理局、略して門鉄）は九州全域を管轄した。

当時流行した鉄道唱歌に「門司よりおこる九州の　鉄道線路をはるばると　ゆけば大里《だいり》の里《さと》すぎて　ここぞ小倉と人はよぶ」とある通り、門司港駅は九州の鉄道の起点であった。扇のように広がり南下する鉄道網の要であった。

稲田定雄は旧制中学卒業後八幡製鉄や繊維工場で働き、労働運動に加わった。「牢の壁に団結せよと爪をもて彫りしわれ若く純真なりき」は、四十代の稲田が二十歳の若い日を詠った一首である。その後大阪外国語学校ロシア語科を卒業。いくつかの職を経て、戦中は水戸陸軍航空通信学校のロシア語教官となった。戦後門鉄に就職。このころの稲田の風貌を文芸評論家の星加輝光（門鉄労働課）は、稲田の歌集『自然発火』の跋でこう言う。「戦後すぐに職を得た門司鉄道管理局の渉外部という、占領軍相手のサービスをこととする事務室で、稲田氏は、背後に数冊の露語大辞典をならべ、梟のように眼鏡を光らせて、すわっていた。」

昭和二十一年門司鉄道局により創刊

戦後の労働運動の高まりのなか、労働者の街北九州では職場や組合の機関誌、同人誌が次々生まれた。敗戦後の精神の枯渇を満たそうとの思いもあったろう。門鉄でも昭和二十一年六月、門司鉄道局総務部により「門鉄文化」が文化の給水塔として創刊された。西田嵐翠、中島哀浪らと稲田は「短歌欄」の選を交替で担った。管轄の九州全域より百名近い応募があり、短歌熱は高かった。このような気運の中で、昭和二十二年六月稲田は星加と共に門鉄短歌集団による「短歌集団」を創刊、主宰した。レベルの高いものであった。松本保夫も喜多村千秋も稲田の教えを受けた。

松本保夫は旧制中学半ばで志願して少年航空兵になった。戦後は国鉄に入社し機関助手になった。「気がついた時には雑仕夫に降等されていた。国鉄史上、勤務年限と共にその地位が下ったのはわが松本保夫ぐらいのものではなかろうか」と語るのは、松本の『彷徨』に寄せた石田比呂志の「毒から花へ」の一文である。

喜多村千秋は、十九歳のとき門司鉄道教習所で教官をしていた稲田に作りはじめの歌を見せた。これが短歌の道への入口となった。温かさと哀愁、清新な抒情が喜多村の特長であるが、その底にあるものは澄んだ虚無とでもいおうか。「考えてみれば、生きたということは、国鉄の動力乗務員として、ぼくが残した走行距離のように、何の具体もなくてむなしい」と『走行距離』の後記に書いている。四十九歳のまだ在職中の病死であった。

【参考資料】

図録『働き、書いた—北九州の職場雑誌展』北九州市立文学館、平成二十四年
門司区社会科同好会編『門司港駅ものがたり』あらき書店、昭和六十年
村田喜代子『八幡炎炎記《やはたえんえんき》』平凡社、二〇一五年
司代隆三『戦後国鉄の文学』永田書房、昭和四十八年
『八幡製鉄所八十年史』新日鉄八幡製鉄所、一九八〇年

三苫守西・京子

明治30年　守西、大分県日田郡大山村に生る。父三苫八治母エミの長男。本名は治（ハルシ）。

明治31年（守西1歳）　母死亡。祖母トツに養育さる。明治35年父再婚。父夫妻は鉱山開発の仕事で各地を転任。守西には兄弟なく、父、義母、親族とも余り馴染まず、終生、郷里や肉親と薄縁であった。

明治35年（守西5歳）　京子、福岡県遠賀郡若松町に父守田繁吉、母フジの二女として生る。ヨ子（ネ）と命名さる。守田家は、当時筑豊炭田の積出し港として繁栄していた若松で石炭商を営みかなり裕福であった。兄弟姉妹十三人。開放的な家風の中で育った。

大正6年（守西20歳京子15歳）　守西、慶応義塾大学予科に前年入学していたが、都会生活になじめず、また家庭の事情もあり中退。官営八幡製鉄所に就職。

大正8年（守西22歳京子17歳）　京子夭折した歌友の追悼歌会を主宰、その席上守西と知りあう。守西、若山牧水の「創作社」入社。京子、親の反対を押しきり家出して守西と結婚。

大正11年（守西25歳京子20歳）　長男八郎衛門誕生。京子病気のため守西の義母に預ける。京子、「創作社」入社。

大正12年（守西26歳京子21歳）　長女黎子生る。

大正13年（守西27歳京子22歳）　若山牧水・喜志子夫妻を迎える。三苫宅に一泊、毛利宅に一泊。長女黎子急性肺炎のため死亡。1歳。京子の姉自死。京子の母心臓麻痺のため死亡。

大正14年（守西28歳京子23歳）　京子入院。病勢悪化のため妊娠中絶手術を受く。若山牧水夫妻、半折会のため北九州再訪。

昭和3年（守西31歳京子26歳）　京子発病、入院、別府温泉で保養、実家で静養。若山牧水永眠。

昭和4年（守西32歳京子27歳）　京子上京。阿部静枝ら他結社の女流歌人と交遊す。在京中、兄の家にて発病。病臥年を越す。

昭和6年（守西34歳京子29歳）　京子、強度の神経衰弱にかかり八幡製鉄病院に入院。京子、『青梅』上梓。

昭和9年（守西37歳京子32歳）　長男八郎衛門を父八治のもとよりひきとる。

昭和13年（守西41歳京子36歳）　二男兵衛誕生。

昭和15年（守西43歳京子38歳）　長男八郎衛門入院、手術再手術するも鎖骨カリエスにて死亡。

昭和16年（守西44歳京子39歳）　京子、病気再発。結核脳をおかす。半身不随となるも奇蹟的に生命はとりとめ意識も明瞭であった。（後日、ドッペルゲンゲルをみる遠因ともなる。）

昭和21年（守西49歳京子44歳）　守西、京子、「槻田山房短歌会」を設立。機関誌「槻田山房詠草」を創刊。翌年「牧門」と改称。会員は三百人。全国に散在していた。

昭和23年（守西51歳京子46歳）　「牧門」廃刊。以後、歌誌や雑誌に作品を発表することはなかった。が、守西の作歌は生涯ひそかに続けられていた。

昭和24年（守西52歳京子47歳）　京子、この年発足した女人短歌会の主要メンバー、若山喜志子、四賀光子、五島美代子、阿部静枝らの寄せ書病気見舞状を受け取る。

昭和26年（守西54歳京子49歳）　京子、招ぜられて岡山に遊び、病気悪化。ために長期滞在。ドッペルゲンゲル症状をしばしば起すようになる。

昭和28年（守西56歳京子51歳）　京子の希望により守西、京子と協議離婚。京子を除籍するも、同居し身体不自由な京子の面倒を父子でみた。のち復縁。

昭和29年（守西57歳京子52歳）　守西生涯の歌友坂根弥吉の手により『三苫守西歌集（選集）』をタイプ印刷にて刊行。

昭和41年（守西69歳京子64歳）　京子、大阪府泉北郡の次男兵衛宅にて永眠。守西、創作北九州支社の合同歌集『共晶』に作品「老残花を見る」11首を寄せる。

昭和44年（守西72歳）　守西、大阪府河内長野市の次男兵衛宅にて永眠。

昭和51年　遺歌集『三苫守西京子風詠』が出版される。発行者の「三苫守西京子遺歌集刊行会」はかつて夫妻の教えを受けた子弟たちである。

三苦守西

病む妻を噎ぶばかりに恋ひをれば夾竹桃に花咲きにけり　大正12年
人間の苦しみに慣れず困り住む喜衛門が長屋秋深からむ
湧起る蟋の声のなかにして葱の匂ふはあはれなるかも
乾反葉の匂ふが如き明るさを病みます祖母に見出でたるかも
いつしんに物をかんがへゐたりしが外はしづけき桃日和かも
紫陽花の揺るる厚葉を見てをりぬ楽しからねど慰められつ
わが父に教へられしを覚えをり鮎は夏の魚いだは冬の魚
この坂をすでに遥かにひとり来て今見てをるは山あぢさゐの花

真日向を抱きゆくとき子が頰の珠とにほへば人にし見せむ

昭和14年

みどり子は糞さへ潔し縁の端の冬日の中の黄金いろの糞

柴山のつつじが赤く映るのみ美《よ》しと見るまで心は澄まず

父われもさだかに知らぬ生の光明《あかり》見よとし子には強ひつつありき

ありありと臨終《いまは》の吾子のむらぎもに算《よ》まれしものの我を生かしむ

噫かなし月の下びは木の影のしづまる地に虫のこゑ起《た》つ

きはまりて生命哀しくなるときの天地の中の一人のわが妻

かぎろひの春日のなかに孔雀見てひろげし翅に子は仔細なり

わが齢の老けし思ひは炮烙に餅霰《あられ》を炒りて人に雑らず

昭和20年

裏山のもみぢ葉雨に潔ければ古代史繙《と》きて飽くこともせず
現実に即きし一日のさびしさは川の流れを見てかつ思ふ
知る顔のその名忘れし人と逢ひ寒き路上に世をののしりぬ
おもひみる冷たき秋の影かこれ一穂の稗の真日に靡くは
忘れゆくことは安けくこの朝の静けき雨に何か忘れぬ
秋草の花見るときに澄みゆけば心といふはかなしかりけり
山小屋の夜半の榾火に寄るときし蔵《かく》れし我を語らんとする
杖の先に蒲公英ひとつ光る見えて足萎え我れの登る段々
手に持てば散るべく揺れて危かりし桜を甕に挿して静けし

昭和41年

子の前にきのふ誓ひし言忘れ躑躅におもふ酒のひとつき

忘られてゐるかのやうに石蕗の咲く寂しき秋にまた会ひにけり

身のめぐり人また逝きし驚きを逢ふに話すも生きゐる人と

若きらは老人我れを招じ呉れぬ今日の葉書は光にも似て

三苫京子

大正12年

物言へばすぐに涙となるからに黙りてゐしに電燈がつけり

背きて恐れゐし父の訪ひ給ひければ

湯気立てば湯気の行方を見つめゐて摑まむとする吾子にしありけり

冷たくなつた黎子のお顔に母さんの涙が流れて勿体なかつた

黎子二才にて永眠

お骨箱の上を撫でるとおかつぱの黎子の額の手ざはりがする

米磨ぎて飯に焚きあげわが二人真面目くさりて食すと思へや

飯《いひ》焚きて待つも不思議よわが夫かならず帰ることも不思議よ

わが体すこやかになれわが背子の選びてわれをめとり給へる

真青なる空より降りてさしわたす棹にもとまる淡雪あはれ

摘みためて空に投《はふ》れば額《ぬか》の上を黒くみだれて花は落ち来ぬ

竹籠の豆腐のしづく路々の草におとして帰り来にけり

夏はすがしき白の器に飯を盛り茄子胡瓜のみ食すべかりけり

着古せし小紋の袖をもぎとりて別れゆく子の晴衣ぬひしか

昭和4年

青梅はかたきぞうまきころころと若くて音のよきをば選ぶ

予後

バタの匂ひ味醂の匂ひ嗅ぎわけてこの食べたさはいちづなるかな

をこがましく鋏の音を立ててをる庭先の夫の生真面目の顔

生み棄てて今日まで逢はざりし長男と逢ふ

子が語る言葉使ひの鄙さびてをるにさへわが胸ふるふなる

表より裏よりはひるいなづまをさくるひまなし家のせまくて

こはれやすき宝の如くもろ手もて子を抱きたれば前かくされず

長男八郎衛門、一年半療養の末死す

月の夜は病む子も白絣《かすり》着てまじり端居のまどゐ事無げに見ゆ

昭和15年

子を抱きて地獄に堕つるわが姿蒼穹の遠にありありと見ゆ

経帷子着て逝かしめし子を持てる極印消ゆるなき母のかほ

睦月十五夜月盈つるかなこの春は帆柱山に子をのぼらせむ

生くる意欲湧き来とすでに識りしかば木の枯るるごと虚しくなりぬ

縄飛の縄持たされてゐる吾子は出で来しわれに笑みかたむけぬ

肺臓は一つ完全に残りゐてわれに吸ふ息吐く息のあり

いくぐらむ血を吐き捨ててわが皮膜日々透きゆくに月の色めく

肉落ちし足を足もてさすりつつ過去となりたること皆清し

つれそひて三十年《みそとせ》経ちぬあしかびの足萎え妻を率《ゐ》て行き給ふ　昭和21年

みじめなるが寄り集まれば人毎に傷つけ合ひてやや刺激あり

『三苦守西京子風詠』三苦守西京子遺歌集刊行会、昭和五十一年刊

解説

五所　美子

腹ぬちに手押し足振り動くちふ吾子を想ひてわが疲れをり　守西
油臭き潮くさきここの真日向の枝垂桜は額おさへ見る

わが子の誕生を待つ喜びはなく、百歳翁のようなこの疲労感は何であろうか。ねっとりと身にまといつくような工場地帯の澱んだ空気が倦怠感を募らせる。

病みこもり障子は張らず破れ障子いねつつ見れば泣き度きものを　京子
みごもりてわきて人恋ふうつそ身の見る影もなく窶れゐるなり

この時京子二十歳。長患い。貧乏。身重。夫を恋う心情吐露。何不自由なく開放的な家風の中で育った京子は十七歳のとき家出、守西と一緒になる。東洋一の八幡製鉄所の若い一事務員の生活は、食べるにも事欠く長屋住まい。京子は元来病弱で、この時結核にかかっていたと思われる。生れた長男は守西の父と義母に預けられることになる。守西の「疲れ」はこのことにあった。

師の牧水から京子への書簡がある。

京子さん、いまあなたのお歌を拝見して居ます。たいへん佳い、ありがたい心地で繰り返し拝見していいます。少し早口—饒舌—だけれど、それに伴ふべきコセコセした所や身振り手振りが、一向に感ぜられない、何処か知ら、大まかな透明さがあります、其処がいいと思ひます。

牧水の創作社に入社してまだ一年ばかり、二十一歳の京子に牧水は将来の歌人としての大きな姿を見通していた。

牧水はまたある時は「今月のあなたの歌はまづい。或時の貴女の悪ふざけを見る様である。もつたいない事だ。」と手厳しい。

又ある日「五月号の京子さんの歌は佳い。実際現歌壇の驚異ですよ」と。

枯草にすわりてきくよ春の鳥しげきがなかのうぐひすのこゑ
電線にすずめならべり青空にうきてあたまのちさくならべり
摘みためて空に投《はふ》れば額《ぬか》の上を黒くみだれて花は落ちきぬ
羽織ぬぎてたもとの長し胸高く帯をむすびて春の野に来ぬ
水ぐるま絶えずまへども川水の少なければかゆるやかにまふ
髪ゆひて心はしまる朝々の掃き清めなどは髪ゆひてのち

「三月」一連三十九首の中からひいた。生まれたばかりの長男との生き別れ。長女二歳の病死。病勢悪化のための妊娠中絶手術。姉の自死。直後の母の心臓麻痺による突然死。自身の入院、たび重なる病臥。若い京子の上に不幸が折り重なってくる。胸の底にさまざまを秘めてのこれらの歌である。

守西と京子は互いに歌の道の競争者であり理解者であった。「三苦夫妻の競詠は歌壇の偉観である云々」と某新聞に書いたのは「心の花」の斎藤劉である。

守西の本領は自然詠叙景歌であろうか。山中に育ったものは山中に入ってゆくのが本然である。日田の大山村の神秘的で厳粛な仙境のような山地で、守西は旧家に祖父母の手で大事に育てられた。

いつしんに物をかんがへゐたりしが外はしづけき桃日和かも
紫陽花の揺るる厚葉を見てをりぬ楽しからねど慰められつ
この坂をすでに遥かにひとり来て今見てをるは山あぢさゐの花
柴山のつつじが赤く映るのみ美《よ》しと見るまで心は澄まず

ナイーブな感受性。内省的で思索的。一首ごとその余韻を楽しみたい思いにさせられる。

子を抱きて地獄に堕つるわが姿蒼穹の遠にありありと見ゆ　京子
経帷子着て逝かしめし子を持てる極印消ゆるなき母のかほ

生後三十日で手離した長男を引き取った喜びもつかの間、鎖骨カリエスのため死なせてしまう。「われはもよ犬にも劣る子を生みて得育てざれば犬にも劣る」、「ちち母にそむきかくれて生みし子と別れしときは死なむと思へり」と京子はかつて自責の念を吐露した。熱情を一気に吐き出す、全身的で扮飾のない詠みぶりは若いときからの特徴であった。生きた感情と表現の完成味は両立しがたいものであるが、その困難を克服し到りついた歌境をここに見ることができる。京子、四十歳目前である。

父われもさだかに知らぬ生の光明《あかり》見よとし子には強ひつつありき　守西
ありありと臨終《いまは》の吾子のむらぎもに算《よ》まれしものの我を生かしむ
汝を祭るさだめに今し置かるべき我とは知らず在りへし月日

生後はやく父母と別れ祖父母のもとで育つという守西自身と同じ運命を辿ったわが子の死は、

いかようなものであったろうか。守西は静かである。静謐のなかの慟哭とも言える。

戦後二人は短歌会を設立、機関誌を創刊した。三百人以上の会員がおり、若い多くの子弟が二人のもとに出入りした。生活苦はありながら最も充実し華やいだ時期であった。

つれそひて三十年《みそとせ》経ちぬあしかびの足萎え妻を率《ゐ》て行き給ふ 京子

山小屋の夜半の榾火に寄るときし蔵《かく》れし我を語らむとする 守西

が、突然機関誌「牧門」を廃刊にし、みずから〝歌壇〟から遠ざかっていった。その理由は謎であった。京子は精神の病におかされ、ドッペルゲンゲル症状をしばしば起すようになった。その後の作歌はどうであったかわからない。守西は生涯ひそかに作歌を続けていたと言う。二人の晩年の詳細はわからない。

生涯

中西由紀子
（北九州市立文学館学芸員）

三苦守西・京子夫妻にとって、師・若山牧水を三度も北九州に迎えたことは、人生のハイライトだったと言ってよいのではないか。一九二四（大正一三）年三月、翌二五年一一月、さらに二七年五月の三度である。

この少し前、牧水は第三期「創作」の経営を再び自らの手に戻した。北九州を訪れた時期は、雑誌経営の資金繰りでたびたび半折会を行うなど、各地を行脚していたようだ。訪れる方にとっ

前列左から京子、牧水夫妻、守西

ては、あまたの一つであったとしても、迎える側にとって、それが何にも代えがたい経験になることは往々にある。

北九州市立文学館では、三苫夫妻をゆかりの文学者と位置づけ、資料収集を行っている。うち、最初の訪問に関する牧水の書簡を入口に、夫妻の生涯を照らした光を見ていきたい。

「三苫君／毛利君／終にお目にかゝる時が来ました」。初めての訪問に先立ち、牧水はこう語りかける。「毛利君」は、同じく北九州戸畑の歌人である毛利雨一樓のこと。米穀店を営みながら、「創作」に加入し、牧水に師事した。続く「終に」の語が、交通網や通信手段の限られたこの時代、作品と文字だけでつながっていた両者の対面がようやく叶う感慨を伝える。手紙には、目的地まで「途中殆んど誰にも逢はずにゆきますが、八幡戸畑をばどうも素通り出来かねます」と記される。こうした〈特別扱い〉は、当時まだ二十代の若者ばかりだった夫妻らをどんなに喜ばせただろう。

いかにも牧水らしいのは「酒のことを申しそへます」との追伸。「朝一本昼一本（麦酒か酒か）夜（宴会にても）酒二三本」が必要だという。「極くひつそりとした」「内輪の会合」を繰り返しているが、実際の歓迎ぶりは熱烈だったようだ。

守西ら戸畑支社の面々は「創作」を片手に握りしめ、下関駅で牧水を出迎えた。初日は毛利宅に宿泊。歓迎の宴は深更に及び、牧水が休んだ後も若者たちは朝方まで歌論を交したという。翌朝は三月も半ばというのに雪がちらつく。女性たちのこしらえた弁当を持参して中原の海辺で歌会。その日は三苫夫妻の「狭い汚い」(守西)住まいに赴く。京子が三十席ほどもの豪華な御膳を準備し、「賑やかな華やかな宴会」(牧水)でもてなした。夫妻は貧しくとも豊かな精神生活を送ることを自らに課しており、つまり、経済的には困窮していたのだが、宴席を整えるためにどんな無理をしたのだろう。その会場では、守西をはじめ皆が号泣し、牧水を困らせたという。感極まった、と言うは易いが「何のために泣いたのか、私も知らなければ皆も知」らない、という涙にはいま少しの陰影も感じる。

牧水は一つのエピソードとして、守西の舅、すなわち京子の父がこの会に連なったことを記している。守西と京子は齢は五つしか変わらないが、生育環境は対照的だ。日田の山中で祖父母に慈しまれ、昔話さながらに生い立った守西に対し、京子は、石炭の積み出し港として栄える若松で、裕福な父のもと才気に満ちて育った。二人は、文学という共通の目標を夢見、かけおち同然で一緒になる。しかし、現実生活の貧困や京子の病を間に、「無暴に近い理想主義」(京子)者の夫と、火野葦平の「花と龍」に登場しそうな渡世がなった商人の父は折り合うことができない。その烈しい相剋は京子が自ら「むらぎも」(「門鉄文化」一九四六・一一)という短篇でも小説化している。

宴果てた後、若者の酔態に眉をひそめていた父が珍しく、独り小唄を口ずさむ。それを聞く京子の様子は次のように記される。「彼女は顔をそむけたが恐らくそれは笑聲を殺すといふよりも、もつと他の表情を隠すためであつたらう」。この「もつと他の表情」と言うしかない切ない葛藤が、守西の涙に幾分かでも含まれていなかっただろうか。師に相対する感激が、それぞれの人が抱える内面のマグマをほとばしらせたのである。

とまれ、歓待はこの後も二度繰り返された。そのたび、夫妻らは仕事を休み、寝食を忘れて師をもてなした。料理に手を付けない師を力づけるため、山芋まで掘る心づくしだった。

最後の訪問の翌年、酒と旅に命を縮めた師を偲び、守西は次のように記している。

私を樹木に譬へるなら、私は自分が何んな質の何の木であるかも知らないものですが、私にとつて輝かしい日光であり豊かな水分であり、時には私の葉に附着してゐる毛虫を啄み去つて呉れる胸毛の白い小鳥でもあつたのは、實に牧水先生でした。(「亡き先生の事ども」)

後世の者にとって何とも残念なのは、戦後まもなく夫妻を慕う会員三百と言われた歌誌「槻田山房詠草」及び「牧門」(もちろん牧水門下の意だろう)の見当たらないことである。これを機に、両誌についてご存知の方はぜひ、情報提供願いたい。

【参考資料】

三苫京子『青梅』創作社　昭和六年
三苫守西『三苫守西歌集』槻田山房歌会　昭和二十九年五月
三苫守西ほか合同歌集『共晶』創作北九州支社　昭和四十一年
若山牧水「九州めぐりの追憶」『若山牧水全集第十二巻』増進会出版社　平成五年
三苫守西「亡き先生の事ども」「創作若山牧水追悼号創刊八十巻記念」昭和三年十二月
久原喜衛門「北九州と牧水の想い出」「創作　牧水生誕100年記念號」創作社　昭和六十一年一月

西田嵐翠

明治21年（0歳）十月二十三日、福岡県山門郡瀬高町に生る。本名近藤知一。

明治35年（14歳）富原高等小学校卒業。

明治37年（16歳）九州鉄道直方機関庫に就職。翌年三月辞職して上京するが、周囲から反対されて帰郷。

明治41年（20歳）直方機関庫に復職。

明治43年（22歳）若山牧水創刊「創作」に近藤嵐翠として出詠。

明治44年（23歳）前田夕暮創刊「詩歌」に出詠。

大正5年（28歳）西田あさのと結婚、西田と改姓。

大正6年（29歳）森園天涙主宰第一次「珊瑚礁」同人となる。

大正8年（31歳）橋田東声主宰「覇王樹」に森園天涙とともに参加。

大正10年（33歳）国鉄機関車研究会機関誌「潮」の編集を担当。

昭和2年（39歳）門司鉄道管理局運転部機関車課にて、列車ダイヤ作成の仕事に携わる。

昭和12年（49歳）森園天涙・大坪草二郎主宰「あさひこ」に参加。

昭和14年（51歳）結核で一年間闘病生活。

昭和15年（52歳）門司鉄道管理局若松機関区長となる。

昭和17年（54歳）定年退職。直方鉄道青年錬成所所長に就任。

昭和18年（55歳）「あさひこ」休刊。嵐翠の発案で原稿用紙を綴じた回覧誌「あさひこ」（のち「われら」と改題）を発行。

昭和19年（56歳）熊本鉄道青年錬成所所長に転任、疎開を兼ねて郷里瀬高町に帰る。

昭和21年（58歳）復刊した第二次「あさひこ」同人となる。熊本鉄道青年錬成所退職。

昭和23年（60歳）瀬高町に嵐翠書房を開く。

昭和24年（61歳）復刊した第二次「珊瑚礁」に参加。第四歌集『おのれを見つむ』をあさひこ短歌会より発行。

昭和31年（68歳）二宮冬鳥主宰「高嶺」の同人となる。

昭和33年（70歳）第五歌集『五十年の貧』を長谷川書房より発行。

昭和34年（71歳）筑紫野市の長男宅に移住。

昭和41年（78歳）五月十七日没。享年七十七歳。

長《ちやう》われに取り入るための巧言と聴きながし居りその顔見つつ　昭和15～17年

四十幾輌のわが機關車や良からぬ癖もてるもありて夫々《それぞれ》に愛《かな》し

戰爭に子を出してゐる母たちのひそひそ話はぬすみ聴きすな　昭和17～19年

征きし子を思ひいでつも貨車の中に哀れに鳴ける仔牛をし見て　昭和19～21年

見ることも稀になりたる味方機を見送りてゐて涙ぞながる

責を負ひこの夜自ら死にてゆく人もあるべしあるべかりけれ　昭和20年

無條件降伏と明かにいひて國民《くにたみ》の前に何故に詫ぶとはせざる

焼け錆びしトタン板もてしつらへし二坪ばかりの人間の家

高く直き覚悟はきめつ戰爭をとはに棄てむと世界にし宣る（戰爭拋棄）

戰爭に死にし人らも斯くしてや微笑《ほほゑ》みまさむ冥府《よみ》にしありて

國家主義の使徒の如くも振舞ひぬ職務のためとのみは言はれじ

昭和21〜22年

たくましき農のをとめが新春と著たる金紗ぞ愛《かな》しかりける

昭和22〜23年

貧しくてありへし農のまたと來《こ》ぬいまの奢りぞおごらせて置け

薄よごれし老が陽を浴むかたはらに咲き匂ふ白き寒菊の花

醉泣しつつわが民族を糞味噌にこきおろせしは夢の中のこと

わが好む韮の香を妻は嫌ひにて一生《よ》枉《ま》げざりその對立を

學童萬引にまたしてやられ憤る悲しき老のうつけぞわれは

『おのれを見つむ』あさひこ短歌會、昭和二十四年刊

かにかくに模倣文化が板につくを見る迄は生きてゐたくも思ふ
臥どにて瓶によべせしわがいばり琥珀に澄みて枕べにあり
僅かの布施では僧もつらからむストでもやつたらどうかと勧む
老いぼれし黄いろき顔が卑屈にも狡猾にも見え鏡をぞ伏す
雑種日本民族更に白晳の血をまじへめきめき改良さると史《ふみ》せよ
硝子戸のそと匍ふ蛞蝓《なめくぢ》の子のからだ透き通りつつ糞《ふん》黒くみゆ
澄み透る手水にかすかに浮く煤を美しきものの如くにも見つ
屋根の上をゼツト機すぐる轟音にみじめにふるふ日本の障子
田舎町の小さき店に著ぶくれて客まつ我の朝のしはぶき

時勢への諦めの順應をまざまざと妻さへ見するための爭ひ

咬みつく如き烈しき歌はなきものか人が詠まずば己れよまむか

子供雜誌の附録作りの手間賃はさぞ安からむと思ひつつ賣る

無辜の民の上に原爆を投じたる暴虐は暴虐として史《ふみ》せよ

荒涼と人死に絶えし島の上にいびつに聳ゆる富士の残骸

祖國の亡びゆくさまを長ながと夢みつつ痺れ居りたるからだ

良き雜誌なれども「世界」「平和」など支配者が怖るる程には賣れず

原爆がすでに持込まれゐむことも気付かぬふりして我等ゐるのみ

『五十年の貧』長谷川書房、昭和三十三年刊

解説

阿木津　英

歌集『おのれを見つむ』は、昭和二十三年、嵐翠還暦の年に刊行を思い立ったものである。巻末小記に、「死後に残すつもりで数年前失職中ひそかにまとめて置いた『赤き月』『小人小情』『冬の蛾』『炭塵』の四集があるが、本集はその『炭塵』の稿に最近二年間の作を加へたもので、私の第四歌集に当る」と述べる。前三歌集は未刊のまま、本集には昭和十四年作から二十三年作までの歌がおさめられた。

ここだくの機關車ならぶ車庫の中を一めぐりすれば和《など》む心か
四十幾輛のわが機關車や良からぬ癖もてるもありて夫々《それぞれ》に愛《かな》し

結核での危篤状態を幸いにも免れ、昭和十五年、若松機関区長として着任した。当時はくろがねの蒸気機関車である。「炭塵」はその煙突から吐き出される。「わが機関車」に対するいとおしみは、あたかも生き物に接するかのように情愛深い。

大政翼讃會と稱するがありてポスターを刷りて配るのみを務《つとめ》とぞする
戰爭に子を出してゐる母たちのひそひそ話はぬすみ聽きすな

昭和十五年十月大政翼賛会発足、以後の言論統制はいっそう厳しくなる。そのような中で「当時の指導者達を非難した歌が少からずある」（巻末小記）のは、戦争末期には発表が回覧雑誌だったせいもあるだろう。これらは「文学的価値が少いので削除すべき」かも知れないが、「戦後出る歌集に斯うした性質の歌を有つものが殆どないといふ事実から考へて」あえて収録した、と巻末小記にいう。控えめな言い方ではあるが、これは、戦中の歌を割愛し切断して戦後の時流に乗る者少なくないのに対し、戦中戦後のおのれに一貫性を保とうとする意志の現れであろう。

責を負ひこの夜自ら死にてゆく人もあるべしあるべかりけれ

無條件降伏と明かにいひて國民《くにたみ》の前に何故に詫ぶとはせざる

國家主義の使徒の如くも振舞ひぬ職務のためとのみは言はれじ

それにしても敗戦は衝撃であった。この夜は責めを負って自死してゆく者もあるだろう、いや、そうあってほしい、そうあるべきだ。「あるべかりけれ」一語の響きが重い。

二首目には、「敗戰の眞相次々に曝露され、この敗戰が世界戰史上空前の大慘敗なりしこと明らかとなり、わが戰爭指導者の低能と無謀、及び國家の運命を双肩に荷負ふ爲政者の怯惰と無能とが天日の下に明かとなる」――このような詞書を置いて、無条件降伏という事実を糊塗しようとするものに対して憤る。ひるがえっておのれを顧みれば、定年退職後、鉄道青年錬成所所長を務めてきた。「この學校は鐵道青少年職員に軍國的教育を施すを目的とせる機關」(「鐵道を罷む」詞書)であった。無垢の青少年に向かって「國家主義の使徒の如く」にも振る舞ってきたのである。職務だったなどと言うのは、言い逃れでしかない。

歌集名「おのれを見つむ」とは、戦前戦中の社会を背負った一人としてその責めを自覚し、これまでの「おのれ」を見つめ返せよと、われとわが身に課した言葉であった。次の歌集『五十年の貧』の歌が、ときに歌の範疇を逸脱するまでに苛烈であり、現実事象の裏側をシニカルにユーモラスにあるいは呵責なく暴き立てるのは、かつて〈良き国民〉であったおのれに対する見つめなおしとその厳しい反省があるからである。

時勢への諦めの順應をまざまざと妻さへ見するための爭ひ

咬みつく如き烈しき歌はなきものか人が詠まずば己れよまむか

無辜の民の上に原爆を投じたる暴虐は暴虐として史《ふみ》せよ

『五十年の貧』巻末小記に、次のようにいう。「作歌のみちは結局真実の追及以外にはないとする信念から、収録歌取捨の標準は、どれだけ自分の本音が吐けてゐるかといふことを、目安とした」「私はあのみじめな敗戦によつて、はじめて人間としての眼が開けた。何ものにも束縛されず指図されない自由の貧乏人として、何年かの余生を生きようと覚悟してゐる」。目次に「庶民の哀歓」「庶民の手帖」というシリーズがあって、「優れた先人がすでに開拓しつくした既成短歌の耕地とは別な、庶民社会といふ荒蕪地を開拓したいのが、凡庸歌人である私の死ぬまでのねがひである」（巻末小記）とも書く。

嵐翠研究の第一人者であったという高嶺会員井出潤田氏によると、嵐翠の思想は生い立ちの境遇からきた持ち前のものであることは、「わが幼少年時代―遺書に代への手記―」（昭和三十二年に脱稿）百五十二枚の大作を読めば、だいたい間違いがないという。「嵐翠の思想は、敗戦による衝動的転機といった類の生やさしいものではないことが判明する」と指摘する。

臥どにて瓶によべせしわがいばり琥珀に澄みて枕べにあり

田舎町の小さき店に著ぶくれて客まつ我の朝のしはぶき

このような田舎爺のむさくるしい自画像には、かつて「四百人あまりの長とわがなりて新任の挨拶といふをせむとす」とうたった、それなりに功成り名遂げた経歴をもつ者としての小市民的自負はうかがわれない。時々の挫折はあれ立身出世の道を疑わず踏んできた経緯を、敗戦を契機として生い立ちから振り返り、改めて自己を組織しなおしたとも言えるだろう。こんな徹底的な思想的実践を自らに課した歌人を、わたしは他に知らない。

硝子戸のそと匍ふ蛞蝓《なめくぢ》の子のからだ透き通りつつ糞《ふん》黒くみゆ

澄み透る手水にかすかに浮く煤を美しきものの如くにも見つ

ここには「庶民社会」に自らのあるべき場所を見いだした、そういう眼が発見した〈美〉がある。

「実は、嵐翠が人間的本領を発揮して、輝かしい嵐翠短歌を確立したのは、『五十年の貧』以後、『高嶺』に残した十一年間の作品である」と、井出潤田氏は言う。生前、明日にでも出版できる形を整え、集名を「余生」「老残」とし、目次から後記までそろっていたというが、未刊のままに没した。

生涯

山下　正一

（歌人・「高嶺」所属）

歌人の西田嵐翠さんが郷里の福岡県山門郡瀬高町（現在のみやま市瀬高町）に引っ越してこられたのは戦争中の昭和十九年であった。嵐翠さんの姉さんが私の親戚に嫁いでおられたので私の母の紹介で私の住む瀬高町上小川村へ大分県と福岡県の境に近い現在の行橋市から引っ越して来られたのであった。西田は奥さんの姓で結婚前は近藤知一が本名である。西田さん夫妻の生まれは瀬高町本吉という山麓の地で近くには有名な清水寺がある。昭和二十年に日本の敗戦か決まった直後の秋に清水寺の三重の塔裏の山林に椎の実を西田の小母さんに連れられて拾いに行ったことがあった。椎の実を食べるのは初めてで珍しかった。

私の村は当時としては農業の先進地で昭和十年頃から養蚕と酪農を始めていたのであった。酪農は今も細々と続いているが養蚕は専用の長屋が建てられて四つの広い部屋があった。此の方は長くは続かずに十八年頃に中止となった。その部屋を借りて嵐翠さん夫婦が住まれることになったのであった。二人の息子さん達は戦時中で軍隊に招集されておられた。嵐翠さんの妻のアサノさんは炊事洗濯などの家事をして家を守っておられたが、毎日のように私の家に来て町のニュースなど世間話をして帰られるのであった。知識が豊富で料理なども巧かった。ほどなく嵐翠さんは自宅から一キロ程の町なかで嵐翠書房という書店を開業されて店番の傍らで歌を詠み続けられた。

その頃の思い出を、かつて私は次のように書いたことがある。

西田のおじさんは、若い頃から努力して勉強されただけあって、無類の読書家だった。書店の開店は、いわば趣味と実益を兼ねたことになるわけだが、「人は本を読まねば、馬鹿になる」というのが、商売抜きの持論であった。（略）

おじさんは、文学について、とりわけ造詣が深かったが、政治や社会一般についても、明快な考えをもっておられた。黙っておれない質のおじさんは、朝日新聞の「声」の欄によく投稿されていた。しばらく投稿を休まれると、おじさんの家には新聞社から、「この頃お名

前を見かけませんが、お元気ですか。是非お説を拝見したいものです。」という手紙が来たりした。（略）

歌誌「高嶺」の選択は、明治末期の「創作」、「詩歌」にはじまり、いくつもの短歌結社の同人として、長い歌歴をもつ西田嵐翠の生涯をかけた結論であったと思う。おじさんの紹介で「高嶺」に入会して十八年になるけれども、今にして思えば、歌人としての西田のおじさんのこの結論が、私の歌の出発点となったことは幸いであった。西田のおじさんは、或る時、「私の息子達は、歌はやらないが、山下のところの正一君がやってくれるのでいい。」と言われたと、おばさんに聞かされた。

（「西田のおじさんのこと」『郷土の文学』一九八六年刊）

みやま市図書館の資料によると、嵐翠さんが短歌の道に入るのは二十一歳の時、「北原白秋の伝習館時代の学友近藤友雄が又従兄弟であった縁で、白秋の勧誘により、その感化を受けたものであった」という。「中央文壇」「秀才文壇」「万朝報」「ハガキ文学」「新文体」など投稿雑誌の短歌欄を賑わし、明治四十三年の「創作」創刊や、明治四十四年の「詩歌」創刊に参画。「大正初期には、九州歌壇の魁となる『山上の火』の結社発行に多くの歌人と共に尽力した」ともある。

ある時、青年団の広報紙で文芸作品の公募があり、投稿するために私の処女作を、西田の小父さんに見せて添削をお願いした。その時、勧められて高嶺に入会したのが私の高嶺との関係の始まりである。

高嶺会員となって投稿して最初の歌が高嶺誌上に掲載されたのは昭和三十六年四月号であった。ほどなく高嶺に西田さんの選による作品評が始まった。高嶺では入会後の年数と作品のレベルによって作品一と作品二と作品三の区分があるが作品三の私の歌の評で度々褒められるので嬉しくて信じられないと思う時もあった。高嶺では格別の役目で作歌と会員の指導に当たられた。

いま私の手元には嵐翠さんの二冊の歌集がある。昭和二十四年発行の『おのれを見つむ』と昭和三十三年の『五十年の貧』である。前者は直接手渡されたが後者は一冊きりしかないということで貰えなかった。数年後に古書店で見つけて購入し、嵐翠さんの代表的な歌集がそろった。私にも思い出のある作品も散見する。

シベリアの無限の資源は肯はむ「美と富の郷土」といふも肯はむ（シベリア物語）

と詠まれた一首がある。嵐翠書房近くの映画館で初めて見た総天然色の映画であった。白黒映画を見なれた目にロシア映画のカラーは鮮やかだった。国力の差を見せられたような気がしたのであった。嵐翠さんは私に大きな影響をあたえてくれた恩人なのである。

【参考資料】

鈴木善一「西田嵐翠」（昭和四十七年九月）鈴木善一著多久麻編『近代短歌の系譜』ながらみ書房　一九九六年

井出潤田「西田嵐翠の思想と短歌」、西田昌二「父の思い出」、山下正一「西田のおじさんのこと」ほか四篇、『郷土の文学』杉森女子高等学校国語科、一九八六年十月

牧野苓子「反骨の歌人　西田嵐翠像を求めて〈Ⅰ〉――郷土の文学取材ノートより――」、「ほりわり」第二三号、柳川文芸クラブ、二〇〇九年。同「反骨の歌人　西田嵐翠像を求めて〈Ⅱ〉――歌人像へのアプローチ――」、「ほりわり」第二十四号、柳川文芸クラブ、二〇一〇年

中島哀浪

明治16年（1歳）　七月三十日、佐賀県に生まる。父は小学校校長中島能連。

明治34年（18歳）　母ヒロ逝く。「新声」に短歌投稿。

明治35年（19歳）　佐賀中学校卒業。継母ナヲ入籍。早稲田大学高等予科に入学。若山牧水と下宿屋清致館に一時同宿。本科二年二十二歳のとき家庭の事情で中退、帰郷。

明治39年（23歳）　ひそかに故郷を出奔。神戸へ。旧約聖書ヨブ記の講義を受く。洗礼を受く。志願兵として入隊。

明治41年（25歳）　「明星」に詩・短歌を発表。

明治42年（26歳）　故郷の小学校代用教員となる。

明治44年（28歳）　藤山まつと結婚。

明治45年（29歳）　川久保郵便局長となる。

大正2年（30歳）　前田夕暮主宰の白日社同人となる。「アララギ」に投稿。

大正3年（31歳）　長男生まる。こののちも子に恵まれ、三男三女の父となる。

短歌雑誌「途上」を創刊。三号で終る。

大正11年（39歳）　歌誌「火の国」を有田町の深川欧花方より創刊。「ひにくに」の一号である。

大正13年（41歳）　郵便局と住宅を全焼。「日光」創刊、同人となる。

昭和2年（44歳）　二十年ぶりに上京。白秋、夕暮、善麿、千樫らと会う。

昭和4年（46歳）　借金返済のため山林田畑家屋敷を売却。借家に転居。郵便局長を辞す。高等女学校に就職。

昭和16年（58歳）　第一歌集『勝鳥』出版。

昭和17年（59歳）　長男シンガポールにて戦死。第二歌集『背振』出版。

昭和20年（62歳）　第三歌集『早春』出版。

昭和27年（69歳）　古稀を記念して豪華限定本『柿百首』を同刊行会から贈らる。創元社文庫『現代短歌全集』に自選二百首を収載。古稀記念祝賀会から郷里に「坐泉堂」を贈らる。第四歌集『堤防』刊。

昭和37年（79歳）　「ひのくに」創刊四十周年大会。

昭和41年（83歳）　老衰のため死去。

父と寝ぬる子はかしこしと言ひたればすなはち来り寝ねにけるかも

泣きやまば遣らむ物の名つぎつぎに言ひをれば子のすでに寝息す

つくろひて障子にひとつ張りこめし紅葉の色は燈に透きて見ゆ

『背振』昭和17年

借金のことをおもへば薪小屋のまへのひなたにわれは来りし

村人らわが田畑をば買ひにけりいよよ本気にたがやしてあらむ

草餅の金網のうへにふくるればとりけだもののごとくうれしも

病み妻ののみど養ふ蜂蜜ををさなきがときに襲へるらしも

兄の旗は一昨年征きて褪せにけり並びあたらしきおとうとの旗

『勝烏』昭和16年

新嘉坡《シンガポール》まさにまぢかにブキテマの山草血ぬり死にし子ろはや

長男一彦

この夏は戦死の家といふ札のかかれる門のざんぼあの花

真夜なかの汽車にいびきをたてをりこの子は生きて還りけるかも　次男

『早春』昭和20年

くりかへしわが見積もれどこの秋の納税額に足らぬ柿かも

柿もぐと樹にのぼりたる日和なりはろばろとして背振山みゆ

『柿百首』昭和27年

高価なる林檎入れたる店さきの箱の硝子に触れてゆく子ら

薯までの食《じき》のつなぎの南瓜麻呂縁にならびてあるが愛しも

たちのけと言はるる家にこの夜も書を読みつかれわれは眠らむ

『堤防』昭和27年

選炭の終へし音なき一隅にくしけづるかな乙女はよりて

遠慮してゐたりし汝をいとほしむ思ひあたるアカハタを読み初めしころ

ひと日来てふるさとの道に会ふ友ら誰もたれも歯の無き発音をする

散れちれと詩的に言ひて死なしめき桜を見ればいきどほろしも

やはらかき手がうしろより来るごとき旅のある夜の霧の中ゆく

愛情のきはまるときは舐むれども貧しく育つ孫らきたなし

つきつめてわからぬわれに八月の十五日咲けりあふひは赤く

思春期のころの記憶かつきたての餅さすりゐて追ひのけられし

煙草の火もらひし淡き感謝にて書店を出でぬなんにも買はず

冬の日のベッドの姉にさすときにいくらか帰りやすくなりたり

よぼよぼとあるなと太き車輪ゆき残すほこりに憤慨をせず

村娘清香《きよか》を待てば来ず久しわが子ひとの子老いて分たず

厨より声はりあげて妻の言ふもんつきどりはわれも見てゐる

青菜を食へ青菜を食へといふ医者を庭鳥子屋に来て思ひをり

コスモスを好けばまた来て見て思ふ伸びすぎるから嫌はれるのだ

有名になりたがる世のかたすみに鳴くこほろぎを吾は聴きをり

戦争は紙をつくらず死ぬ人をかなしむ歌をにぎりつぶしぬ

高砂の翁の幸も死ぬるまで歌とあるわれに及ばざるべし

霜の上のマッチがなほも燃えてゐてこの寂しさを誰も知らない

『堤防以後』平成3年

『中島哀浪全歌集』短歌新聞社、平成三年刊

解説

五所　美子

哀浪が本格的に短歌の勉強を始めたのは、前田夕暮の「詩歌」同人になってからであった。三十歳であった。初めて「詩歌」に発表した「わが家の生活」十六首について夕暮の評がある。「歌の調子は弱いが真実の態度の見えるのが好もしい。も少し強い光りが主観に帯びて来なければならぬ。どうかすると世上にありあふれたただごと歌になりはすまいかと危ぶまれた。然し君は有繫に生活の核心を摑まんとしているのはよい」哀浪の美点と弱点を指摘していて興味深い。「ままこらの玉蜀黍の葉がくれのながき話に暮れぬ秋の日」「あはれにもまま子となりて夜泣くをやめし妹二十となりけり」などの一連の歌であった。この頃の歌は未刊の処女歌集「草露集」に収められている。その覚書に哀浪の次男草市潤は「父能連が残していったものは、多くの借財とわがままな継母である」と記している。「人や来ると負債をおもひおちつかぬかなしき耳にきこゆる落葉」に心情がうかがえる。

父と寝ぬる子はかしこしと言ひたればすなはち来り寝ねにけるかも
泣きやまば遣らむ物の名つぎつぎに言ひをれば子のすでに寝息す
近辺に叔母の土産をくばる子は走りゐにけり走るなといへど
萎びたる茄子の苗にやる水を跣足の子ろの足にもやるも

継母のことも借財のことも変らずあったが、三男三女の父となり家庭の中はにぎやかであった。貧しいながら農山村の自然の中で育つ子どものいきいきとした情景が多く歌われてゆく。

柿もぐと樹に登りたる日和なりはろばろとして背振山見ゆ

牧水との縁のエピソードをもつ一首である。牧水夫妻を博多に迎えての歌会に参加したその日の思い出を「創作」の「牧水追悼号」に書いている。「その時の私の出詠歌は〈柿もぐと木によぢのぼる日和なりはろばろとして背振山見ゆ〉といふのであつた。来会者の沢山の歌を披講されるうちに『この歌はまず可なりの出来であるが第二句を〈樹にのぼりたる〉としたらもっとよくなるが、作者はたれですか』と問はれたので私が名前をいふと『ああ、君のでしたか』とにつこりされた顔が今でもはつきり見える。それから私はこの歌が妙に気に入つて短冊などに書いたことも度々ある」。このエピソードは知る人ぞ知る有名な話であるが、哀浪の率直さやおおらかさがうかがえる。人柄が即ち歌柄であった。

歌の上での大きな転換点がやってくる。同人であった「日光」の終刊。急速に口語自由律短歌へ傾斜してゆく夕暮の「詩歌」との別れ、哀浪は野に一人立っていた。それからの巣が「ひのくに」であった。東京とは離れ九州佐賀の地で独自の歌風をうちたてるべく背水の陣の覚悟があった。借財返済のため先祖伝来のすべてを売却して借屋暮しを始める時期でもあった。「貧乏した。継母、それも狂乱の母につかれた。いよいよ困憊だ。せっぱつまった自己がある。歌だ。歌だ。ただ一つこの世に一つ、歌が俺を生かしてくれる。」温顔でおおらかな哀浪であったが、日記に人には見せぬ素顔がある。苦悶が見える。やがて時代は戦争へと進んでいく。

第二の大きな転換は戦争体験によるものであった。長男を戦死させた子の親としての悲痛。多くの生徒を万歳の声で戦場へ送り出した教師としての責任と悔恨。多くの戦意高揚の歌を作ってきた歌人としての反省と責任。戦争後半の昭和十九年から終戦前後の二年近く哀浪のノートには一首の歌も記されていなかったと言う。空白の二年間。いかなる葛藤のなかにあったのか。戦争とは。個人にとって国とは。自分とは。歌とは何か。根底から揺さぶりをかけられたであろう。戦後哀浪自身が記している言葉がある。「私はこれまであまりにも淡泊に短歌のなかを過ぎて来た。すどおりをして来た。馬鹿正直なほどに実にやすやすと信じて来たのであった」、心眼力をもってものの奥まで見届けねばならないと。

ふるさと佐賀に根ざした歌は肩肘張らない言葉と表現で、こまやかな感情の動きをおおらかに歌い格調ある調べをもっている。哀浪調としてその名はすでに全国に知れ渡っていた。不動の存在となっていた。しかし、戦後あらたな哀浪調を切り拓くべき全身全霊の闘いが始まる。一身上の生活上の苦難不幸が起るたびに、歌人としての姿勢を深め前進させるのが哀浪であった。

みそらより薬まかれて蚊の生れぬ安けさのなかに蝶も死にたり

「伐られたる松の木は言ふ音だけではつまらぬと今の神はのたまふ」。急速に変化してゆく戦後の日本。切り拓かれてゆく山野。農薬の散布。自然破壊の兆しを哀浪は見逃してはいない。

命をばかけて掘りたる石炭がここに冷静に選り分けらるる

「選炭の終へし音なき一隅にくしけづるかな乙女はよりて」など、光あたらぬ世の一隅で働く人を詠んで迫真力がある。核心を素手で摑んで素《す》の表現をした。

殺されにゆくを見送り馬鹿らしくなりても聞こえくる豚の声

若者を生徒を息子を戦場へ見送ったかの日々。征ったものたちの悲鳴は消えることがない。

手に来たる鶏のくちばしなほ痛しひもじさが一番つらいネ
煙草の火もらひし淡き感謝にて書店を出でぬなんにも買はず
有名になりたがる世のかたすみに鳴くこほろぎを吾は聴きをり
夜もすがら話相手になるという雪の言葉の聞こゆるごとし

晩年の哀浪は自由自在融通無碍。口語会話体を使って滋味あり。自己を詠んで飄逸。反骨と自負。小さな虫に耳を傾け雪と会話をする。作品はさまざまな表情をもっているが、背後には「哀浪」のペンネームが背負っている「哀」が、人生の苦渋のかなしさが潜んでいる。八十三歳で逝った哀浪は一万首の歌を残した。

生涯

中島哀浪は明治十六年七月三十日、現在の佐賀市久保泉町川久保に生まれた。父能連、母ヒロの長男である。本名は秀連。先祖は佐賀鍋島氏の親類の一つ神代《くましろ》氏の家老職を勤めた。生地の川久保は脊振山系の南麓と佐賀平野の北端が接する静かな山里である。

哀浪は早稲田大学に学んだが明治三十八年五月、本科二年で中退し帰郷。その後は軍役の数年を除けば佐賀の地を離れていない。にもかかわらず与謝野夫妻にその才を認められ、「明星」の末期には白秋、勇、啄木らとともに多くの短歌や詩を同誌に発表した。大正二年からは前田夕暮

小嶋　一郎
（歌人・「コスモス」所属）

に兄事、白日社同人となり「詩歌」が活躍の場となった。
夕暮が自由律短歌に転じたため、昭和三年からは休刊中の郷土歌誌「ひのくに」を復刊し主宰した。以後、戦中戦後の発行中断はあったが、作品発表は終生同誌に拠った。哀浪の歌風は若いときから、「野鳥の囁きだ」と自ら譬えたように決して声高ではない。先々を考えて、「詩歌」の自由律からの離脱は自然の理であったろう。
時期は前後するが明治四十四年十二月、隣村の藤山まつと結婚。翌大正元年十二月、それまで勤めていた小学校代用教員を辞め、川久保郵便局長に就いた。当時の歌がある。

大御代の春近づけり年賀状区分する子らを励ますわれは

哀浪のふるさと川久保は古来柿の木の多い里である。甘い伽羅柿《きゃらがき》は特に名物で、当時は高値で取り引きされたという。哀浪もその柿を幾本も持っていて、秋には収穫に追われた。哀浪が「柿の歌人」と言われるのは多くの柿の歌があるからである。少年にして食い、中年にして味わい、老年にして眺める歌を詠んだ。

あかあかと一樹《いちじゅ》の柿に入り日さし時雨は遠く降りすぎにけり

哀浪は生涯を通して幾度も不幸に出会い失意の底に身を置いた。早稲田の中退、母との死別、継母との軋轢など悲苦の体験は既にあったが、痛恨の惨事は大正十三年四月二十七日に起きた。局長として勤めていた川久保郵便局と住宅が全焼。多額の私財を投じ、復旧に全力を注いだが精神的打撃は大きかった。しかし、同年同月白秋を中心に「日光」が創刊されると、その同人となるなど作歌活動はむしろ旺盛であった。昭和四年六月、哀浪の実生活を揺るがすもう一つの悲劇が起こる。父能連が生前に残した連帯保証に係る責任が生じたのである。先祖伝来の家屋敷、田畑、山林の一切を処分した。同時に郵便局長も辞め、一家八人佐賀市上多布施の借屋に転居した。次いで昭和九年には佐賀市西正丹小路の旧武家屋敷に移っている。北方八キロ、望郷の思い断ちがたくこの借屋を「思北庵」と名付けた。生活は困窮を極めたが私立の女学校に職を得て糊口を凌いだ。しかし、「ひのくに」だけは執念のように発行を続け、妻まつが質屋の暖簾をくぐるのも二度や三度ではなかったという伝説的逸話も残っている。

　昭和十二年七月、日中戦争が始まるとすぐ長男一彦が出征。「とりすがるちちははならずますらをの真名児一彦いさみてゆきぬ」と詠んだ。昭和十四年一月には二男の正実も出征した。昭和十七年二月十二日、シンガポール・ブキテマで一彦が戦死。このときの歌「常の死のごとく泣きししか公報のきたりしときは妻と二人ゐて」は痛切である。昭和二十年八月十五日終戦。幸い二男の正実は帰還したが哀浪の心中は長男を失わしめた大戦とどう向き合えばよいのか。「つきつめて分からぬわれに八月の十五日咲けりあふひは赤く」などと以後数年間は苦悶が続く。

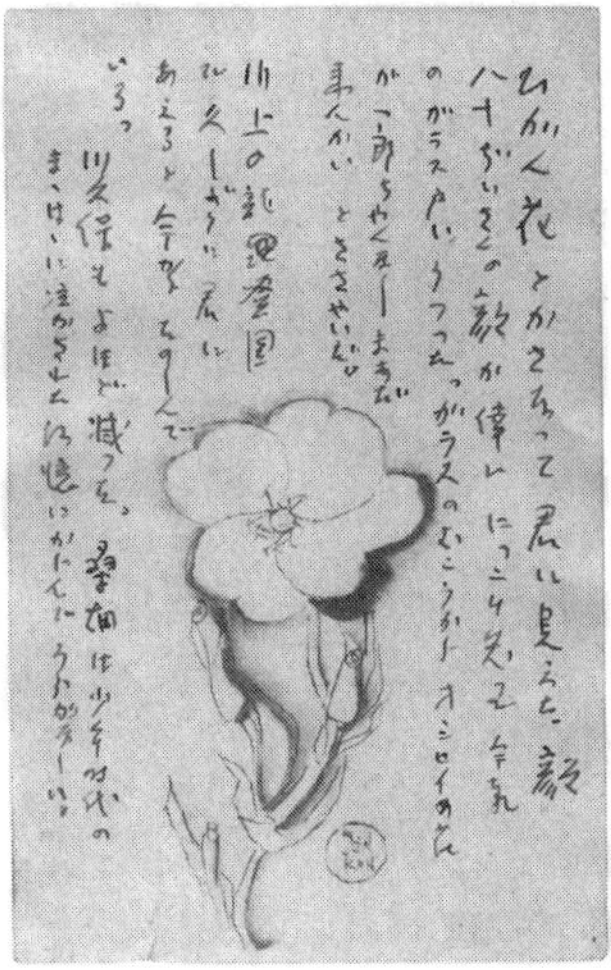
小嶋一郎宛葉書

　そういう哀浪の心を慰めたのは哀浪を慕う

ふるさと川久保の人々の優しさであった。哀浪の古稀を記念して浄財を集め生地に新居を建てて贈ったのである。哀浪にとっては夢にまで見たふるさとでの暮らしがやっと再現した。哀浪はこの新居を「坐泉堂」と名付けている。

以後の哀浪はほとばしるように作歌意欲を取り戻す。一気に二十首、三十首、ときには八十首もの大作を「ひのくに」に発表した。往年の主情的リリシズムに加え、弱者を見詰め、世の不条理を嘆く一方、独特の諧謔を交えて詠んだ。

よぼよぼとあるなと大き車輪ゆき残す埃に憤慨をせず
これの木の夢を楽しむ打ち込みし生棒杭の発芽してより

昭和四十一年十月二十九日、哀浪は自宅で静かに逝った。老衰であった。享年八十三歳。中島家の菩提寺である川久保の臨済宗妙福寺の墓地に葬られた。墓は小ぶりな自然石である。「哀浪の墓」とのみ小さく刻まれている。

【参考資料】
草市潤『息子好みの父のうた―中島哀浪・身辺歌壱千首』三月書房　二〇一一年
草市潤『父も風景―中島哀浪手控え―』キノスノキ社　一九八三年
池田千歳『論攷集　哀浪作品を読む』田中ちづ子発行　一九九七年
梅埜秀子『おおどかに短歌は生き続ける――歌人中島哀浪考』銀の鈴社　二〇〇三年
乳井昌史「中央へ走らなかった〝柿の歌人〟の誇りに思いをいたす」『南へと、あくがれる―名作とゆく山河』弦書房　二〇一〇年
「ひのくに　中島哀浪追悼号」昭和四十二年二月
山野吾郎「中島哀浪の歌」「ひのくに」二〇一二年二月号より毎号　現在（二〇一七年）も連載中

二宮冬鳥

大正2年　愛媛県喜多郡大洲町に生まれる。本名秀夫。

昭和7年（19歳）「高嶺」に入会。早川幾忠に師事する。

昭和10年（22歳）九州医学専門学校卒業。

昭和17年（29歳）九州帝国大学医学部専攻科修了。

昭和20年（32歳）陸軍軍医将校として長崎市の原爆被害状況を調査し二次被爆。

昭和21年（33歳）久留米医科大学助教授となる。十一月、久留米において「高嶺」を復刊。

昭和22年（34歳）第一歌集『青嚢集』を刊行。「高嶺」主宰者となる。

昭和27年（39歳）四人歌集『候鳥』に参加。この中の『静黄』が第二歌集となる。

昭和28年（40歳）久留米医科大学教授兼大牟田市立病院長となる。

昭和31年（43歳）第三歌集『黄眠集』を刊行。

昭和36年（48歳）福岡県文化財専門審議員となる。

昭和38年（50歳）第四歌集『日本の髪』を刊行。

昭和39年（51歳）第五歌集『南脣集』を刊行。

昭和43年（55歳）大牟田市立病院長を辞任。佐賀家政大学教授および佐賀短期大学教授となる。

昭和49年（61歳）第六歌集『昨夢集』を刊行。

昭和50年（62歳）福岡女子短期大学教授となる。

昭和53年（65歳）讀賣新聞（西部本社）歌壇選者となる。

昭和56年（68歳）第七歌集『西笑集』を刊行。

昭和61年（73歳）第八歌集『壺中詠草』を刊行。

平成3年（78歳）第九歌集『忘路集』を刊行。

平成8年（83歳）八月十九日、急性心筋梗塞にて死去。

平成10年　遺歌集『忘路集以後』を刊行。

いにしへのもののふどももある夜《よは》はPollutionをなげきしならむ
〔註〕Pollutionは夢精

顯微鏡の光の中にザウリムシの熱き接吻をわれは見てをり

をとめごが亂るる髪をあぐるときみゆる腋草われは見てをり

構内に集まりてゐる戰災孤兒のなかに掃除をする一人あり

『青嚢集』昭和22年

長崎の死骸の中をゆきしこと二年を經て結論のなし

二等兵伍長軍曹見習士官少尉を經き二等兵が最も清かりき

『靜黃』昭和27年

固きかたき排便をせる最中《もなか》なる絕對境を人に知らゆな

株の値は其後も下がりをりといふ人の損するは心やすけし

砂庭にはつかの面いだしたる石はかぎりなき下部を有せり

歌にならぬやう歌にならぬやうにと作るうた一つの悲劇の如く思へど

「晴れてゆくしぐれに傘をたたむ汝」ああそのつぎに常識くるな

『黄眠集』昭和31年

暗きビルあくまでならぶ五番街しづかに跛行する老人あり

『日本の髪』昭和38年

月よりも地球の方が大きいといふことを誇りし少年なりき

ハンゼン氏病などといふ語を使ふのがヒューマニズムだなどと思ふなよ

百人の病院長が集まりて聞く若き官吏の抽象語群

『南脣集』昭和39年

見世物のごとく銭とる仁和寺を出でてゆくとき門はうつくし

百貨店の仙厓展を見にきたり僞物の數をかぞへてかへる
地藏堂にたまたま來ればをさなごが犬と住みたきねがひを書けり
『昨夢集』昭和49年

實朝の首はなれにし建保七年正月二十七日の夜の空氣の音
親鸞が長子善鸞と義絶せし八十三歳のよはひおもほゆ
後鳥羽院と藤原定家ふたりのみの歌合はせありそののち不仲
『西笑集』昭和56年

肱川の魚が少年われの絲ひきにしことを思ふことあり
排泄をやうやく終へてさしあたりわが身の上に宿題はなし
短刀と脇差の區別わきまへぬ文章を讀む忍耐をして
『壺中詠草』昭和61年

によつほりといへる言葉も昔ほどいやでなくなり鬼貫を垂る

室生寺にゆきし四人の三たり亡く一人のみなるわれの心臓

くちづけをしてくるる者あらば待つ二宮冬鳥七十七歳

『忘路集』平成3年

原稿用紙の上に眼鏡が置きてあり吾なき後のことのごとくに

二階より見下ろせば道をゆく車なべてその屋根みせて通過す

高き窓に暮らすいくにち雨ふればゆく人は必ず傘をひらけり

高山彦九郎屠腹の前の書跡あり揺揺として柔らかき文字

『忘路集以後』平成10年

『二宮冬鳥全歌集』砂子屋書房、二〇〇九年刊

解説

馬場　昭徳

二宮冬鳥には歌作りの箴言のような歌があるので、いくつか引いてみたい。

砂庭にはつかの面いだしたる石はかぎりなき下部を有せり
歌にならぬやう歌にならぬやうにと作るうた一つの悲劇の如く思へど
「晴れてゆくしぐれに傘をたたむ汝」ああそのつぎに常識くるな

一首目、実景としては竜安寺の石庭を思えばいいのだろう。おのずと短歌の省略と余情を思わせる。短歌は断片しか表現しえない。しかし適確にその断片を捉ええれば、表現しなかったより大きなものを読者に伝えうるのである。それが「はつかの面」と「限りなき下部」なのである。

二首目、安易な短歌的叙情への戒めである。「短歌には真実がありさへすればいい」とする冬鳥は通用の構文を嫌った。「作歌の心構へとしては、自分のスタイルで真実を追求する以外にないと思つてゐる」と言う冬鳥の言葉が歌になったものである。三首目、常識をなぞることや、予定調和の拒否である。小さな詩型である短歌がそれでもなお、大きなものを読者に伝えうるためにはどうあるべきかが、この三首に込められているのだろう。

この後、冬鳥の作品をいくつかの面から見ていくが、それぞれに先に述べたような冬鳥の歌作りの思いが貫ぬかれていることを確認してほしい。

冬鳥の歌の特徴としてまず、省略の徹底がある。


百貨店の仙厓展を見にきたり僞物の數をかぞへてかへる

實朝の首はなれにし建保七年正月二十七日の夜の空氣の音

室生寺にゆきし四人の三たり亡く一人のみなるわれの心臓

仙厓は江戸時代の禅僧で画家。洒脱、飄逸な多くの絵画で知られる。一首が述べていることは僅かだが、その中に仙厓の絵の魅力、それが置かれている状況、冬鳥の鑑定家としての力など様々に思うことができる。二首目、実朝の最期の場面を「夜の空氣の音」だけで切り取り、その無念さを伝える。三首目、かつて室生寺を訪ねた四人のうち自分だけが心臓を病みながらも存えていることを言って、この下の句の簡潔さ。場面を手際よく切り取りながら、その背後に豊かな物語りを思わせる。並の手腕でないことは十分に知れるであろう。

冬鳥の歌を特徴づけるものにいろんな側面が考えられるが、その独特の生理的表現もあげていいだろう。

をとめごが亂るる髪をあぐるときみゆる腋草われは見てをり

固きかたき排便をせる最中《もなか》なる絶對境を人に知らゆな

排泄をやうやく終へてさしあたりわが身の上に宿題はなし

一首目、女性の身体への興味を言うときの「腋草」が微妙なエロチシズムを感じさせる。二首目、三首目、排便という歌にしにくい素材も冬鳥の手にかかれば、苦笑を伴いながら納得させられる。「絶対境」、「宿題」のよろしさである。また、冬鳥は古美術の鑑定家、蒐集家としてもよく知られた人である。

藤原といひ鎌倉といふ佛像を否定しき縣文化財専門委員として

によつほりといへる言葉も昔ほどいやでなくなり鬼貫を垂る
高山彦九郎屠腹の前の書跡あり搖搖として柔らかき文字

鬼貫は江戸中期の俳人、上島鬼貫。一首は鬼貫の、「によつぽりと秋の空なる不尽《ふじ》の山」の句とその掛軸を指している。高山彦九郎は江戸中期の尊王家。幕府の嫌疑を受けて自刃した。その鬼貫、彦九郎ゆかりの品を扱う歌や、一首目にしてもまったく力みがない。まるで日常の出来事、日常の品を扱うようである。冬鳥という歌人は、どのような素材に対してもごく自然体で接することができるのである。鑑定家としての眼は当然、歴史的な事柄にも向かう。

池大雅の歿年五十四歳はわがよはひにてこよひのねむり
親鸞が長子善鸞と義絶せし八十三歳のよはひおもほゆ
後鳥羽院と藤原定家ふたりのみの歌合はせありそののち不仲

そのような歴史を見る歌においてもいずれも下の句の処理に通常の構文に陥らぬ工夫を見ておいていい。一時、死者の年齢に関心を持ったということを冬鳥自身が語っているが、一首目にはそのことも見える。

冬鳥の歌に幅を与えるものとして次のような歌群にも触れておきたい。

子どもらは困るならめど籍ちがふ子をつくることも樂しかるべし
くちづけをしてくるる者あらば待つ二宮冬鳥七十七歳
株の値は其後も下がりをりといふ人の損するは心やすけし
ハンゼン氏病などといふ語を使ふのがヒューマニズムだなどと思ふなよ

人権を守るといふのが本當なら病院の下にて聲あぐるなかれ

一首目、二首目はユーモアを含んだ歌。勿論、冬鳥らしいひねりはきちんと効かせてある。三首目、四首目、五首目はユーモアからもう少し踏み込んで、皮肉屋・冬鳥らしい歌。しかしこれらの歌の背後には、冬鳥ならではの真実がきちんと読み取れる。

山吹は去年のごとく咲きて散り靜かになれり石のかたはら

二階より見下ろせば道をゆく車なべてその屋根みせて通過す

高き窓に暮らすいくにち雨ふればゆく人は必ず傘をひらけり

最後になったが、冬鳥の歌を語るときここにあげた三首のように、何気ない嘱目に深い味わいがあることを押さえておきたい。むしろそのことに冬鳥の本領があると言ってよい。冬鳥がその歌作を通して願ってきたのは、表現の誇張や劇的要素を避け、あくまでも具体に付いて平明簡素に歌うことである。省略と単純化を徹底させ、余分なものを削ぎ落とした分、歌はその奥行きを保証される。二宮冬鳥という歌人は平淡を愛し、平淡こそ美の究極と考えていたのである。

生涯

江島彦四郎

（歌人・「高嶺」主宰）

終戦前の私の家に「高嶺」が一冊置いてあった。「樋口成正追悼号」。樋口成正は私の従兄で九州大学衛生学部に在籍していたが、結核のため早逝した。二宮冬鳥はその追悼号に「彼は医学では先輩にあたるが、「短歌では僕の後輩にあたる」と記している。私が二宮冬鳥という歌人の活字を見たのは、この「高嶺」が初めてであった。

二宮冬鳥は伊予大洲の生まれ、久留米の九州医専（現在の久留米医大）を卒業後は、松藤内科に在籍していた。昭和二十八年六月の久留米大洪水で家財を失い、一時、大牟田に移り住んだが、昭和四十三年七月、再び久留米に移り住み、それ以後そこを離れることはなかった。

書繪畫刀劍陶磁彫刻工藝品出土品吉利支丹遺物二宮冬鳥

鐵齋はたいしたものでないといふことを結論とすそののちにまた

その價かぎりなければ熊野懐紙二宮冬鳥を訪ふことはなし

二宮冬鳥の一日を想像してみると、昼は内科で患者を診る、夜は「高嶺」の選歌で殆どの時間を使う。その間に来客がある。骨董店主が軸物などを持って来る。刀剣の鑑定を願いに来る者もいる。とても軸物、彫刻品などを見て勉強することなどは不可能に近い。しかし、その勉強を重ねてきたのであろう。また、そういう物を見ることを好んでいたのであろう。

仙厓を明後日《あさって》もちてくるといふ高良山《かうらざん》の繪と詩との半折

日落群峯陰圖を二宮の發掘と知るはたれ三宅久之助は死にき

原稿料の前借りといふ才覺もなくて東雲篩雪圖は早くより知る

仙厓は博多聖福寺の僧、その墨筆は右にでるものなしといわれている。しかし、偽物も多いとか、冬鳥先生に鑑定をお願いしようという者も多い。こういう予想外の時間もいれると、一日が一日では足りない。

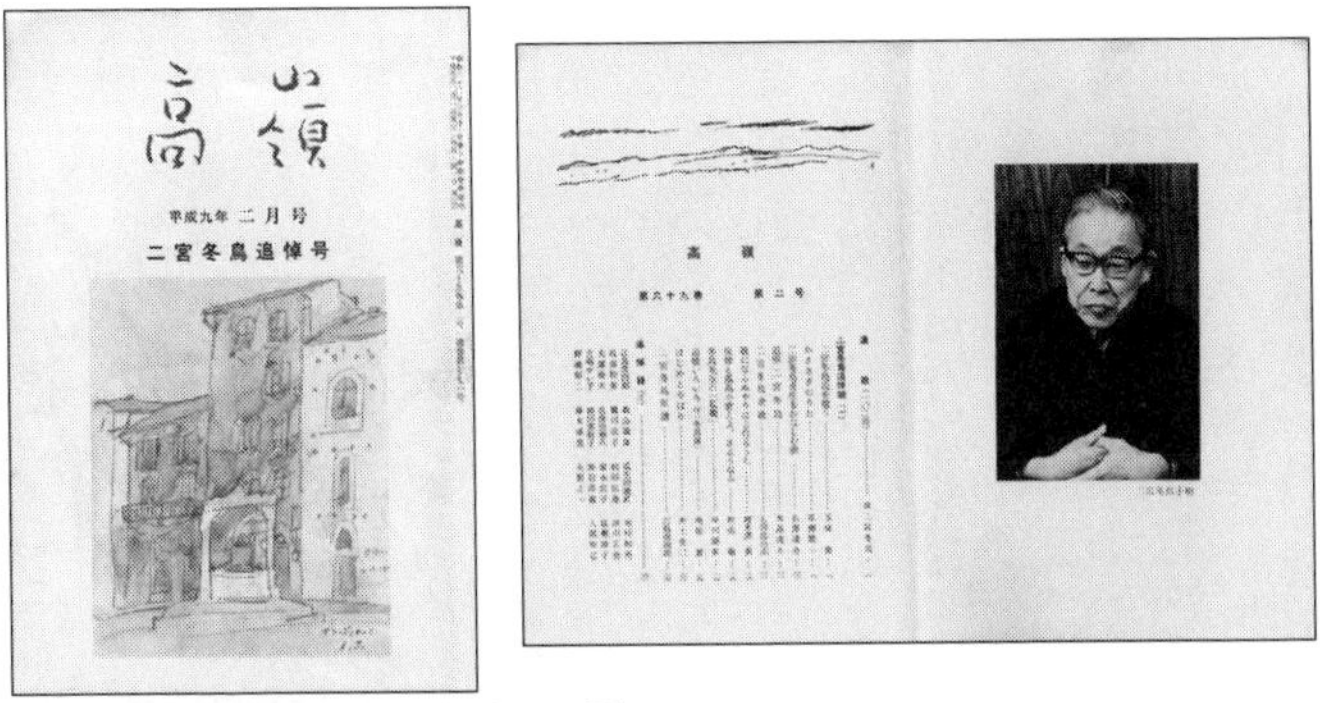

「高嶺」二宮冬鳥追悼号（平成９年２月号）

或る日、冬鳥先生から電話がかかってきた。「江島君、あの『日落群峯陰図』は本物でした」ということで、長い電話であった。久留米から鎌倉までの長い電話、これには何事にもとらわれない二宮冬鳥の素顔をうかがい知ることが出来たようであった。川端康成は、浦上玉堂の「東雲篩雪図」を朝の新聞小説の原稿料前借りで自分のものにしている。二宮冬鳥はそれを聞いて悔しがったはずである。それを私は知っていたが、とても話題には出来なかった。

◇

二宮冬鳥は厳しいと言う人が多かった。歌誌「高嶺」の発行人であったから、選歌、編輯を一人で行い、初校、二校、三校も人に任せられない、と多忙な毎日であっただろう。その冬鳥の段取りを壊すような原稿送付の遅延は、冬鳥が一番嫌った事だった。私は昭和三十年代、釧路に住んでおり、原稿締切り十日前には歌稿を郵送して居たことを思いだす。速達も嫌がられた。速達は普通郵便とは異なり郵便局員から家人が直接受け取らなければならないためである。

冬鳥は旅行好きであった。とくに、東北、北海道方面。私と高嶺同人であった高田和美君は何度も誘われた。私たちがバスのなかで居眠りすると、すぐに「高嶺」に居眠りしていたという歌になっていたりした。

珍しく久留米から鎌倉に電話がきて、十和田湖と田沢湖に行こうといわれた。思えば冬鳥先生と僕の最後の旅であった。浅虫温泉で一泊したが、その夜は二人だけの歌会。あくる日は十和田湖をめぐり、早くに旅館にはいった。私が幾つかの歌を見てもらったが、先生もやはり幾つかの歌を披露してくれた。そのあとは先生みずからがお銚子をと言って酒宴となった。先生が頼んで二人でお酒をのむとは。私が酒好きとは早くから知っておられたのである。こちらが恐縮したが、楽しい夜、暖かい夜、幸いな夜であった。

◇

その旅のあと、私は冬鳥先生に会っていないが、電話での歌会が続いた。果物を送ると、すぐに電話が来て、今日の夕張メロンはおいしかったです……とか、あまり甘くなかったな……とか。高嶺が郵送された頃に先生から電話がかかって来ることがあり、二人の歌会となることもあった。

私は久留米医大の病院にお見舞いに行かなかった。会えば先生がベッドに座り、尽きぬ話になるからである。

【参考資料】
石田比呂志「『青嚢集』管見　管中窺豹のこと　二宮冬鳥歌集」『続・夢違庵雑記』短歌研究社、昭和五十五年一月
石田比呂志「『黄眠集』私記・二宮冬鳥歌集」『短歌の中心と周辺』短歌新聞社、昭和六十年六月
江島彦四郎「『忘路集』ノート」、「高嶺」平成五年十月号より七年十二月号まで連載二十七回。

持田勝穂

明治38年（0歳） 三月九日、福岡市上鰯町にて父作太郎、母フリの二男として生れる。生家は酒類問屋を営む。

大正2年（8歳） 十一月、父、死亡。

大正10年（16歳） 酒店業を継いでいた兄利一郎が病気の為、兄に代って酒店業に専念。

大正11年（17歳） 十月、兄利一郎が死亡。

大正12年（18歳） 兄嫁えきと結婚。本格的に作歌を考え、門司より発行の同人雑誌の「緒土」三月号に持田勝恵の筆名で送る。

大正14年（20歳） 秋、京都鹿谷一燈園に入り、西田天香に師事。托鉢を行願。

昭和元年（21歳） 十月、山崎真吾と共同して短歌雑誌「あけみ」を創刊。

昭和2年（22歳） 三月、筆名を「勝恵」から「勝穂」に変える。

昭和3年（23歳） 四月、前田夕暮が「詩歌」を復活。勝穂は同人として参加。佐賀の中島哀浪「ひのくに」復刊。同人として参加。

昭和6年（26歳） 「詩歌」同人を辞し「香蘭」の準同人となり6月号に出詠。

昭和7年（27歳） 十一月、北原白秋創刊「短歌民族」に参加。

昭和10年（30歳） 六月、「多磨」創刊、第二同人となり作品掲載。

昭和16年（36歳） 十二月、酒商を廃業。同月、西日本新聞社（旧・福岡日日新聞社）入社。

昭和17年（37歳） 十一月二日、北原白秋の臨終に侍し、通夜・葬儀に列する。

昭和19年（39歳） 十月、唐津市に疎開。

昭和20年（40歳） 三月九日、入営。六月、博多空襲により実家焼失。九月九日、復員。

昭和28年（48歳） 五月、「形成」創刊に参加。

昭和35年（55歳） 三月、西日本新聞社退社。この前後は森脇憲三とコンビの組曲の作詩など多数。

昭和38年（58歳） 現代歌人協会会員。

昭和58年（78歳） 四月、木俣修死亡。

平成5年（88歳） 五月、「形成」解散。十二月「波濤」創刊号発行、編集発行人。

平成6年（89歳） 一月、「波濤」の呼びかけ人でもあった大西民子死亡。

平成7年（90歳） 二月、肺炎再発のため木村病院に入院。六月、筥崎の田村病院へ転院。二十五日、死亡。

久びさに子を抱きて来し橋のうへゆふ満ち潮の幅ひろく照る

博多川夜ふけて潮の満つならむ砂積める船の燈を點しのぼる

初売りの古きしきたりや我が酒舗の大戸開け放つまだ暗き朝

『ほたるぐさ』短歌新聞社、平成八年刊

懸垂《けんすゐ》のザイル手握《たにぎ》る岩の鼻にスリルといふは風のごときもの

杜氏《とうじ》にて世を終りたる父うへよ寒《かん》の藏深くこよひ憶はむ

子をあやすと店の硝子戸閉めたてて書ふかき土間に兎《うさぎ》を放《はな》つ

丹念に履歴書をかきてゐる子らのその履歴ただに短くてよし

『雲表』南風書房、昭和二十二年刊

やすからぬ暮しは言はず霜の朝舊圓を新圓に妻は換へ來て

ことされし母のみ足に常のごと朝なりければ日の差しにけり

徹りつつ地蟲は晝も鳴くものか秋の七日を喪に籠りつつ

七人の子らに辨當を七つ詰め持たせし殘り妻と分けて食ふ

『海光』叡智社、昭和二十三年刊

貧しく病みて年の瀬を越す友が休職のまま馘首されたり

崑さんが描きてくれし若き日の我がカリカチュアは苦笑を變へず

國境のなくなる時代來ると言ふ假說はよめどあこがれもなし

春めきて闇米の値の上りつつ顔見知りなる擔ぎ屋も來ず

若からぬ感傷のあり鉛筆の芯を削りゐる朝の記者室

『近代の靄』新典書房、昭和三十一年刊

編集室夕陽さしつつ地球儀の伸びたる影が机上より落つ

記者らしくふるまはず我は終りたし異端といふには少しく違ふ

人間が人間を倒しゆく社会あるときは角度かへて見むとす

新聞を凶器のごとく或る時は恐れて編集せし日もありき

『紙魚のごとく』西日本新聞社、昭和五十年刊

夫を亡くしたる娘が夕べ素麺を少したべをりおとも立てずに

民主主義を民主々義と書かぬこと直ぐに慣れにけり記者に戻りて

ビルの影が川を距てて向う岸のビルにとどくころ川は寂しも

子を持てるむすめと持たぬむすめありてその行末を思ふ折ふし

『青馬を見む』短歌新聞社、昭和六十二年刊

ためてきし仕事をけふは果さんとピースの缶の蓋をまづ切る

博多川を母なる川ぞと我が称《よ》びて母をこほしむ老いたるいまも

我よりも年うへゆゑに人の前に出るを羞らふ妻をあはれむ

ひとり来て誰にも逢はず帰ります白秋祭には又参ります

一つの机で二人して物を書けば一つの辞書をふたりで使ふ

『博多川』短歌新聞社、平成十年刊

解説

恒成美代子

持田勝穂には、『雲表』『海光』『近代の靄』『紙魚のごとく』『青馬を見む』と、没後に妻・えきによって出版された青春歌集『ほたるぐさ』、三回忌記念に出版された『博多川』と七冊の歌集がある。収録歌数は、四六二九首。作歌年数は七十年に及ぶ。その歌数の多寡は置くとして、勝穂の歌を通して精読すると、おのずと現れてくるのは九州、ことに博多の歴史と風土を愛し、知性に裏打された人間愛が仄かにたちのぼってくることである。真実を追求してやまない新聞記者としての二十年。生活的には八人の子の親としての歌も折々にうたわれており、戦中戦後の混乱のなかでの知識人としての悲哀が窺える。

貧しく病みて年の瀬を越す友が休職のまま馘首されたり
記者らしくふるまはず我は終りたし異端といふには少しく違ふ
人間が人間を倒しゆく社会あるときは角度かへて見むとす

一首目の休職のまま馘首された友を思い遣る心根は勝穂の資質であり、ヒューマニスティックなものだろう。二首目の「記者らしくふるまはず」に込められたジャーナリストとしての立場。現実を自覚しながら、それでもなおその現実にどっぷり浸ってしまうことを自戒している。三首目にみられる「角度かへて見むとす」の心の余裕というか、平衡感覚は勝穂のインテリジェンスの顕れともいえる。

『近代の靄』の「覚書」には、当時の心境を「私は出来ることなら活字と輪転機の騒音の中に、謂うところの人間形成の場を設定する機会と勇気を蓄積したいものです。」と書かれている。内観の研ぎ澄まされたこれらの文章を読むと、宗教書を好んで読んだ勝穂が二十歳の時に京都一燈園に入り、生活創始者の西田天香に師事したことも頷ける。

勝穂は、十九歳から三十九歳までの間に二男六女の子福者の父となっている。

子をあやすと店の硝子戸閉めたてて書ふかき土間に兎《うさぎ》を放《はな》つ

丹念に履歴書をかきてゐる子らのその履歴ただに短くてよし

夫を亡くしたる娘が夕べ素麺を少したべをりおとも立てずに

勝穂の子に寄せる愛情は、子の人格をだいじにし、見守り型の父親像が浮かぶ。土間に兎を放つ一首目、履歴書を書いている子を垣間見て、「その履歴ただに短くてよし」と納得する歌などから、包み込むような大らかな父性愛が伝わってくる。三首目の歌には、慈愛が滲む。

昭和十年三月の北原白秋の「多磨」創刊と同時に白秋に随順した勝穂は、その生涯にわたって白秋のロマン主義を継承した。それは、歌風を継承するというよりも勝穂自身が語る「白秋の詩精神を、詩に対する信念を、」継承したというべきか。

博多川夜ふけて潮の満つならむ砂積める船の燈を點しのぼる

こときれし母のみ足に常のごと朝なりければ日の差しにけり

編集室夕陽さしつつ地球儀の伸びたる影が机上より落つ

ビルの影が川を距てて向う岸のビルにとどくころ川は寂しも

一つの机で二人して物を書けば一つの辞書をふたりで使ふ

一首目の「砂積める船の燈」、二首目の母の遺骸の足に差す朝のひかり、三首目の地球儀の影といずれの歌も焦点が絞られ、描写に徹している。そして、その描写された背後には勝穂の精神・心情が寄り添う。人間としての眼、いまここに生きているひとりの人間の思いが宿る。四首目・五首目はリフレインが効果的に使用されている。長く伸びたビルの影、その影が向こう岸にさすころの川は寂しいものだと、やや主観を表に出している。五首目の、「一つの机」と「一つの辞書」、「二人して」と「ふたりで」の用法は、巧まずしてリフレインになったような、柔らかさを醸している。この歌は『博多川』におさめられており、平成五年、八十八歳の作品である。年齢を感じさせない初々しい感受。勝穂が終生持ち続けたロマンが匂う。ロマンといえば、勝穂には作曲家・森脇憲三とコンビの三つのカンタータの作詞や三百を越える校歌・社歌・団歌・新民謡などの作詩がある。短歌と音楽の二つの世界に身を置くことによって、その相乗効果により短歌に艶と幅が加味されたのではないか。前田夕暮・中島哀浪を経て、北原白秋に随順したことの意味は大きい。

「短歌だけは偽りがあってはならない。」と述べている勝穂は、その作品に技巧は凝らしても、誇張や修飾を施すことをよしとしなかった。「原型をとどめないまで推敲を加えたものもある。」(『紙魚のごとく』あとがき)とも書いているが、難解な作品は殆どなく、平明な言葉遣いのなかに清潔な抒情がただよう。

夕風に葉うら白じろと戰《そよ》ぎ來し茱萸原は見て踵《きびす》をかへす

若からぬ感傷のあり鉛筆の芯を削りゐる朝の記者室

博多川を母なる川ぞと我が称《よ》びて母をこほしむ老いたるいまも

ひとり来て誰にも逢はず帰ります白秋祭には又参ります

茱萸の葉裏がしろじろと風に戦いでいるのを見て歩みを返す一首目の写生の歌。鉛筆の芯を削っている時の物思いの二首目の歌。「私は博多で生れて博多で育った。」（『雲表』後記）と書く勝穂の幼いときより日々見たり遊んだりした博多川は〈生〉の原郷ともいえ、うぶすなの地である。「母なる川」と親しみを込めてよぶのも肯える。そして、最後に挙げた歌は、終生敬い慕った白秋に寄せる真情であろう。白秋祭はもとより年年歳歳訪れた柳川は、勝穂の短歌の源泉ともなったようである。生地の博多を愛し、白秋の故郷を拠り所とした勝穂の短歌であった。

生涯

浦岡　薫（歌人・「波濤」所属）

持田勝穂は明治三十八年三月九日、父作太郎・母フリの次男として福岡市博多に生まれる。本名勝男。高等小学校卒業後、病弱の兄を助け家業に励む傍ら文学書宗教に親しむ。宗教では京都の一燈園で修行。兄利一郎が肺結核のため二十三歳で死亡後は、兄嫁えきを励まし酒店業をいとなむ。しかし、作歌への志望捨てがたくノートに記す日が続いた。そして、遂に兄嫁えきと結婚するに至る。

勝穂は八人の子沢山であった。長女の加留部美世は父と同じく短歌を作り、全国誌である「波

昭和34年〈54歳〉博多川のほとりにて

濤」の第一同人で、福岡支部で毎月行われる歌会にもよく出席している。もう一人の娘松本伊代も「波濤」同人で、夫人えきも短歌を作り、歌集『瀬越しいくたび』を九十八歳で出版するなど所謂短歌一家であった。

勝穂の短歌の師は北原白秋であった。師白秋については、歌集『雲表』の後記にも書いているのでこれを引用すると、「私は博多で生れて博多で育つた。さうして昭和十九年六月十九日の空襲で博多の家が焼けるまで、四十年を博多で生活した。博多と白秋先生の郷里柳河とは西鉄急行電車で一時間足らずの距離にあり、私はさびしくなるとすぐ柳河を訪れて、柳河の人々やその風物に接することに依つて先生への思慕のまことを見失ふまいとした。日常私の心の中に流れてゐる水郷柳河の所謂水の構図こそ、また私自身の作歌生活の構図でもあつた。さうして柳河に対する敬礼は、いつの間にか責任とも変貌して行き、美しい水路と樹相の中から発する白秋詩歌の息吹きを直接いのちと慕ひ今日に及んでゐる。（後略）」

昭和十六年の三月に福岡日日新聞社の文化賞が白秋の大作、交声詩「海道東征」におくられた。白秋は病軀を押してその授与式に出席。その年の十二月八日、勝穂は父祖伝来の老舗の経営を止めて、福岡日日新聞社（現在の西日本新聞社）に入社する。

又、勝穂は歌集『雪表』の後記の中で次のように書いている。

　昭和十五年の夏鎌倉で多磨全日本大会が催された後、阿佐谷の先生のお宅に御厄介になった折、帰途北アルプスに登ると申し上げると、先生は「冒険はするなよ単独登行は用心したまへ」と仰り「僕も登りたいなあ、せめてみやげに山の歌を百首作つてよこせ」と激励と慈愛の言葉を戴いたものだ。別れ際に大きい枕のようなパンを二抱とバターを二ポンド、それに松の実の佃煮と風邪ぐすりをリュックに入れて下さった。私は歓びにみちて北アルプスの雲表に耀く雪渓や、お花畑や、こごしき岩場を快走した。

これで分かるように、勝穂は短歌だけでなく山登りにも長けたスポーツマンでもあった。

もう一つ、勝穂の一面を知るためのエピソードとして紹介すると、作曲家森脇憲三とのコンビで交声曲「阿蘇」「長崎」「別離」の三部作を完成。昭和五十九年には地域文化功労者として文部大臣表彰。

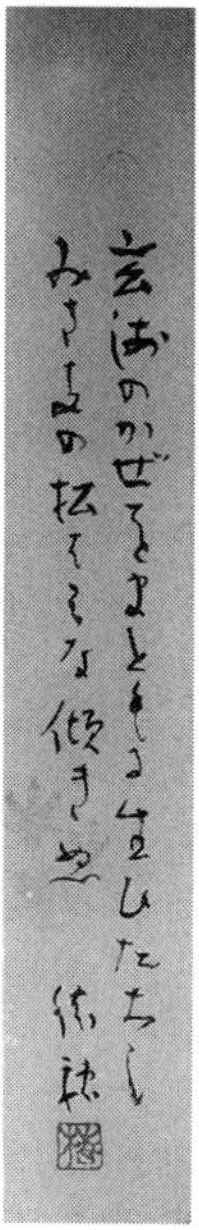

昭和二十年六月十九日の空襲では家を焼かれ、唐津の虹の松原に疎開し、松葉を集めて風呂を沸かすような生活をした。そして、唐津から筑

肥線で約一時間半の福岡市天神の新聞社まで通勤したこともある。

又、酒店業を営みながらも酒は全く飲めず、専らコーヒー党で、中洲の博多座近くの喫茶店シャポーが行きつけの店であった。黒い大きな鞄をいつも持ち歩いていたが、喫茶店では原稿を書いたり、その校正等をしていたのではないかと思われる。性格は極めて無口で、歌会での歌評も何かぼそぼそと話をするが、内容のよく聞き取れないようなことも時にはあった。

木俣修没後十年で「形成」の終刊に伴い、平成五年十二月勝穂は大西民子と共に「波濤」を創刊号発行。

住居は博多区須崎の博多川の畔で、この博多川をこよなく愛し、遂には歌集『博多川』を出版するに至っている。私も歌集を出版した時、その一冊を持参してお宅に伺ったことがあるが、二階の書斎から前を流れる博多川が望まれた。帰りには下駄履きのまま近くの博多川まで送ってくださったが、これが生前の勝穂にお会いした最後であった。平成七年六月二十五日、肺炎のため満九十歳で逝去。お墓は菩提寺である中洲の外れの萬行寺にある。

【参考資料】
『歌人回想録』共著　ながらみ書房　平成十八年
『波濤』持田勝穂追悼号　平成八年六月号

中村三郎

明治24年（0歳）　三月二十一日、長崎市麹屋町に、父豊太郎、母ハルの三男に生る。

明治34年（10歳）　勝山高等小学校入学。回覧雑誌や同人誌「角笛」を出す。

明治38年（14歳）　高等小卒業。家運が傾いたため進学せず、通信教授の講義録などにより独学。

明治40年（16歳）　この頃、英字新聞「ナガサキ・プレス」の解版工として働く。

明治42年（18歳）　この頃、長崎新報社の記者として働く。作歌を始める。

明治43年（19歳）　「スバル」二月号に投稿した一首が初めて掲載。その後、三年にわたり同誌に計百十八首を発表。

大正元年（21歳）　「帝国文学」六〜九月号に計四十四首を発表。六月、絵画と文学の勉強のため上京するがまもなく帰郷。平戸大島に移住し、農業に従事。町田義雄、前田徳八郎らと「アカシヤ会」を結成（後の「うねび短歌会」）。

大正2年（22歳）　五月に再度上京するがすぐに帰郷。平野翠葉編集の文芸雑誌「芸術」創刊に参加。

大正3年（23歳）　近代劇協会公演「人形の家」に感激、役者として一座に加わるが健康問題のため断念。七月、父死去。

大正5年（25歳）　前年から絵画に没頭。翌々年にかけ、倉場富三郎の依頼による近海魚写生画約三百枚や、長崎図書館等の依頼による郷土美術模写の制作に従事。

大正6年（26歳）　この頃より胸を病む。若山牧水の「創作」に入会、二月号掲載の「病床雑詠」が牧水に注目される。五百首を収めた歌集『求めつつ』を編集したが、友人に回覧中、紛失。

大正7年（27歳）　友人の井上雪下により岡山で絵画頒布会が開かれ、続いて長崎でも開催。絵画制作のため大分日田で夏を過ごす。年末、再度上京。

大正8年（28歳）　巣鴨に住み、「創作」の編集にあたる。八月、簡閲点呼で一時帰郷するが肺結核で吐血。そのまま闘病生活に。短歌絵画の創作を続けるが、「創作」大正十年五月号が最後の短歌発表に。

大正11年（31歳）　四月十八日没。

さびれたる冬の港に赤色の浮標の浮びてあるが悲しき　明治43年

そのむかしおらんだ人が紅のうばらを植ゑし長崎を恋ふ　明治44年

天草のかの殺戮の油絵が秋の入日に燃ゆる教会

悲しきは我が長崎の海の色かの広重も知らざりしいろ　明治45年

春はかの紺の背広にネクタイの赤きうれひを残してぞ去る

誰となき女の顔をつくりゆくこのパステルの粉の悲しさ

さくらんぼ散れる一路のたそがれのふさはしやこの心運ぶに　大正2年

川端に牛と馬とがつながれて牛と馬とが風に吹かるる　大正6年

ぬば玉のおほ黒牛はうつつなし現世《いま》をほのかに喰《は》みかへしつつ

先生が笛吹きければ生徒等は集る集るひなたのまんなか

早起の母は乏しき灯のかげにひとりさらさらと茶漬食《を》します

子の病はぐくむやうにしんみりとあたたかき飯をむすびたまひし

うす紅のしかも驕りのちうりつぷ大きく咲けば吾は疲れたり

うち靡く青いちじくのつぶら実の秋の嵐に洗はれてゐる

向ふから来る馬車もあり馬と馬嘶きかはし別れけるかも

おしなべて冬のひかりのさびしきに黒きまんとを引きまはしけり　大正7年

淋しさに堪へてし居ればははそはの母が米磨ぐけはひなりけり

毒花の真日に燃えたつ火の色ののうぜんかづら見つつ飽かぬかも

この森に女人の肌の香をかぐとまひるひそかにひそまるわれは
よるべなきこころなるかもしら雪のふたたび氷る夕がれひどき
しら玉の心は光れひもじくばあらがねの土もなほ啖ふべし
大正8年
生きもののなべて陽を吸ふうごめきの我身にもまたかそけく覚ゆ
日のひかりかげりそめつもうすうすとわが額《ぬか》を掩ふうれひこそあれ
皐月野の火薬庫の屋根の避雷針ぷらちなは光る心けはしく
火にもあらず石にもあらずただここに坐らせて置け我にふるるな
しみじみと眼をとづるときひそやかに大いなる牛は近づきにけり
あを草あを草いのちすべなくやるせなくとび立つ虫はみな青き虫

うららかに死ぬべかりけり青空のま澄の空のふかきところに

しばらくは生命もあらむ日並べてつらつら見ばや宿の小松を

おのれすら忘れて仰ぐ青空のまろきまばらの樟のかがやき

大正9年

もの皆は光り動けど波止場なる揚荷のそばにうつらうつら居る

素裸のわが瘠せ肘に喰らひ入る藪蚊をうてばもののわびしき

しるしなき薬とは云へどあれこれを択び求めつ人な咎めそ

大正10年

身のうちの破れ傷みてうちかづく夜具も重しとひそまれるかも

一日だにいのち延べよと云ふ友の手紙に巻きて金封じたり

大悟法利雄編『中村三郎全歌集』、短歌新聞社、昭和五十年刊

黒瀬 珂瀾

川端に牛と馬とがつながれて牛と馬とが風に吹かるる

この一首を現代の我々はどう読めばいいのか。うっかりすれば、軽妙な「ただごと歌」として読み過ごしてしまう。確かに、アララギ的な写実主義を経由してしまった現代には、中村三郎の歌世界を十全に味わうことは少々難しいかもしれない。だが、縄でつながれ、川端に立つ牛と馬の姿の奥に、抗いえぬ運命に流される精神の寂しさを嗅ぎ取ることは可能だろう。そしてこの一首が「病床雑詠」という題名の下に発表され、同連には「ぬば玉のおほ黒牛はうつつなし現世《いま》をほのかに喰《は》みかへしつつ」「のつそりと牛がひかれて去《い》にしゆゑただに尾を振る馬は寂しも」という歌が続くことを知れば、背景に《命を見つめる主体の精神》も想像できるだろう。

事実、山本健吉は『中村三郎全歌集』（昭和五十年）に寄せた評論「中村三郎の歌」の中で、これらの歌から「一種のアニミズム」「山川草木鳥獣虫魚の中にすべて命のかがやき、命のさびしさを見透す眼」を感じ取ったと述べている。一連を称揚した若山牧水もおそらくそう読んだのだろう。例えば「創作」大正六年十一月号掲載の「遠つ背の音をさやけみ下り鮎い群れて下るけふのよき日に」という歌について牧水は同号上で「いかにその一句が、その一首が、かなしく澄んでゐることか」と評し、そして「さうした光景はとりもなほさず作者の心の反映ではないか」と付言している。かような文脈の中で中村三郎は鍾愛されて来たのである。

さびれたる冬の港に赤色の浮標の浮びてあるが悲しき

悲しきは我が長崎の海の色かの広重も知らざりしいろ

明治末期、中村三郎は右のような歌で出発した。発表誌「スバル」にふさわしい、ロマンティシズムの世界だ。鋭い色彩感覚は前田夕暮の同時期の作と比較して良いかもしれない。当時の自然主義から距離を取ったロマン主義の中で三郎は己の歌世界を育んだ。それは芸術至上主義の歩みであり、歌と同時に画家として身を立てる野心に燃えた彼にとって当然の美意識であったろう。

残された書簡類からも、三郎の感激屋ぶりはよくわかる。様々な新表現新芸術に心動かされ、突進していった彼はいわば典型的な明治大正の一芸術青年であった。その三郎が、どうして唯一無二の歌人となったのか。やはり、三郎の持って生まれた天禀と、肺病が彼に否応なく与えた《視線の低さ》《命への心寄せ》という要因を軽んじるわけにはいかない。その意味では大正五年あたりが一つの転機だったのだろう。同年の歌「なべてに親しき心なりければはつはつ咲けるこすもすの花」「癒えがてぬ病になれてこすもすの花にしみじみ降る日なりけり」などを見れば、その寂寥感と博愛精神が「牛と馬」の一連に結実するまであと一歩だと解る。

先生が笛吹きければ生徒等は集る集るひなたのまんなか

子の病はぐくむやうにしんみりとあたたかき飯をむすびたまひし

そうして「病床雑詠」以降、三郎は「創作」の注目作家として活躍する。右歌のようにそこには自然体の朗らかさと陽光性、そして情愛の深さが生まれ、ここに長崎郷土の歌人として長く愛される理由もあるだろう。さらに言えば、右一首目のような豊かな音楽性——「牛と馬」の一首と同じく——も注目に値する。

さて、三郎の歌業の中に特異な例がある。それが一連「凌霄花」「光と影」をはじめとする大正七年頃の作品だ。例えば次のような歌。

毒花の真日に燃えたつ火の色ののうぜんかづら見つつ飽かぬかも　「凌霄花」

この森に女人の肌の香をかぐとまひるひそかにひそまるわれは　「光と影」

その他にも「人間にならむ願ひのかねてよりあり経しいまや人間にならむ」「真昼間罪にまみれて相抱くここな二人をみそなはすものあれ」「陽のなかに男の泪ながれいで男の泪せんすべぞなき」などという歌が続く。かつての芸術至上主義の出発点を思わせる、激情を湛えた自己劇化の著しいナルシシスティックな歌だ。伝記的にはある既婚女性との関係が指摘されているが、事実かどうかはさておき、三郎の持つ詩精神の特質が見てとれる。つまり歌の根本に情動を置き、そこから情景を立ち上げてゆく方法である。

しかしながら情動だけを追った作は、読者を放置しているという意味で少々面白みに欠ける。やはり三郎の歌の面白さは、写実と反写実のあわいをゆく境地にある。若山喜志子は『中村三郎集』（昭和四年）に寄せた「序」で「「赤光」時代の齋藤茂吉氏の影響を感ぜしめる」と指摘しているが、ここに述べたような三郎短歌の性質と深く関わっているのだろう。

黙《もだ》をれば身も魂もすきとほるこの晩秋のもののあかるさ

ながらふるさ霧のなかを帰りきてみそか男はいねにけるかも

そして筆者としては翌大正八年の右のような歌に注目したい（「みそか男」は間男のこと）。自己劇化の色を残しつつ情動を巧みに御し、ロマンの香りと、寂しさに沈潜する心とを一体化させている。もしかしたら中村三郎の新しい世界はこの方向に開いていたのかもしれない。しかしながら三郎が短歌を発表出来たのはこの後わずか二年に過ぎなかった。

うららかに死ぬべかりけり青空のま澄の空のふかきところに

身のうちの破れ傷みてうちかづく夜具も重しとひそまれるかも

師の牧水譲りの語法を交えつつ、底知れぬ絶望と大らかな放下の心を朗々と歌い上げた一首目。身体の衰えを夜具を通した皮膚感覚で描いた二首目。天を見上げつつ、また、夜を見つめつつ、三郎は死を歌い上げた。静けさの中に小さく燃える命の火。中村三郎の歌が今もなお私たちの心に伝えうる詩情。「牛と馬」の背後に充ちているのは、この命の輝きではないだろうか。

久保美洋子
（歌人・「コスモス」同人）

生涯

中村三郎出生当時の長崎はロシア艦隊の越冬港であり、中村写真館はロシア海軍の軍人達を顧客として大いに繁盛していた。しかし、日本とロシアとの関係悪化に伴って、明治三十年頃から次第に家運が傾く。三郎は裕福な暮し向きの幼児期から貧しい暮しの学童期を送り、高等小学校卒業の明治三十八年は、日露戦争終結の年でもあった。進学は叶わず、その後は通信教授の講義録などで独学している。十六歳で英字新聞「ナガサキ・プレス」の解版工として働き、十八歳頃から長崎新報社の記者として四年ほど働くが、勤務には馴染めなかったらしい。この頃作歌を始

創作社幹部。後列右が中村三郎。前列左は若山牧水。

めた三郎は先ず「スバル」に、次いで「帝国文学」に短歌作品を発表し、大正元年六月には文学と絵画の勉強のため上京したが、まもなく帰郷した。その後、平戸大島に移住して農業に従事するが長続きはしなかった。

この移住は兄の賢治を頼ってのことで、賢治は平戸大島の永山写真館に養子として迎えられていたのである。当時の平戸大島は、離島とはいえ海上交通の要所であり、永山家は資産家であった。この年に町田義雄、前田徳八郎らと「アカシヤ会(後に「うねび短歌会」)」を結成。翌年には平戸大島から長崎に帰り、再び上京したものの、すぐに帰郷。文芸雑誌「芸術」創刊に参加し、長崎歌壇のリーダーの一人、という立場になる。

大正三年に雑誌「長崎文芸」が創刊され編集顧問となるが、まもなく廃刊される。この年、近代劇協会長崎公演「人形の家」に感激し、直ちに役者として一座に加わるが、健康問題のために断念。この年、父を亡くしている。

上京の夢、役者への夢を捨てた三郎は、この頃から絵画の研究制作に没頭し、大正五年から七年にかけて『日本西部及び南部魚類図譜』(通称グラバー図譜)に近海魚の絵約二百八十点を画いた。先年、筆者は長崎大学附属図書館の空調された収蔵室で特別に原画を拝見する幸せを経験した。三郎により、緻密に美しく写生された魚の図は、写真よりも真実を伝え得ている、と深い感銘を受けたのであった。

また図譜と重なる頃に、長崎県立図書館の依頼で郷土美術の模写にも取り組んでいる。当時図書館員であった島内八郎は、その巧妙精細な模写に感動し、痩身で静かな若い画家に声をかけ、その後「中村先生」と呼んで短歌を学ぶこととなった。島内によると、三郎はこの頃すでに胸を病んでいたらしく折々咳が出ていたという。

大正六年、大橋松平ら友人を誘って若山牧水の「創作」に入会。二月号掲載の「病床雑詠」が牧水の心を捉えた。これから三郎は「創作」の花形歌人として注目を浴びることとなる。

自筆の絵葉書

大正七年、友人井上雪下により岡山で三郎の絵の頒布会が開かれ、長崎でも開催。このため三郎は絵画制作のため大分県日田で夏を過し絵画制作に没頭する。この間、日田の人妻の誘惑に陥《お》ちて苦悩した経験は「凌霄花」「光と影」という連作となった。年末には牧水を頼り上京。大正八年八月、簡閲点呼のため帰郷するまでは「創作」の編集にあたり、牧水門下の岡島菊子との恋愛に苦しんだ。

帰郷した三郎は肺結核で喀血し、闘病生活となる。闘病中も短歌、絵画の創作を続け、地元歌会の指導にも当っていたが、大正十年には療養所に入所。「創作」五月号八首が最後の作品発表となる。十月より自宅療養となり、大正十一年四月十八日、長崎市伊良林町の長屋にて没。

弟子である島内八郎らは、長屋へ見舞に行く度に三郎の枕元の歌稿（約三千五百首）を目にしていたが、逝去を聞いて駆けつけたときには既に原稿は見当らなかったという。

二度もの歌稿紛失、貧困と結核、まことに傷ましい一生であったが、没後不充分ながらも昭和四年『中村三郎集』が刊行（創作社）され、その後「創作」の後輩、大悟法利雄の熱意により『中村三郎歌集』『中村三郎全歌集』が発行されて、われわれ後進が読み味わうことを可能とした。

貧困と結核とに苛まれた「天成の芸術家」（上田三四二の評言による）は、短命であることと引き替えに、命の根源を見極める澄み透った「心の目」を獲得しており、その心の目を持って歌を詠み、絵を描いたのだった。

三郎の死後、県内に二基の歌碑が建ち、晧台寺境内には「中村三郎の墓」案内板二基が設置された。命日四月十八日には、長崎歌人会有志による墓参が毎年行なわれている。

【参考資料】
「あけび　中村三郎追悼号」、大正十一年十二月号
大悟法利雄「現代短歌鑑賞〈中村三郎〉」、「短歌」、角川書店、昭和二十九年五月号
岩田正「中村三郎と牧水―師弟対応のひとつの形」、「短歌」、角川書店、昭和六十一年九月号
『日本の詩歌29短歌集』、中央公論社、昭和四十六年
山本健吉「中村三郎歌集を出すよろこび」「中村三郎の歌」、『短歌　その器を充たすもの』、角川書店、昭和五十七年
堀田武弘「牧水も一目置いた薄命の天才歌人・中村三郎」、『長崎歌人伝　ここは肥前の長崎か』、あすなろ社、平成九年

菊池 剣

明治26年　一月二十五日、福岡県瀬高町に、父池田広太郎、母松代の次男として生まれる。（本名池田謙三。大正八年に叔父の家を継ぎ松尾と改姓）

明治44年（18歳）　福岡県立中学伝習館を卒業。中学の頃より作歌し雑誌に投稿。

大正3年（21歳）　陸軍士官学校を卒業。以後、静岡連隊を振り出しに終戦まで陸軍歩兵将校として軍籍にある。

大正5年（23歳）　「竹柏会」に入会。

大正7年（25歳）　「国民文学」に入会、半田良平に師事。

大正9年（27歳）　「国民文学」の同人となる。

大正10年（28歳）　松木トミエと結婚。

昭和3年（35歳）　第一歌集『道芝』出版。妻トミエ病没。

昭和5年（37歳）　兵学雑誌「琢磨」歌壇の選歌を担当、軍人歌人の指導を始める。亡妻の妹松木冨美と結婚。第二歌集『白芙蓉』出版。

昭和10年（42歳）　長崎県師範配属将校となり、早岐にて月刊短歌雑誌「やまなみ」創刊（菊池剣顧問、前田博編集）。

昭和12年（44歳）　「やまなみ」の長崎移転とともに主宰の位置に就く。

昭和13年（45歳）　改造社『新万葉集』に三十首、同『支那事変歌集』に十四首掲載。

昭和15年（47歳）　中国河北省に出征。

昭和17年（49歳）　台北部隊長に就任。この年より「やまなみ」休刊。

昭和18年（50歳）　和歌山連隊区司令官として内地帰還。

昭和20年（52歳）　終戦により妻の郷里福岡県黒木町にもどり、農耕に従事。

昭和21年（53歳）　歌の師半田良平を失う。黒木において「やまなみ」復刊。

昭和35年（67歳）　久留米医大付属病院で膀胱腫瘍を治療。以後入退院を繰り返す。

昭和37年（69歳）　第三歌集『芥火』出版。

昭和43年（75歳）　やまなみ短歌会により黒木築山公園に菊池剣歌碑建立。

昭和52年（84歳）　自宅療養に切り替えるも余病併発、老衰のため九月二十九日に永眠。

昭和55年　遺歌集『黒木』出版。

さむざむと時雨《しぐれ》に濡れて壕《ごう》を掘る兵士はものを言はざりにけり

落伍兵をはげますことばおのづから激しくなりてこころさみしき

あたたかく眠れと掛《か》けし外套の肩章はひかる汝《な》が胸の上に

眼のまへを飛びしばつたはやや遠き草の穂さきにとまりて揺《ゆ》れつ

塹壕の敷藁とほす土のしめり背《せな》に冷たくわがめざめけり

ここにして日毎遊べば幼児の女童《めわらは》ながら銃執《つつと》る真似《まね》す

『道芝』昭和3年

近く来て今宵も怪《け》しく鳴く鳥か機関銃鳥と兵の名づけし

隣り人向ひ人らに馬の上ゆ父が落ちしとふれまはる子よ

母の骨拾ふわが子の幼くてあやまり拾ふ灰まぶれの石

朝寝《あさい》せる父の臥所《ふしど》にその小《ち》さき枕かかへて入り来もよ子は
青海に逆立ち潜《かづ》く海女《あま》の子のあなうら白し水を透して
これの世にえにしをもちていもうとと嘗て呼びにしをいま妻とよぶ
『白芙蓉』昭和5年
ジャーナリストが書き歪めたるペン先の爆死の記事になぐさまずゐき
戦場に命死にたるつはものの家のくらしはおほかた貧し
玄関に疲れて靴を脱ぐわれの帽子を刀を子ら運びゆく
鈴蘭の押花出でぬ満州の兵が寄せたる歌稿の中より
討伐のひまをぬすみて書きしとふ歌稿は着きぬ締切日過ぎて
一夜さにわがため成りし千人針腹に巻きしめ大洋を越ゆ

一片の骨ののこらぬ死もあらむしか思ひつつ髪切らしめぬ

あぶなしと部下がこもごも叫ぶこゑ聞きつつ散兵線を乗り超ゆ

わがあとに従ふ兵が声挙げてなだるる如く部落に突入す

刀をかまへただましぐらに迫りゆくわれを覘へる敵の銃さき

飢ゑてなほ南の島につはものら歌は詠みしかかなしやも歌

御手づから賜ひし軍旗火もて焼くかかる悲しき日に会ひにけり

冬山にさへぎられたる朝日かげいま街並の一角に射す

山原をひらくと今朝も泥重き兵隊靴をひきずりてゆく

三十年あまり着なれし軍服をいまも着てをり階級章脱《と》りて

乏しきに堪へて着てゐし軍服の歌を怒りぬ占領軍は

ただ酒税つくらむための勤めかとなげきて過ぎぬこの十年を

『芥火』昭和37年

心足りてわれは聞きをり酒槽《さかふね》の樋の口伝ふ新酒の音を

持ち堪へむ力なくしてぎりぎりの値崩すはつねに小企業われら

若きよりこの倉にして一途なりし杜氏も古りぬ倉もろともに

無影灯の下に全裸のうつそみを幾度曝さば癒えむ病か

帰りおそき妻を待ちをり両の手の結び開きをしたりなどして

おのもおのもわが手にふれて歩みつぐ亡き友のあり又うからあり

『黒木』昭和55年

『菊池剣全歌集』短歌新聞社、平成七年刊

解説

馬場　昭徳

第二次大戦とそれに至るまでの時代を軍人としての立場から歌った作品は数多く残されている。それらには様々な形で軍隊での生活が描かれているが、その間を職業軍人として過ごしかつ歌人として名を残した者となるとその数は少ない。将校以上の階級の歌人といえばまず、斎藤瀏があげられるが、菊池剣も将校歌人として斎藤瀏と双璧といっていいくらいの作品を残した歌人である。菊池剣自身、軍人歌人としての自分の立場に自覚的であった。だから当然、菊池剣の歌の本領は軍隊生活を歌った作品にある。ただその取材の仕方は斎藤瀏とはまた違った方法となっている。

さむざむと時雨《しぐれ》に濡れて壕《ごう》を掘る兵士はものを言はざりにけり

『道芝』

落伍兵をはげますことばおのづから激しくなりてこころさみしき

水飲むと列を離るる兵卒を叱らむとしてこころ惑《まど》ひき

三首ともごく初期の作品だが、菊池剣のスタンスがよく出ている。すなわち、階級社会である軍隊の中でも菊池の目はほとんどの場合、上級者へは行かない。常に部下に対し、その心に寄り添うように歌われている。斎藤瀏が「短歌報国」を唱え、戦意高揚の作品を多く残しているのに比べ明らかに異質である。

菊池剣は、「短歌を以て自己の生活記録としたい企図」を持っていた。だから軍隊生活を歌うにしても空疎な観念を述べる必要はない。自らの生活の具体をきちんと拾っていけば足りたし、そのような目がおのずと部下の方へと向かうのも納得できる。

近く来て今宵も怪《け》しく鳴く鳥か機関銃鳥と兵の名づけし　『白芙蓉』

戦場に命死にたるつはものの家のくらしはおほかた貧し　『芥火』

故郷と同じ音になくこほろぎのひとつのこゑを兵とききをり

勿論、軍人歌人であるから、戦闘や演習の作品も多く含まれる。

一片の骨ののこらぬ死もあらむしか思ひつつ髪切らしめぬ　『芥火』

あぶなしと部下がこもごも叫ぶこゑ聞きつつ散兵線を乗り超ゆ

わがあとに従ふ兵が声挙げてなだるる如く部落に突入す

リアルな戦闘場面も歌われるし、一首目のように遺骨さえ残らない場合を考えて髪を残しておくという歌にも軍隊の一面がありありと写し出される。しかし、先の「近く来て……」以下の三首のような作品にやはり菊池剣の歌の特徴を見たい。そこには軍隊の権威や、自分の階級を笠に着るような姿勢は微塵もない。

そうであるから、自分自身を歌うときも自分を飾るようなところはまったくない。落馬などは軍人としては恥ずかしいものであろうが、その落馬のことも事実であれば事実として歌う。あまつさえ「隣り人向ひ人らに馬の上ゆ父が落ちしとふれまはる子よ」と歌うように、落馬の恥よりも、それをふれ回る子の可愛いらしさの方が菊池剣にとっては大切なのである。どう読んでも、その子を苦笑いしながら見ているだけで叱ったりはしていないようである。

鈴蘭の押花出でぬ満州の兵が寄せたる歌稿の中より　『芥火』

討伐のひまをぬすみて書きしとふ歌稿は着きぬ締切日過ぎて

菊池剣は短歌においては単に歌人としてあるだけではなく、歌誌「やまなみ」の責任者でもあった。そういう立場にあった者の記録としても、右の二首のような作品は貴重である。ここにも相手の立場を推し量るような態度が見られる。

御手づから賜ひし軍旗火もて焼くかかる悲しき日に会ひにけり
三十年あまり着なれし軍服をいまも着てをり階級章脱《と》りて　『芥火』
山原をひらくと今朝も泥重き兵隊靴をひきずりてゆく
乏しきに堪へて着てゐし軍服の歌を怒りぬ占領軍は

そのような菊池剣の終戦と戦後の歌。誰から賜ったかはこの一首では不明だが、軍旗を自分の命のように思っていたのであろう。他の作品にも軍隊一筋に生きてきた者のどうしようもなさが切ないほど出ている。軍隊生活をこのように歌った菊池剣は他の世界を歌うときにも実にしみじみとした味わいを出している。当然、家族を歌うときもそうである。家族詠を見るとき、まず二つのことを踏まえておいた方がいい。一つは最初の妻が一子を残して二十八歳で早世し、二年後にその妹と結婚したこと。もう一つは軍人として男の子を欲しながら、実際は五人の娘を得たこと。

母の骨拾ふわが子の幼くてあやまり拾ふ灰まぶれの石　『白芙蓉』
笑みつつも産屋をいでて来し母の言はぬをみればまたもをみなか　『芥火』
われには妻つまには姉のおん仏一体を納め仏壇小さし　『黒木』

一首目、母を亡くした幼い子の憐れさが沁みる。二首目は三女誕生のときの歌。「笑み」も苦笑いだったのだろう。三首目、先に述べた関係を言って、「仏壇小さし」で収める手際よさが光る。

青海に逆立ち潜《かづ》く海女《あま》の子のあなうら白し水を透して

朝の雨はるるすなはち島山の湾をまたぎて虹立ちにけり

『白芙蓉』

菊池剣自身は人事詠を主として歌ってきたと言い、叙景歌にあまり興味を有してはいないと言っているが、右の歌のように対象を把握する力の並々ならぬ叙景歌も随所に見ることができる。短歌を自己の生活の記録としたいと言う菊池剣の歌には、意味を取るのに晦渋するようなことはほとんどない。しかし歌は決して浅くなく、深い味わいを持っている。対象のきちんとした把握とそれを生かす表現力を身に付ければ、平明さこそ本当の歌の深さを表しえるのである。改めて菊池剣の歌人としての天性を思うところである。生涯最後の歌となった次の一首も忘れがたい。

おのもおのもわが手にふれて歩みつぐ亡き友のあり又うからあり

『黒木』

よき友に恵まれ、よき家族に恵まれた一生だったのであろう。そしてそれは菊池剣の人となりがもたらしたものだったのである。

生涯

寺井　順一

（歌人、「やまなみ」所属）

大正から昭和にかけて軍隊生活を題材とする歌を詠み、当時の歌壇に独自の境地を切り拓いたのが菊池剣、本名松尾謙三である。また彼は、昭和十年に短歌結社「山脈社」を創設し、戦後、同社の歌誌「やまなみ」を復刊させて「地方歌誌尊重論」を掲げた。その後は、妻の郷里にあって後進の育成に努めたが、長期の闘病生活を送った後に力尽き、八十四歳で生涯を終えた。彼の平明温雅を特徴とする作歌姿勢は、今日まで「やまなみ」に脈々と受け継がれている。

菊池剣は、大正三年に陸軍士官学校を卒業し静岡連隊に入隊するが、既に軍人歌人として知られていた斎藤瀏の作歌活動に誘発され、大正五年には「竹柏会」に入会し本格的に歌を詠み始めた。さらに、大正七年に「国民文学」に移って、農民的な真率かつ骨太い作風で知られた半田良平に師事。当時の意気込みを本人は、「軍隊生活に取材して歌壇に一新領域を開拓せんとする抱負と、軍隊の特殊の生活を短歌を通じて世に問ふことによつて私の軍人としての職務に特別の意義あらしめたいといふ念願とを持つにいたつた」（第二歌集『白芙蓉』）と述べている。「国民文学」入会から二年後には同人に推薦され、誌面の掲載順では窪田空穂を巻頭に、松村英一、半田良平、植松寿樹、菊地庫郎、谷鼎と続き、次に菊池剣が列せられていた。このように既に「国民文学」内部での評価も定まり、窪田空穂、半田良平らの期待を一身に受けるまでになっていた。

一方、私生活においては、大正八年、酒造会社を経営していた叔父の急死により松尾家を継ぎ、大正十年には養母の姪のトミエと結婚。しかし、その妻は出産後病がちとなる。昭和二年、故郷に近い大村連隊に転任。初の九州勤務は妻の健康状態を気遣ってのことだった。昭和三年出版の第一歌集『道芝』は、軍隊生活に題材を得た作品や家族にまつわる日常詠など五五七首から成っている。同年の夏、トミエは瀬高町で病没。棺の中には夫婦の想い出が詰まった『道芝』が納められたという。『道芝』からは、部下を思い、妻娘を愛おしむ心情が平明な調べとして読者の胸深くに届いてくる。「日にやけし面輪目守《おもわまも》りてむらぎものこころはくらくなりにけるかも」、この

『道芝』冒頭の歌は、過失を犯し営倉処分となった部下の心中を案じたもので、菊池のヒューマンなまなざしが感じとれる。

次の赴任地平戸では県立中学の配属将校となったが、この時教えを受けた生徒に、後に「やまなみ」を共に興すこととなった前田博がいた。翌昭和五年十月、亡き妻の妹冨美と再婚。同年十二月には、トミエを追悼するための歌など四六八首を収めた第二歌集『白芙蓉』を出版した。

昭和十年秋、長崎師範配属将校の菊池を前田博が訪問する。前田は菊池との師弟の縁を頼りに、短歌雑誌の創刊並びに作歌指導、歌誌への作品発表を懇願したのだった。こうして、前田が居住する長崎県佐世保市早岐の地に、「山脈社」が誕生し、歌誌「やまなみ」が創刊された。菊池は地方歌誌の地位向上を「やまなみ」創刊の使命の一つとして強く主張し、また、そのことによって草創期の会員の作歌意欲はいやが上にも高揚したとされる。菊池は軍務多忙の中から会員の選歌、散文執筆、新規会員の獲得にと尽力した。また、前田に代わって編集担当となった秦美穂も「やまなみ」の基盤造りに汗を流した。

昭和十七年より休刊となっていた「やまなみ」は、終戦を契機に、長かった軍人生活を終えた菊池、復員した前田、秦などによって昭和二十一年に復刊。復刊第一号には菊池の「地方歌誌尊重論」が掲載された。そこでは、「地方にじつくり腰を据ゑ、地方民衆と共に呼吸し生活するものでなければ真の指導は出来ぬと思ふ。……地方歌人は自分の手で編む自分の雑誌が欲しいのである」と述べ、自らの手で地方文化の向上を図りたいとの意欲と信念を明らかにしている。

「やまなみ」現役選者の一人である執行季雄は、終戦後の施設療養中に菊池剣の慰問指導を受け、昭和二十七年同会に入会した。菊池はこのように療養短歌の分野での人材発掘にも尽力し、「短歌は態度の文芸である。生活を深め、自己客観に徹せよ」と指導したのだった。

昭和三十七年、第三歌集『芥火』が出版されるが、これは入院中の菊池に代わり秦美穂が昭和五年以降の一〇四八首を纏めたものである。再婚、五人の娘、終戦、軍人から農業に携わる一市民への転身、酒造会社の役員就任などを題材に、長きにわたり燃焼、昇華を続ける芥火のような歌の数々が収められている。

冬山にさへぎられたる朝日影いま街並の一角にさす　歌碑

昭和四十三年十一月、「やまなみ短歌会」によって黒木築山公園に建立された菊池剣歌碑の除幕式が行われた。菊池の没後も、その碑の前では毎年のように「冬山忌」が開催され、遺族、地元関係者、さらには多数の「やまなみ」会員がその遺徳を偲んでいる。

【参考資料】
「やまなみ　芥火批評特集」昭和三十七年九、十月号
「やまなみ　菊池剣追悼特集」昭和五十三年九月号
「やまなみ　歌集「黒木」批評特集」昭和五十六年九月号
「菊池剣全歌集研究」、「やまなみ　創刊60周年記念特集」平成七年十一月号
古賀四郎「菊池剣論」、「やまなみ」昭和四十一年三月号
佐藤秀「菊池剣論」、「やまなみ」昭和四十九年十二月号
水落博「菊池剣論」、「やまなみ」平成十三年二月号〜平成十六年四月号
堀田武弘「「やまなみ」を興した二人の歌人」、『長崎歌人伝　ここは肥前の長崎か』、あすなろ社、平成九年

檜の影短歌会

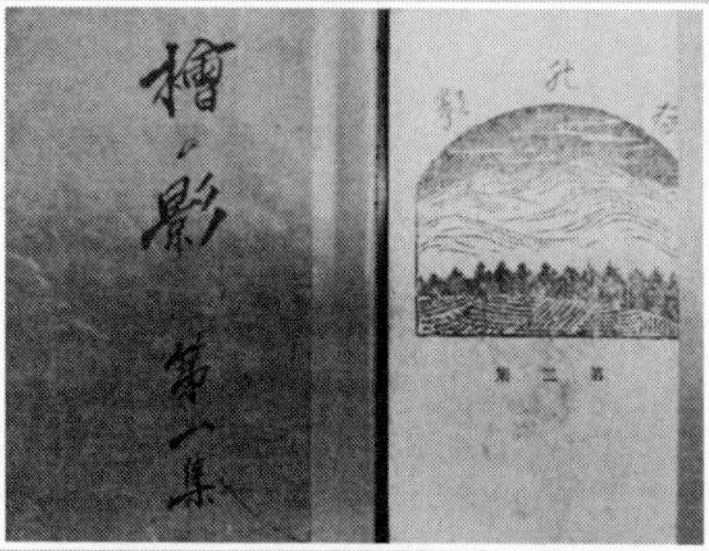

大正15年８月発行合同句歌集『檜の影第一集』

昭和25年10月発行、「檜の影短歌」歌集仰日記念号

大正13年　内田守人（「水甕」）、九州療養所に赴任して、五月短歌会を始める。謄写版刷りの俳句・短歌誌「檜の影」を発行。

大正15年　八月合同句歌集『檜の影第一集』、短歌出詠者四十五名。

昭和4年　十二月『檜の影第二集』、序文賀川豊彦・石井直三郎、跋文斎藤劉・加藤七三、内田守人巻末附記。出詠者44名。

昭和5年　二月第二集刊行祝賀会に、斎藤劉、加藤七三、安永信一郎、黒木伝松来園。参会者二百余名。四月活版印刷機を購入。「檜の影」五月号より活版印刷。

昭和6年　癩予防法改正公布、絶対隔離主義の採用。無らい県運動始まる。

昭和8年　六月島田尺草歌集『一握の藁』。

昭和9年　内田守人転任、園職員北里重夫（「アララギ」）が檜の影短歌会選者となる。

昭和10年　四月合同句歌詩集『檜の影の聖父』、出詠者四十五名。

昭和12年　三月土屋文明来所。十一月島

田尺草歌集『櫟の花』。

昭和13年　二月島田尺草没。

昭和14年　十月『島田尺草全集』。土屋文明が檜の影短歌会選者となる。

昭和15年　七月本妙寺癩部落解散、三日間にわたり強制収容が行われる。同月『九州療養所アララギ故人歌集』、伊藤保後記。

昭和16年　二月エダ・ハンナ・ライト院長の回春病院が閉鎖さる。7月「九州療養所」が国立に移管「菊池恵楓園」と改称。

昭和19年　加藤七三（「アララギ」）が檜の影短歌会選者となる。

昭和20年　八月敗戦。十月選挙法改正により、患者に選挙権が与えられる。

昭和21年　一月短歌誌「檜の影短歌」創刊。

昭和23年　五味保義（「アララギ」）が檜の影短歌会選者となる。四月患者慰安金一人月額百五十円が予算化される。五月国民優生保護法成立、遺伝病ではないにも関わらず患者の断種・中絶手術公認。十一月プロミン治験開始。

昭和25年　三月五味保義来園。五月伊藤保歌集『仰日』発行。

昭和26年　二月初めて夫婦寮ができる。六月合同歌集『菴羅樹』発行、序文五味保義、出詠者一一五名。六月号より「檜の影短歌」を「檜の影」と改題。八月藤本事件起こる。

昭和27年　三月医官・看護婦の長靴履き廃止（従来は往診時患者の住居に上敷きを敷いて土足で上がっていた）。

昭和28年　前年よりらい予防法改悪抗議運動たかまる。八月強制隔離政策を引き継いだらい予防法改正案可決。

昭和30年　一月『津田治子歌集』発行。

昭和33年　十一月伊藤保歌集『白き檜の山』発行。

昭和34年　九月病棟看護を職員に全面切替（完全看護実施、病室の患者付添廃止）。

昭和35年　十月合同歌集『海雪』、出詠者二十二名。三月国民年金第一回が支給される。

昭和37年　七月『畑野むめ歌集』。藤原哲夫（「アララギ」）、檜の影短歌会選者となる。九月無実を訴える藤本松夫の死刑執行。

昭和38年　九月津田治子没。十一月伊藤保没。

昭和39年　三月津田治子歌集『雪ふる音』。四月菌陰性者の外出は届出のみでよいことになる。十一月『定本伊藤保歌集』。

昭和42年　宮本清胤（「アララギ」）、檜の影短歌会選者となる。

昭和44年　三月短歌誌「檜の影」廃刊、「菊池野」に併合。

昭和51年　十月合同歌集『檜影集』、序歌土屋文明・五味保義、序文宮本清胤・志賀一親。出詠者一五名。

昭和53年　十月内海俊夫歌集『いいぎりの原』。以後毎年のように個人歌集が出版される。平成18年までの入所者出版書籍六十点中、歌集関係は三十七点を数える。

昭和56年　三月『津田治子全歌集』。

平成8年　一月菅厚生大臣が予防法見直しの遅れについて反省とお詫びを表明。四月「らい予防法の廃止に関する法律」施行。

平成15年　十一月アイスター宿泊拒否事件。

石川　孝（明治三十八年熊本県生、大正十二年入所、昭和五年没。享年二十五歳）

床並めて病み伏す友と二人にて買ひ得たりけり一ぴきの鯛を
銭入の紐に附け居し銀貨をば外して買ひしこれの卵か
歌を詠む集ひたぬしも秋の日のまひる過ぎまで師と語りけり
夏かけて友は幾人逝きにけむ隣りの寝臺またあきにけり
桃の花やがて咲くらむ裏庭の土の乾きのにほふこのごろ
吾が胸に打ち込む如し今朝逝きし友の柩に打つ釘の音
短夜の夢にも見るか我はまだ嫁ぎし人を忘れ得ぬらし
枕邊は明るくなれりおくられし林檎並めつつ寝てを眺むる
何處にか銭を數ふる音すなりま書靜けき病床にをれば
及ばざる望とは知れ故郷の土になりたき我が思ひかも

『檜の影第二集』檜の影発行所、昭和四年刊

水原　隆（明治三十一年熊本県生、大正十三年入所、昭和九年没。享年三十五歳）

水桶ゆ溢るるらしき水の音うつつに聞きて朝をこやれり

歌を作り心和みし此の頃や我に生きたる験ありけり

木の間道帰る夕べや火葬場の赤き煉瓦に目をやりにけり

来ん月の「水甕」に出む我が歌の事など思ひ小夜を覺め居り

獨り身の心安さやそこばくの小錢を持ちて此の月をへつ

子の我に貧しき中ゆ錢送る母の心はすべなかるらむ

故郷の町の名染めし手拭の破れたれども捨てがたきかも

ついにかも母に逢ふべき時なくに我が眼の病極まらむとす

友ゆ來し只一枚の年賀状離り住む身の淋しかりけり

朝々はつとめて床を上げにけり病に勝ちて生きなむ我は

『檜の影第二集』檜の影発行所、昭和四年刊

新開玉水（明治四十年熊本県生、回春病院を経て入所、昭和十三没。享年三十一歳）

働きもならずにいづれ逝く生命聖き思ひをして送らなむ
庭木より飛び出でし蟬が蚊帳中にたたみこまれてしばし啼きたり
病める身を死にての後の解剖にのぞまれしかばうなづきにけり
輸精管切斷ののちも浼るるにか生れたる子が病みて生きをり

合同歌集『菴羅樹』私家版、昭和二十六年刊

森　光丸（明治四十一年福岡県生、昭和二年入所、昭和十四年没。享年三十一歳）

中空に炎噴き立つ阿蘇が嶺の麓は暗くしづもりて見ゆ
むらがれる下萠見ればうら和み別れしものにまた逢ふごとし
耐へ難く座を離れきぬ乞食《かたゐ》して銭を儲けたる話の中に
三月十日　土屋文明先生御來園
心いちづに吾が先生に會ひまつりその夜の雨に醒めてまた思ふ

合同歌集『菴羅樹』私家版、昭和二十六年刊

野添美登志（明治三十八年熊本県生、大正十三年入所、昭和十四年没。享年三十四歳）

いのち死にて吾に果すべきことと思ふ解剖承諾書に吾が名をしるす
溝に捨つるものの如しと兄が言ふ金をそへし手紙を又讀みかへす
　土屋文明先生訪れ給ふ
まみえたくなき思ひあり机の上に鏡をふせてたちしたまゆら
にくむ如く友の幸に心乱れき紅にばらの咲けば思ふも

合同歌集『菴羅樹』私家版、昭和二十六年刊

吉田友明（明治三十六年兵庫県生、昭和六年入所、昭和十六年没。享年三十八歳）

くづれゆく疫《やまひ》癒えたく希ふ夜の夢に黄金を飲みゐたりけり
盛り分けし飯うたがはず食べたれど立ちあがる時涙おちたり
盛り分けし百匁の飯を食ぶるなり纒《まと》ふ卑しさを責め給ふなかれ
生きゆかば神賜ふべし深き淵の砂にまじれる金《きん》の如きもの

顔洗ふ水に櫻の散る見れど言ひいでて果敢なむことなし今は
癩病みて夭折《わかじに》したる顔回をなげきぬ窓に葡萄棚あり
生産《つくり》出すことの適はぬ我儕《われら》どち病みて千人いまの時に逢ふ

『吉田友明歌集』私家版、昭和十六年刊

村上多一郎（明治四十年長崎県生、昭和四年入所、昭和二十四年没。享年四十三歳）

朝よりレンズにすがり書きをればレンズに映り飛ぶ小鳥あり
水の面にしろたへの蓮あざやけく映りて昨夜《よべ》は夢に顕ちたる
ひしの花しらじらと咲く水の上《へ》にひしの實採《と》りし幼き記憶
ゆるされし公民權も心よりよろこびがたきまですたれをり
虫けらか何かのごとく卑下しつつあはれ切なく過ぎし十幾年

『村上多一郎歌集』九州アララギ発行所、昭和二十六年刊

芝　精（大正六年熊本県生、昭和二十六年入所、平成一年没。享年七十二歳）

ながかりし手の繃帯も今朝とれて握りし杖の軽くすがしも
古里の町はづれに車止め帰りきて何に心は沈む
再びは逢ふことなけむ友と思ひ萎えし体を撮されてをり
阿蘇谷の村が見ゆると聞きてわがしばし佇む草原のうへ

合同歌集『檜影集』椎の木書房、昭和五十一年刊

青木伸一（大正三年熊本県生、昭和三十二年入所、平成三年没。享年七十七歳）

わが骨は持ち帰らぬがよかるべしと言ふをわが聞くわが妻子より
成人式終へて来し娘が雪積みしこの高原の園をよろこぶ
偏見と圧制の中の療養所に病むままに歌を遺しし君ら
わが病みて乾魚行商し豆腐屋に働きし妻が孫抱きて来つ

朝に来て午後の三時に帰りゆく妻の背なかに手をふれて見つ
逃亡防止に患者に使はす所内通貨造幣局で鋳造せりといふ
虎の門より厚生省前に来ぬ膝の病めば膝抱きて蹰みぬ
病み崩えて死にゆきし老の通夜明けぬその妻も子も遂に来たらず

合同歌集『檜影集』椎の木書房、昭和五十一年刊

富永友弘（明治三十五年熊本県生、昭和二十六年入所、平成五年没。享年九十一歳）

小岱山に白雲湧きてこころかなしわが妻と娘がその下に住む
わが視力とどかぬ所より孫三人木蔭に憩ふわれを呼ぶなり
苦しみの今はなからむと亡骸の燃えゆく音を夜半に聞きゐつ
アララギの届けば君が読みくれきこれより先は誰に頼まむ

合同歌集『檜影集』椎の木書房、昭和五十一年

藤本同鮮（勇）

（明治三十六年熊本県生、昭和十四年韓国小鹿島にて入所、昭和四十三年恵楓園転入、平成六年没。享年九十一歳）

帰国せし日本の秋よ風匂ふ盲ひの故に涙ぞ流る

引揚者われに賜びたる国の金幾度も幾度もまさぐり数ふ

大掃除のじやまになるのか盲ひ吾が柿の木下に運ばれてきぬ

忘れ得ぬ思ひかなしも敗戦の小鹿の島の砂を吹く風

八月が巡り来ればまた思ふ暴徒となりし韓国の友等

別れこし三十四年は早くしてけふは母住む宇土に来にけり

韓国の小鹿の島の匂ひなり送りこし海苔探りつつ食ふ

合同歌集『檜影集』椎の木書房、昭和五十一年刊

解説

阿木津　英

明治四十年、放浪患者収容を目的とする「癩予防ニ関スル件」が公布されて二年後に「九州癩療養所」開所、これが菊池恵楓園の前身である。法律制定については、明治二十八年、本妙寺境内に群がる浮浪ハンセン病患者の悲惨を見て回春病院を設立した、ハンナ・リデルの貢献が大きかった。のちには患者自治を提唱するリデルに対して隔離必要論を唱える光田健輔が対立したというが、公立療養所は創設時から収容所的であったという。

逃走者が毎年多数あり、脱柵防止のために周辺に壕が構築された。貧困と絶望による荒んだ収容者たちの間に、大正二年俳句会が生まれる。大正十三年春、この俳句会に「水甕」歌人でもあった新任医官内田守人が参加し、短歌指導を乞われた。ここに「檜の影短歌会」が創立したのである。二年を経ずして合同句歌集『檜の影第一集』発行、これは熊本県地元歌人の好評を得たようである。昭和四年には『檜の影第二集』発行、目を見張るような歌の進歩があった。巻頭を占める**石川孝**については、檜の影短歌会過去帳メモに次のように記すという。（内海俊夫「私の中の過去帳　檜の影短歌会の足跡（二）」『菊池野』平成八年六月号）

「君は大正十二年十月二十八日入所す。幼にして発病、殊に天才ありき。熱心なるカトリック信者にして作歌をつづけ当時のらい短歌誌上に驚異の歌人たりき。地元の歌話会、古城を経てアララギに入会、その選者土屋文明先生より追悼歌を送らる。檜の影歌壇に秀歌を残し、後人の仰望するところたり。」

「歌話会」とは、熊本に旅団長として赴任中の斎藤劉・加藤七三・安永信一郎らが創刊した「熊本歌話会雑誌」。「古城」は、「熊本歌話会雑誌」終刊後、加藤七三を中心に生まれた歌誌。

この時期、患者は貧困に苦しんだ。劣悪な環境のなかで**石川孝**二十五歳、**水原隆**三十五歳、**森光丸**三十一歳、**野添美登志**三十四歳と、歌に縋った青年たちもつぎつぎに死んでいった。森光丸は、島田尺草とともに草創期の檜の影短歌会活動を支えた歌人である。のちに入所した畑野むめは、森光丸に短歌の手ほどきを受けた。円満な人だったという。

昭和六年四月、隔離対象をこれまでの救護者のいない浮浪患者から在宅患者にまで広げた「癩予防法（旧法）」が制定された。同年九月、満州事変が勃発。「『戦争に備えて強い国民をつくる』という優性思想が法改正の背景にあった」（藤野豊）という。また、無らい県運動が展開される。これは「自治体職員や警察官の調査、地域住民の密告などで患者をあぶり出し、療養所外の患者数の減少を各県が競い合う」（熊本日日新聞社編『検証・ハンセン病史』）というもの。戦時体制のなかで始まった浄化計画である。ひどいものだが、一方、内海俊夫（前掲文）によると「この改正によって家庭から患者が入り、徐徐にではあるが療養所が変化し、患者の自立心、助け合いも生まれたものと思う」という。それほどに療養所内の空気は荒んだものだったのである。

支那事変（日中戦争）の泥沼化していた昭和十五年七月、中村理登治を中心とする本妙寺の自治的癩部落の強制的解散、翌年二月には回春病院の閉鎖があった。リデルの後を継いだエダ・ライトは患者が収容されてゆくトラックの扉に泣きながらしがみつき引きずられ、運転手がその指を引き剝がして出発したという（前掲書）。米英に対する宣戦布告は、その年末のことである。

昭和十六年に亡くなった**吉田友明**は、過去帳メモによると「兵庫県出身、少年時商家に奉公。発病して草津に到りキリスト教に入信、後九州療養所に入所、教会の幹事たり。歌は野添氏の影響にて『アララギ』に昭和十一年入会。以来土屋文明先生の選を受け、先生のご努力により『吉田友明集』を出版、三十九歳にて没す」（前掲内海俊夫随筆）。この年の入所者数は一一五二人、内死亡者数は一〇六人であった。以後昭和二十年まで毎年百人を超える死亡者を出す。三日に一人は亡くなったことになる。この火葬も、園内の火葬場で患者が一晩かけてするのであった。

戦後まで生き延びた**村上多一郎**が「ゆるされし公民権も心よりよろこびがたきまですたれをり」とうたうのも、故ないことではない。村上多一郎は、「長崎県の人。温厚篤実、他の県の模範となり長く檜の影短歌会の世話をせし人。常に短歌に精進し個人歌集を残す。昭和四年恵楓園に入所。七年内田守人、北里重夫氏に歌学ぶ。九年伊藤保と共にアララギ入会」（過去帳メモ）。

戦後、治療薬プロミンの出現にも関わらず、林芳信多磨全生園・光田健輔長島愛生園・宮崎松記菊池恵楓園の三園長国会証言により、昭和二十八年、強制隔離政策を引き継いだ「らい予防法（新法）」が制定された。しかし、すでに患者も黙ってはいない。処遇改善も遅ればせながら徐々にかなえられた。治癒しての退園も、外出も帰郷も可能となったが、築き上げられた世間の偏見の壁は厚かった。人外に置かれる苦しみは続いたのである。

次に引用するのは、現在百歳を超える畑野むめと、平成二十三年に没した入江章子の歌である。

曲りたる手は人中に隠しをり無菌となりて久しきものを　　畑野むめ『合同歌集　檜影集』昭51

境なき官舎地帯に入りてゐきその雰囲気は今もつめたき

命絶ちし君を羨しと思はねば吾は堪へて待つおのづからの時　入江章子『辰砂の壺』平11

らい予防法廃止法案可決さる闘い逝きし療友も来て聞け

形骸化せしと謂えども法は法にてこの四十年われの四十年

老い迫るこの年ごろにようやくに解き放たるる囚人に似る

内海俊夫によると、発足以来、檜の影短歌会には百五十名から百八十名ほどが出詠したという。現在は畑野むめ（高齢のため不出詠）・山本吉徳・有明てるみの三人を数えるのみとなった。

会員の減りて歌会の寂しきを言ひつつ今宵五人集る　有明てるみ『おもひぐさ』平6

隔離塀古りて崩るる処ありて夜更けの町の音きこえくる　山本吉徳『すゞめの爪音』平10

産めざりし妻が幼子あやすがに寝につく吾の頭撫づるよ

犬でもいい今度生まれてくる時は強き体を乞ひ授からむ

【参考資料】
内野俊夫「私の中の過去帳―檜の影短歌会の足跡」（一）、「菊池野」平成八年六月号。同（二）、「菊池野」平成八年七月号
松下紘一郎「恵楓園の歌人たち」全十三回、「稜 kado」二〇〇四年五月号〜二〇〇六年五月号
『壁をこえて―自治会八十年の軌跡』国立療養所菊地恵楓園入所者自治会、二〇〇六（平成十八）年
安永信一郎『熊本歌壇私記―私の短歌五十年―』東香社、昭和五十三年
内海俊夫「檜の影短歌会」、「菊池野」昭和五十四年一月号
猪飼隆明『ハンナ・リデルと回春病院』熊本出版文化会館、二〇〇五年
猪飼隆明『近代日本におけるハンセン病政策の成立と病者たち』歴史科学叢書、校倉書房、二〇一六年

島田尺草

開設当時の九州療養所正門　明治42年

明治37年（0歳）　九月十六日、福岡県嘉穂郡に生れる。本名、大島数馬。兄一人、姉二人。明治四十年に妹出生。

大正8年（15歳）　ハンセン病発症。薬を求めて信州、四国、草津、鹿児島と放浪。

大正13年（20歳）　十一月、九州療養所に入所。俳句を学ぶ。

大正15年（22歳）　六月、患者自治会創設に参加、文芸部主任となる。作歌を始め、内田守人の指導を受ける。八月、合同歌集『檜の影』第一集に短歌二首が掲載。

昭和2年（23歳）　文芸誌「黒土」の編集に当たる。翌年、「檜の影」に改題。

昭和3年（24歳）　「水甕」に参加。

昭和4年（25歳）　十二月、合同歌集『檜の影』第二集に八十六首掲載。家族より要請され、この後より「島田尺草」の筆名を用いる。

昭和5年（26歳）　療養所内に印刷所が設けられ、以降、「檜の影」の文選に当たる。

昭和6年（27歳）　視力低下が始まる。九月、足を手術。

昭和7年（28歳）　身体の衰えにより「檜の影」編集を辞す。七月、不自由室に移る。

昭和8年（29歳）　一月、「水甕」准同人。二月、完全に失明。以降、鉛筆にて探り書きをしつつ作歌。六月、第一歌集『一握の藁』を刊行する。

昭和9年（30歳）　十二月、気管切開手術を受ける。以降、指で文字を示し、介助者に書き取ってもらい、作歌を続ける。

昭和11年（32歳）　たびたび危篤に陥る。五月、気管切開者保護室に移る。

昭和12年（33歳）　「水甕」同人。病勢進み、指で字を示すことが困難に。以降、辛うじて出る小声での口述筆記になる。十二月、第二歌集『櫟の花』刊行。

昭和13年、二月十日より危篤、二十三日午後七時半に永眠。三月、「短歌研究」に短歌八首掲載、ハンセン病者の作としては初。四月、「短歌研究」新人号に明石海人と共に推薦。『新万葉集』第四巻に短歌九首掲載。

昭和14年　内田守人編集による『島田尺草全集』（長崎書店）刊行。

久しくを逢はざるひまに老いませり我が不自由は言はで別れむ
昭和4年

あかあかと友を焼く火の燃ゆる夜の山路は寒し雪ふみ帰る
昭和5年

熱とれし朝をうれしみ開くる窓に蜜柑の花のまづ匂ひ来る
昭和6年

すり大根の匂ひに目覚め昼どきと思ひつつまた我がねむりたる

我が為に嫁ぎ行かれぬ汝を思へば生きのびむ事の今ははかなし

部屋の中に蜻蛉まひ込りまひ出でつひとりの家居ひそかなるかも

眼の見えぬ今朝の心のわりなきに蒲団の上の帯をさぐれり
昭和7年

友の背に負はれて帰る道すがら芝生は下りて我が歩みけり

八年振り妹とし歩く傘にふれて落つるものあり桐の花かも

うつそ身のなべてを終る心地しつつ不自由室に送られて来し

元旦も暮れてしまひし床の中に生きねばならぬ身を思ひをり

昭和8年

洗面の水を捨てたる庭の面の凍りはやきを見てゐたりけり

軒の巣に生れし燕の二番仔の鳴く声さびし雨の朝は

病み重き我を慰む術なければ歌集をあめと金送り来し

足あげて湯にひたり居るかなしさを参観の人見て行きにけり

大掃除にかつぎ出されしもの蔭に吾が寝かされぬ荷物のごとく

この月の仕送り出来ぬを詫びて来し妹の文読むに耐へぬかも

視力ためすと朝朝を見し花菖蒲友の忌日に今朝は剪られつ

昭和9年

菊剪るとのばす手の影土に落ちぬ秋は寂しきものにあるかな

元日の年祝《ほ》ぎに来し友にまづ咽喉のくすりを飲ませもらひつ

昭和10年

園のなかにひとの来てゐる声きけば春かもうごく梅はちりつつ

貧しさをしろしめす師の賜ひたる金は死ぬ日のたしにのこさむ

窓下に今朝開きしとふチユウリツプ見むと起きしが視力及ばず

カンフルの注射をいなみ臨終《いまは》までこころ静かにありし友はも

昭和11年

うかららと朝のしぶ茶をすすりつつ高橋寅之助なきに気づけり

むし暑き通夜の席より闇庭に下り来て雨に顔をうたせつ

死に近き友の枕辺を離れ来ぬすいつちよの声庭におびただし

右の眼に強き光線を感じつつかがまる庭に匂ふ茗荷の花

難波君が義足を鳴らし帰る音の何時までも聞ゆ夜の廊下に

昭和12年

血統をいたく恐れ居し妹が嫁ぎゆきて吾に音信を断ちぬ

隣室の柩はこばれ出づる音痰の切れねばさめて聞きゐつ

寝台車に運ばれてゆく長廊下梅にほひつつ寒からなくに

出征のひとを送ると看護婦《みとりふ》の出でゆきし部屋に一人居れば眠る

うつつにし呼吸の安らぐときありて青牛集を今朝はきくかも

年明けなば輸血を友にたのまむとひそかに思ひこよひ寝につく

昭和13年

内田守人編『島田尺草全集』、長崎書店、昭和十四年刊

解説

黒瀬珂瀾

まず最初に「ハンセン病歌人」という枠組みの暴力性を、しっかり認識しなければいけない。社会から隔離され、極度の制限を受ける療養所生活の中で、病の進行を直視し、生の在り方を見つめ続けるという「ハンセン病歌人」の像を、特定の歌人に対して多くの読者は期待してきた。さらに療養者自身もそのイメージに沿った歌人であり続けることを無言のうちに社会から要求されてきた。その力学がハンセン病者を特別視し、一般社会から隔離する働きを持っていたことは否定できない。短歌は、ハンセン病者の精神的開放を実現させると同時に、ハンセン病者に対する隔離政策を肯定する方向にも作用した。その矛盾の中で一人ひとりの歌人がどのような世界を見つめていたかを読み解くことが現代の読者にとって最も大切である。

例えば島田尺草が父を詠んだ「久しくを逢はざるひまに老いませり我が不自由は言はで別れむ」や、妹を詠んだ「我が為に嫁ぎ行かれぬ汝を思へば生きのびむ事の今ははかなし」といった歌には、療養者の痛切たる悲しみが満ちている。そして読者は、療養者としての運命を受け入れた作者の諦念を感受する。しかし、これらの歌から本当に読みとるべきことは、作者にこの状況を受け入れさせながら、その悲しみを短歌で昇華することでの自己解決を強いた社会の力とは一体何なのか、そして、その力が歌の表現にどう反映されたのか、という問題ではないか。

島田尺草の歌はそうした外圧と作者内面の鋭敏さの微妙なバランスの上に、精緻な詩情を紡ぐことで成立している。病状進行により視力の衰えゆく尺草が触覚、嗅覚、聴覚を駆使して外界を把握しようとするとき、そこに出現する世界の透明感は、外圧が要求する「病者の物語」を超えたものとして歌に結実している。

熱とれし朝をうれしみ開くる窓に蜜柑の花のまづ匂ひ来る

眼の見えぬ今朝の心のわりなきに蒲団の上の帯をさぐれり

視力ためすと朝朝を見し花菖蒲友の忌日に今朝は剪られつ

伝記的事実に照らし合わせれば、作者が完全に失明するのは昭和八年。従って一、二首目を詠んだ昭和六、七年の時点ではまだ視力は保っていたかもしれないが、視力低下を抱える己を客観視する態度により、「もの」自体の独特の存在感が摑み直されている。一首目、身体の熱の気だるさと朝の蜜柑の花の匂いという対照を発見する身体感覚と一瞬性がある。二首目、体調によって視力の調子が良い時悪い時があったのだろう。心の苛立ちの中に、布団に屈んで手探りを続ける自己像が刻印される。己の「わりなき」心に重ねられることで、「帯」を捜すという動作が切実な行為として浮かび上がる。三首目は失明後の作だが、かつて朝毎に眺めた花菖蒲を思い出しつつ、そこを訪れた小さな断絶に遭遇し、心の乱れを発した自己を再確認している。

友の背に負はれて帰る道すがら芝生は下りて我が歩みけり

窓下に今朝開きしとふチユウリツプ見むと起きしが視力及ばず

うつつにし呼吸の安らぐときありて青牛集を今朝はきくかも

身体機能の衰えを直截的に詠んだ歌たちだが、ここでも尺草は事実描写だけでなく、鋭敏な修辞の冴えを見せている。一首目、「芝生に」ではなく「芝生は」として芝の存在を強調することで、眼前の芝にかすかな慰藉を求める主体の切実さがよく表れている。二首目は失明状態での歌だが、「視力及ばず」という言葉で表現しなおすことで、断念の心がより深く歌に宿されることになった。三首目、古泉千樫の歌集『青牛集』を朗読してもらう場面だろう。書名と動詞「きく」との組み合わせには、作者の表現実験の精神がいくらかなりとも感じられる。「難波君が義足を鳴らし帰る音の何時までも聞ゆ夜の廊下に」といった固有名詞を活用した歌も、事実の反映ではあろうが、作者の表現への意欲を思わせるのである。

内田守人は評論「尺草の人と歌」（『島田尺草全集』所収、昭和十四年）の中で、「尺草の歌には不思議と露骨な肉体苦の歌が少ない」と指摘し、その理由を「温雅な性格の然らしむるもの」としている。しかしそれよりもなお、右に述べたような、外界把握への意欲と修辞へのこだわりこそが、尺草独特の世界を築き上げる要因だったといえるのではないか。その意味で「洗面の水を捨てたる庭の面の凍りはやきを見てゐたりけり」「菊剪るとのばす手の影土に落ちぬ秋は寂しきものにあるかな」といった季節性豊かな歌は、尺草の到達点の一つを示すだろう。

足あげて湯にひたり居るかなしさを参観の人見て行きにけり
大掃除にかつぎ出されしもの蔭に吾が寝かされぬ荷物のごとく
貧しさをしろしめす師の賜ひたる金は死ぬ日のたしにのこさむ

先に筆者は、療養者に諦念を押しつけてきた社会の力学について言及した。とはいえ尺草の歌には、同時代の病者の歌人と比較しても特徴めいた、独自の諦念の表れ方がある。一首目の「足あげて」（足に傷が生じることが多いのだという）や、二首目の「かつぎ出されし」といった自己把握は、己の身体を観察するという意味で、逆に精神の冷静さを感じさせる。尺草の自然詠に関して内田は「病患を歌ふ場合すらも彼は必ず自然の背景と云ふものを、取り入れるだけの余裕と趣味とがあつた」（前掲）と書いているが、右のような歌たちも合わせて考えるに、余裕というよりはむしろ、自然描写や自己客観を志向する観察力をあえて高めんとした、強靭な意志の産物ではなかったかと思われてならない。

むし暑き通夜の席より闇庭に下り来て雨に顔をうたせつ

暗闇の庭で雨に打たれていたのは、顔でなく、尺草の短歌精神そのものだったのではないか。そして療養者の生は峻厳たる表現者の生と一致し、「物語」を超えた歌の結晶が残されたのだ。

生涯

塚本　諄
（歌人・「水甕」選者）

ハンセン病は永く〝不治の病〟と怖れられた。隔離政策が取られ、明治四十二年に全国五か所（東京、青森、大阪、香川、熊本）に公立療養所が開設された。島田尺草は十五歳の頃にハンセン病の宣告を受け、大正十三年十一月二十九日、熊本の九州療養所（現菊池恵楓園）に二十歳のとき入所した。

それは大正十三年の秋も既に深い頃でした。

「もう行くのかい……」

母は声をうるませながら小走りで母屋の方から出て来られました。私は裏山の自分の隠家から、一通りの手荷物をまとめて、まだ薄暗い霧の中に立って、母の声の近づくのを待っていました。

「そんなに急がないでもよいではないか、行ってしまえば二度と帰れるかどうか分らんのに。一寸母屋に寄ってみんなとお別れでもしてお行き」

母の今日のこの言葉は、さなきだに悲しい私の心に言い知れない哀愁と、惜別の情とをそそって胸が一杯になるのでした。言われる儘に母屋に行って、母の心盡しの膳についた私は、今日が最後の門出だと思うと母がついですすめて下さる盃も、腸を抉るように沁みわたるのでした。

歌集『一握の藁』の「自序にかえて」に述べるこの出だしの文は、まことに哀切極まる。以後、闘病十三年間の生涯を支えたのは、短歌による自己解放の日々であった。

大正十三年四月、熊本医専（現熊本大医学部）を卒業した内田守人が九州療養所の医官として赴任。医専時代から短歌の同人雑誌を出していた内田は、医事の傍ら〝患者の精神的開放運動〟として短歌会を指導。入所後に俳句をやっていた尺草も短歌会の一員となり、大正十五年に短歌俳句集『檜の影』第一集を内田編によって発行。尺草は大島草夫の筆名で二首を発表した。この集は日本のハンセン病文学の嚆矢となった。次いで昭和四年には合同歌集『檜の影』第二集が出て、これには八十六首を発表した。本人の申し出を受けて本名で掲載したところ、批評記事が地方新聞に掲載され、それが兄姉の眼に止まり、抗議を受けた。以後、島田尺草と名乗る。家族や

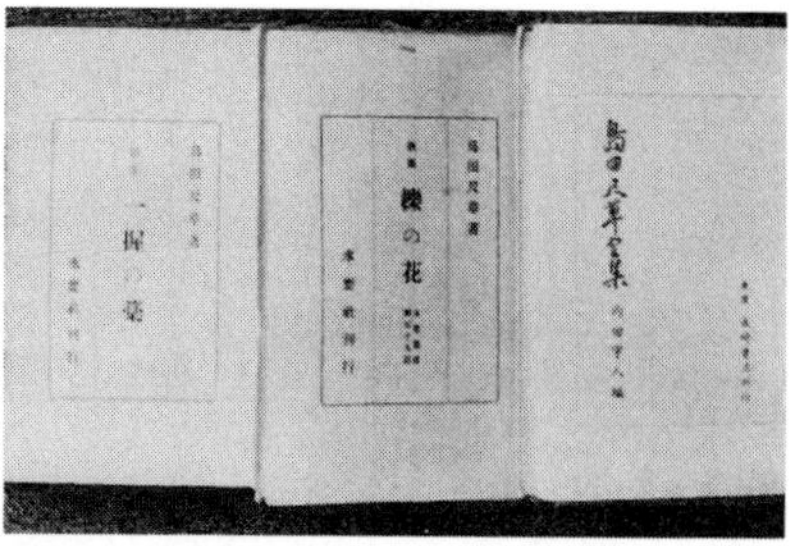

親類までも肩身を狭くし、病者は出自も姓名も一生秘していかなければならないという、社会的偏見の不合理の苦しみ――。

内田は昭和二年春に「水甕」に入社、岩谷莫哀、松田常憲の選を受けていたが、会費は半額、詠草は内田が全部浄書して送ることを条件に尺草以下五名が昭和三年六月に「水甕」に入社。尺草は昭和八年に準同人、同十年には晴れて同人となった。歌友の数人は「アララギ」に移ったが、尺草は内田の影を踏んで「水甕」の穏和性に親しんだ。

「『水甕』社の松田常憲先生が御来熊の砌、歓迎会に参加出来ぬ隔離の身を嘆きつつ、熊本の会場に送った私達の歌が、はからずも先生の眼にとまる所となりまして、先生は忙しい旅の時間をさいて私達の病院を御慰問下さることとなったのでした」（『一握の藁』の「自序にかえて」より）。時は昭和五年八月二十八日であった。

聞きなれて親しき名なり見じとしてみる汝が足の指はなかりき　松田常憲『三径集』

この歌の詞書に「九州療養所を訪ね内田守人氏に社友を紹介せられて」とある。内田は「尺草は温和であった。友を愛し師を敬する道をよく知っていた。特に心境が常に明朗で、何らの警戒心もなく接することが出来た。筆者に対しても沢山の歌を作ってくれた」と、『生れざりせば』（昭和五十一年、春秋社刊）の中で述懐している。

先生に教へられつつうつそ身の十三年間をやまひに堪へし

『櫟の花』「内田守人先生」より

尺草は、昭和八年六月に第一歌集『一握の藁』（水甕社刊、叢書番号第四十八篇）、同十二年十一月に第二歌集『櫟の花』（同、同番号第五十九篇）を刊行。いずれも内田の手引きによるが、ハンセン病患者には〝三つの門〟があると内田は言う。一つは自殺を考える。二つは盲人となる。三つが咽頭が狭窄になる（内田編著『三つの門』、昭和四十五年人間的社刊）。病勢止めがたく、三つめの門がついに来、尺草は昭和十三年二月二十三日午後七時三十分に『櫟の花』出版を待ち堪えて彼の灯火は消えた。三十三歳だった。

山茶花を一もと庭に植ゑしより雨の音にも和む日のあり

看護人が幽かな声を聞きとめて筆写したこの歌が最後のものとなった。死去後の翌昭和十四年十月に『島田尺草全集』が長崎書店から出版された。ハンセン病文学作品として今に残る歌集三冊。尺草の後、伊藤保、明石海人も発掘した名伯楽の内田と共に短歌道を歩んだ島田尺草だった。

【参考資料】
内田守人「島田尺草君の近作」、「水甕」、昭和十二年八月号
同　「島田尺草君を語る」、「水甕」、昭和十三年一月号
河合恒治「島田尺草」、「水甕」、平成六年一月号
内田守人『生れざりせば―ハンセン氏病歌人群像』、春秋社、昭和五十一年
『ハンセン病文学全集　4　記録・随筆』、皓星社、平成十五年
『ハンセン病文学全集　8　短歌』、皓星社、平成十八年
杉野浩美『いのちつきるまで　ハンセン病と短歌』、皓星社、平成二十二年

津田治子

明治45年（0歳）　佐賀県松浦郡に生まれる。父母の離郷により福岡県飯塚にて成長する。

大正11年（10歳）　母に死別。弟二人は学齢以前に死去。二歳上の姉は北九州小倉の遠い親戚に引き取られる。

昭和4年（17歳）　春、発病。

昭和9年（22歳）　熊本の回春病院に入院。洗礼を受ける。霊名、ベタニヤノマリヤ。ライト女史を教母とする。

昭和11年（24歳）　回春病院にて、当時のアララギ会員の田中光雄氏のすすめにより作歌を始める。

昭和12年（25歳）　檜の影短歌会に入会。

昭和13年（26歳）　アララギに入会、土屋文明の選を受ける。

昭和15年（28歳）　菊池恵楓園に転園。

昭和18年（31歳）　古川敏夫と結婚。

昭和22年（35歳）「檜の影」にて五味保義の選を受ける。

昭和24年（37歳）「女人短歌」が結成され参加。この頃「九州アララギ」にも作品発表。

昭和25年（38歳）　夫と死別。五味保義来園、面会する。

昭和26年（39歳）「檜の影短歌会」の合同歌集『巷羅樹』に参加。

昭和27年（40歳）　谷幸三と再婚。園内の歌誌「檜の影」にこの頃、歌とエッセイ投稿。

昭和29年（42歳）　十月、土屋文明来園。

昭和30年（43歳）　一月、白玉書房より『津田治子歌集』出版。歌集出版記念会を開催。

昭和36年（49歳）　友園・星塚敬愛園訪問。

昭和38年（51歳）　九月三十日、腹膜炎にて死亡。

＊

昭和39年　歌集『雪ふる音』出版、白玉書房。
昭和56年『津田治子全歌集』（『津田治子歌集』『雪ふる音』収載）が、刊行委員会によって出版される。
昭和59年　佐賀県唐津市呼子町尾上公園の呼子ロッジの前庭に、久住滋魏が治子の歌碑建立。

病み崩《く》えし身の置處《おきど》なくふるさとを出でて來にけり老父《おいちち》を置きて

現身にヨブの終りの倖《しあはせ》はあらずともよししぬびてゆかな

病む吾に手紙を絶ちてしまはれし父を思ひて眠らむとする

ときじくの春の吹雪に立ち別れ去なむと君が言ひしたまゆら

枯草の根に消え残るときじくの春の斑雪《はだれ》を踏みつつゆけり

杉垣に消《け》残る雪の夕されば淡く照りつつ凍てつくらしも

覺めぎはに二つの桃が枕邊に匂ひてをるはうれしかりけり

衰へてつぎつぎ水漬《みづ》く睡蓮の再び紅にひらくことなし

天婦羅に揚げたる菊の花も葉も香にたつものを皿に盛りにけり

蔦《つた》かづらからめる石に呟やかむ石は言葉を持たぬもの故に
夫を焼く火は燃えをらむ歸り来て疊に眠る沈むごとくに
いくばくか身を慰めて眠らむに手のとどく處に聖書を置きぬ
うからにかかはりもなく生きゆけば原籍不明者として登録したり
癩園に兒童患者のふえゆくは死ぬいのちより哀れと思ふ
いたづきの祕《かく》すすべなくなりしときわが名を津田治子とは言ひそめにけり
この土に根を下ろしたる草木《さうもく》と蜂と雀と吾と老い夫
在り堪へし今のうつつに祈りよりなほ身に近く讀みゆくヨブ記
妻も子も在る人ながら外の世のことと思ひて副ひたり吾は

次の世にいのちゆたけきをみなにていく人もいく人も吾は生みたし

病む吾を見捨てしは血につながる者この世のことはむごく切なし

命終のまぼろしに主よ顯ち給へ病みし一生をよろこばむため

秋づきて澄む日の光父の死をけふ吾は知る十三年たちて

天窓をとほす日ざしが寢臺にしばらくありて暗む冬の日

誌代半額のいたはりうけて學び來つありなれてながく當然のごと

生むことをゆるされぬ生の晩年に至りて思ふ子のなきことを

苦しみに身を置くすべを知らしめしヨブ記につづく新約聖書

身をよぢて苦しむ吾に月が照る月の光もうるさきものよ

たまのをの命をしぼり今一度癒えたくありけり老い夫のために
あかつきの光が窓にさし來れば苦しみ越えしひとひのいのち
ただひとつ生きてなすべき希ひありて主よみこころのままと祈らず
生き死にのさかひに在りし十四五日秋草の穂のゆるるを見れば
朝を待ち夜明けを待ちていのちのぶ梨と少量の水を糧《かて》として
苦しみて八月越えき秋風の九月九日の夜更けむとす
ひとつぶの葡萄が喉をうるほして生ける思ひあり夜半のかわきに
こころよく果汁が喉を通りたり九月十四日早曉

『津田治子全歌集』石川書房、昭和五十六年刊

解説

恒成美代子

現身にヨブの終りの倖《しあはせ》はあらずともよししぬびてゆかな

津田治子の代表歌ともいえる一首である。昭和九年、二十二歳の時に熊本の回春病院に入院、と同時に洗礼を受けている。それから五年後の作品である。

旧約聖書のヨブ記によれば、ヨブには男の子七人と女の子三人があり、家畜は羊七千頭、らくだ三千頭、牛五百匹、雌驢馬五百頭、それにしもべらが数多くいた。しかし、あるとき全てを失ってしまい、足の裏から頭の頂きまで腫物に悩まされる。ヨブは、「神から幸いをうけるのだから、災いをもうけるべきではないか」と、サタンに魂を売り渡すことをせず、罪を犯さなかった。最後には、神がヨブの幸福を取り戻してくれる。先の津田治子の歌は、ヨブのような「倖《しあはせ》はあらずともよし」と断定し「しぬびてゆかな」と、諦観の境地を吐露している。だが、この歌は諦観というより治子の〈生〉に対する姿勢ではあるまいか。昭和十四年、歌を初めて、一年足らずで自身の生涯を象徴するような歌となった一首である。

つきつめて悲しくなれば「げに肉身弱きなり」との聖言に安《やすん》ぜし幾度《いくたび》
いとけなく神を信じて苦しみの多き一生《ひとよ》を遂げしめ給へ
ヨブ記讀みて己れにかへるひとときを空すみて水の如き夕ぐれ
命終のまぼろしに主よ顯ち給へ病みし一生をよろこばむため
苦しみに身を置くすべを知らしめしヨブ記につづく新約聖書

一首目の「聖言に安《やすん》ぜし幾度《いくたび》」、二首目の「いとけなく神を信じて」は、信仰のはざまで揺れている心を凝視し、苦しみ、その上でなお、キリストを信じたかった、信じようとしていたのではないか。四首目の歌について、米田利昭は『歌人・津田治子』の著書で「主に向って『顯ち給へ』と命令するのだから、対等に、あなたが現れてくれなければ、病気をした甲斐がない、病んだ一生をこれでも良かったと喜ぶためには、最後には来てくれなければ駄目よ、と念を押す。これはクリスチャンの歌ではなく、まったく人間の歌である」と書く。米田が書いているように、命令形ではあるが、この「給へ」は、尊敬のニュアンスの方がつよく感じられ、乞いねがう祈りの姿でもあろう。そこが「人間の歌である」所以なのだが。『津田治子歌集』のあとがきに治子は次のように記している。「ライト女史を教母として受洗し、日々を信仰に生きることを希ひながらも、心におこる憂悶は……略」この「信仰に生きることを希ひながらも」の意味は、希っているのではあるがと、打消しの意を示している。「ただひとつ生きてなすべき希ひありて主よみこころのままと祈らず」。この歌は、昭和三十八年、病状の悪化にともない父とも思い愛している夫の看護が出来ないゆえの治子の深い思いの「主よみこころのままと祈らず」である。キリストを信じるクリスチャンであれば「主よみこころのままに」と祈るのだが「みこころのままに」では困るのである。「ただひとつ生きてなすべき希ひ」とは、夫をみとり終わるまでは死ねないという一途な思いであろう。

十七歳の春、発病し、五十一歳の秋に亡くなった津田治子の歌は、肉親の愛を求め、求め得ざるまま、その感慨をうたうことで、肉親を偲び、自らを慰めていたのである。

病み崩《く》えし身の置處《おきど》なくふるさとを出でて來にけり老父《おいちち》を置きて
うからにかかはりもなく生きゆけば原籍不明者として登録したり
病む吾を見捨てしは血につながる者この世のことはむごく切なし
秋づきて澄む日の光父の死をけふ吾は知る十三年たちて
父の愛姉の情をひた戀ひぬいまかへりみて遠き思ひよ

『津田治子歌集』の巻頭に置かれた一首目の歌。熊本の回春病院に入院する迄は、父の作ってくれた小屋に棲み、誰よりも父が好きな娘であった。しかし、その父が治子の入院と共に一方的に音信を断つ。うからとの一切の交渉もなく過ごした年月。治子は見捨てられたと悟る。三首目の歌の下の句の「この世のことはむごく切なし」には、愛憎よりもむしろ覚めた意識が伝わってくる。それは、宗教が齎す力かも知れず、或いは、歳月によって、その愛憎が昇華されたともいえるだろう。十三年後に知る父の死。そして、最後の歌には、あれほど父や姉を恋しがっていた自身の心を懐かしむようなゆとりさえ伝わってくる。

津田治子と言えばハンセン病者、社会から隔離された生活を余議なくされ、その生涯を終えた女性の物語として、私たちは享受して仕舞い勝ちである。しかし、治子はハンセン病を素材として直截的に詠むのではなく、内なる自然を通して「うつしみ」を、うたいたかったのだ。歌集中に、この「うつしみ」の言葉を遣った歌が多くあるが、それは、肉体苦を露骨にうたうための言葉ではなく、生やいのちに直結する言葉として、生きている身としての己の有様を差し出すための言葉であった。四季折々の自然の風物に寄せるまなざし。的確な把握によって切り取られた事物は時に「生」の深淵をも垣間見せる。

杉垣に消残《け》る雪の夕されば淡く照りつつ凍てつくらしも
蔦《つた》かづらからめる石に呟やかむ石は言葉を持たぬもの故に
天窓をとほす日ざしが寝臺にしばらくありて暗む冬の日

消えずに残っている雪が夜ともなれば「淡く照りつつ」凍ってしまう一首目の歌の感覚の鋭敏さ。言葉を持たぬ石に向かって呟く二首目の歌の孤独感。天窓を通す日ざしがしばらくすると暗くなる三首目の歌の抒情。いずれの歌も心情を表に出さず、それでいて、治子の心の状態が景に託されている。

「一個の人間」として在りたいと『津田治子歌集』のあとがきに書かれているように、人間そのものの存在を大切にし、人間として十分に悩み、迷い、最期の日まで歌にいのちを捧げた一生であった。

【参考資料】

津田治子歌集『雪ふる音』白玉書房、昭和三十九年
原田禹雄『麻痺した顔』ルーガル社　昭和五十四年
原田禹雄『天刑病考』言叢社　昭和五十八年
川合千鶴子『津田治子の歌と生涯』古川書房　昭和五十四年
大原富枝『忍びてゆかな』講談社　昭和五十七年
米田利昭『歌人・津田治子』沖積舎　平成十三年
『検証・ハンセン病』熊本日日新聞社編　河出書房新社　平成十六年
杉岡秀隆『ハンセン病と歌人たち』私家版　平成二十七年

インタビュー

菊池恵楓園　畑野むめ氏

《記録・阿木津　英》

畑野むめ　わたしはもう息しとるだけで。目は見えないし、耳は遠いし。もうこの世のものではございません。

阿木津　でも、お声はしっかりしてるし、顔色もたいへんよくて。今年何歳ですか。

畑野　わからないのです。平成二年の五月が百歳でした。それだけ覚えています。

有明てるみ　違う違う、今年百四歳。恵楓園でいちばん長寿。

（畑野むめさん、有明てるみさん、山本吉徳さんは、歴史ある菊池恵楓園檜の影短歌会の最後の三人である。耳の遠い畑野さんのために、有明さんが通訳をしてくださる。）

――津田治子の臨終

畑野　亡くなるとき、津田さんは苦しんでね、何にもわからなかった。物言うてもわからんしね、ただ苦しむだけで、わたしが聞いたことは、苦しくて苦しくて主よみ胸のままとは祈らずと言ってました。

青木伸一さんと大分の藤原哲夫先生がものも言わずに二人、枕元に坐っていた。藤原先生は福岡の「鶴の子」をもってきておられた。わたしは「鶴の子」の皮を剝いて、「津田さん、これはね、大分からわざわざ先生があなたにもってきたお菓子ですよ。一つ食べましょうね」といったら口をひらいてくれた。あの状態で一つ食べたから、大分の先生がよろこんだと思います。

津田さんが楽になったようだったから、「朝ごはんをいまのうちに食べてきませんか」と津田さんのご主人に言ったら帰っていかれた。五分ばかりしたらまた苦しみ出したから、津田さん、苦しいのね、苦しいね、お祈りしましょうね、と言ったらな、しずかーになってじーっとしてたが、またわたしにどうしようどうしようと言い出したから、走って、家族舎までご主人を迎えに行った。
そしたら元の奥さんが来ておられて、いっしょに朝ご飯を食べておられた。津田さんはその旦那さんのことばっかり言っていた。わたしはあの人を介抱せにゃならんと寝言のように言っていたんです。
その旦那さまは元の奥様とご飯を食べておられる。わたしはびっくりして、一人で帰ったら、あとで旦那さまも来てくださった。津田さんの声が「うん、うん」と聞こえたから、旦那さまが何か言っておられるなと外で聞いていました。やがて黙って出てこられたから「よくなかったんですか」と言ったら、腹かかれて「あんたが帰れ帰れというから」と叱って行った。「なんか。自分は元の奥様とご飯を食べてから」と思ったけど、何にも言えなかった。（笑）

畑野むめ氏

有明　社会で結婚してらしたから。それとは別に中に入ってから津田さんと結婚した。二重婚みたいだけど、ここでは結婚しても籍に入れないので、そんな人けっこういたんですよ。

畑野　内緒で解剖が行われていたようだったから、その隣の部屋にそろっと忍んで一人おったら、解剖が終わったらしく、若い先生が出てこられた。「先生おたずねしますが、病気は何の病気だったでしょうか」と聞いたら「癌でしたよ」と言われた。ああ、だから早く逝ったんだなと思いました。

阿木津　津田さんが亡くなったのは…。

有明　津田さんは昭和三十八年だね。

阿木津　まだ解剖があったんですか。

有明　解剖室があったからね。何年に終わったか、書類的には残ってないんですよ。そしていまは開示してくれないの。

（入所の際、療養所側から要請され解剖承諾書に同意の印鑑をついた。子どもにまで拇印をつかせるなど、半ば強制的だったと言われる。園内解剖室は昭和十一年に完成、昭和六十三年に取り壊した。）

——意見をはっきり言う津田治子

阿木津　この本（熊本日日新聞社編『検証・ハンセン病史』河出書房新社、２００４）を読むと、津田さんがすごく可愛らしい方だったたって、エダ・ライトさん仕込みのお嬢さんだったって、書いてあるんですけども、津田さんはどんなお人柄だったですか。

有明　畑野さん、津田さんは「お姉さん、お姉さん」て言うて甘えてたよね。津田さんは可愛い人だったよね。

畑野　可愛い人だった。愛の深い人でしたね。わたしの知らないまに、ここの自治会に入っていたのにはびっくりしました。なかなか黙ってはいなかったようです。たとえばね、自治会でこのぐるりと巡っている監禁の石垣を崩してもらおうじゃないかという話があがったときに、津田さんが反対して、泥棒よけになるから石垣はあった方がいいと。だから、崩さないことになりました。

いまは何にもなくなりましたけどね、出入り口だけ作って高い石垣に囲まれていたのです、ここは。それを外すことに反対したのは、津田さんが一人だった。どんな男子に向かっても自分の意見ははっきり言う人でした。

阿木津　畑野さんは現実的で、津田さんはいつも本を読んでたということですが。

有明　畑野さんは働きもので、津田さんの替わりまでしていたよね。畑野さんが津田さんのお客さんにお茶入れしたり。

畑野　お客さんが多かったからな。津田さんには。わたしはお茶を汲んだり、二、三人のお客さんじゃなかったから。十人くらいのお客さんが、お縁にいっぱい坐っていましたからね。文化人と言われた青年たちだった。津田さんは、十人ぐらいの青年を向こうに回して、喋々べんべんとやっていました。もう、言葉も切れもせん。ようあれだけ言葉が出るもんだなと。

（前掲『検証・ハンセン病史』には、畑野むめさんの九十三歳のときのインタビューが収められている。この時期にはまだ畑野さんも歌集三冊をもつ現役歌人だった。「この歌の仲間というのはね、誇りを持ってましたよ。先生たちと一緒に勉強できるって誇りが、心の中にあったろうと思う。文学で肩を並べていけるというのは、何かこう、人間の仲間になったような気がしましたよ。」）

――伊藤保と津田治子

畑野　伊藤さんが自分の発見した言葉をまた盗っているると、津田さんは走っていきよったからな。アラギが届いたらすぐそれを持って伊藤さんところに走っていました。そして、伊藤さんが自分の感覚を盗っていると言って腹かいていました。

だけどね、わたしは伊藤さんと津田さんは精神的な夫婦ではないかと秘かに思ったことがあります。そらもう、何かあったらすぐ走って行ってましたから。伊藤さんは結核患者だったのに。病気がうつったんじゃないかと思っていました。

津田さんの五十日祭が行われていたとき、行ってみたらね、教会に置き場のないほど菊の花が集まっていました。わたしはそれを並べて通り道を作ったりしてね。そのとき伊藤さんの柩が花のなかに入って来たんです。一方は死亡、一方はお祝いと、ごっちゃになってしまった。精神的な繋がりだったんだなあとわたしは感心しました。

有明　精神は津田さんにもとめて、体は奥さんの方が元気で、手足はどうもなかったから裁縫やらして収入があった。今みたいに年金がなかったからね。

畑野　伊藤さんがあからさまな歌を作っていたからな。（笑）ここにおるもんが読んでも恥ずかしいようなあからさまな。

むかしの短歌の友達がわたしに面会にきました。そのとき、伊藤さんの奥さんを呼びました。伊藤さんの奥さんはまだ若々しく黒い装束で出てきました。わたしは足が弱くて歩けなかったから、すみませんが、このお客さまを伊藤さまのお墓につれていってくださいといったら、黙ったまま歩きだした。お客さまもついて歩かれた。そして納骨堂に連れていってもらったけれども、物一口も言わなかった。まだ生きています。

有明　まだ元気です。また別の人と結婚された。でも伊藤さんの全集出すときはお金出してくれました。

――津田治子の日常

畑野　わたしが新しい部屋に入ったばかりのときに津田さんがきました（昭和十五年）。わたしに預けた人は、津田さんのいちばんの友達だった人。ここでは結婚ができなくて鹿児島に行ってしまった。津田さんはなかなか積極な方で、何でも出しゃばって（笑）あんまりよく思われていなかった。そして手足は動かなかったから。口ばっかりたっしゃでな。頭の良い人だからぐんぐん人気が出たから、あがるところまであがったけれど。

そりゃね、いっしょに住んでみなけりゃわからない。芋の配給をとってきて、冬の寒いのに炊事場で洗っているのに、本ば坐って読んでいるんですよ、平気で。炊事場の方ではがちゃがちゃ津田さんのことを言いよる。だから、「津田さん、人が炊事場で冷たい仕事をしているから、釜の火でも焚いてくれんなね」といったら、降りてきて、手が悪くて何もできないのに何をせよと言うのかと泣き出して、振るいかかってきて。感情のたかーい人だったな、あの人は。むかしの療養所は仕事しなければおられないようなところだったから。

阿木津　短歌の勉強は津田さんといっしょにしていましたか。

畑野　津田さんを預けられた当時は散歩にいこう散歩にいこうと誘われて困りましたけれど、なるたけ行ってやりましたよ。

有明　歌材さがしに。畑野さんは焚きものを拾って帰ったけど津田さんはお花を摘んで帰った。薪がとても貴重だったころ。

阿木津　お二人は短歌を作るときはどんなふうに作っていましたか。

畑野　わたしは昼は勉強なんかする暇がなかった。津田さんは一日でも机に座っていた。手足が悪かったから、何にもできないの。洗濯はみんなですることになっていたけれど、干し方もできないの。「行って立ってなっとおらんな」とわたしが言ったら、泣いてな。何にもできないのになんでせろって言うのかって泣いた。しなくてもいいから場所にでも行っとったらいいたい、と言ったら、またその理屈がふるっとったったい。（笑）

有明　入所者のみんなの洗濯をするんです。シーツとか。

畑野　津田さんがお茶汲むのは見たことなかったな。

――畑野むめの大恋愛

阿木津　畑野さんも大恋愛したそうですが。

有明　もう最後だけんしゃべらなんたい。恥ずかしかなかよ。みんな知っとるけん。

畑野　女はね、ひとり置かないような雰囲気がありましたね。

有明　女が少なかったからね。

畑野　わたしが初め結婚した人は女に逃げられてね、病気で完全なことができなかったために。けれども性格的に非常に精神的な方で、その方と清い清いつきあいで十一年過ぎました。その過ぎ方になってね、男の人が主人にとお菓子などもってきてくれるようになった。その方がわたしの側に夜も昼も来ていた。わたしは青春を知らなかった。体に触れられたとき、青春が芽を出して、良きも悪きもなく――子供が出来てしまった。だから、津田さんが結婚をさせるといってね、ものすごいごちそうをつくって、夕方ふたりで来てくれということで、笑いながら二人で行きました。

そしたところが、そのころの饅頭、いろんなものがずらりと並んで、お客さんは五六人来ておりました。わたしたちが照れながら立っていると、走ってゆく若い人がありました。あ、これは何かあるなとすぐ思いました。寮長をしていた人の旦那さんだったと思います。自治会から誰か来て「この結婚は中止!」と言いました。来ていたお客さんも立ってうろうろ。塀の石垣に梯子が用意してあって、わたしたち二人を押し上げて、仕方なく外に出されました。それでね、津田さんの親切がむちゃくちゃになってしまって。

有明　風紀上、組織の規約があるんですよね。ご主人が亡くなったあと仲良くなったんだけど、生きてるときから仲良くなってたって、そういう告げ口をした人がいて。男女間のことはとても厳しかったんですよ。重病のご主人に食べさせなさいと卵を持って来てくれたりしてたんだって。

亡くなって四十九日も過ぎたから結婚してはということだったんだけど。

畑野　男と女がね、散歩することもできない時代だった。歩いたというだけでひどく罰せられた時代だったからな。

有明　自治会が結婚に反対したので、みんなが逃がしてくれたということですよ。それで鹿児島・星塚敬愛園に行ったたって。だけど鹿児島にはもう通知が行っていて受け取ってもらえなかった。

ご主人になる人は元気だったから大分の実家に帰り、自分はお腹がおおきくなったから、恵楓園に戻ってきて堕胎した。そのときは津田さんが面倒見てくれたそうです。

（昭和十八年、恵楓園の塀のところで別れた相手の人は召集令状が来て出征、終戦時には手紙も絶えたという。

　大分につらなる山に雲湧けばその奥処なる君
　ぞ恋ほしき　　　　　　　　　　　　　むめ

一方、妊娠中の畑野さんは、逃走患者として園の監禁室に収容、減食処分を受けた。監禁二十数日後に堕胎処置を受け、死の間際までゆく。患者である自治会幹部までが罵言を浴びせるような周囲の雰囲気のなか、津田治子が看病をした。「私が子ども堕ろすちうて病室入ったときは、涙ぐましかった。洗濯したり、一生懸命にしてくれた。」（前掲書）

　「罪なくば石もて打て」と聖書の言葉示して
　吾を捨てざりし君　　　　　　　　　　むめ　）

——土屋文明のこと

黒瀬珂瀾　畑野さんはどんな歌人が好きですか。

畑野　それはもう、離れなかった——土屋先生。土屋先生が亡くなったときはな、泣いた泣いた。土屋先生は、とても苦労して育っていられるからな、わたしたちをよく見てくださった。土屋先生が阿蘇の安居会に来られたとき、ここに寄ってゆかれるというので、津田さんと伊藤さんは二人で先生たちの出てくる戸口（講壇の）に待っていた。わたしたちはずっと下のじだ（地べた）に集まって待っていた。ところが先生は入ってきて、わたしたちばかりを見ておられた。津田さんがなんとか言うけれども見向きもしなかった。

その何ヶ月かあとの歌には、上の句は忘れたけれども、待ってくれた患者一人二人にはあらずと結句でとめてあった。そんな人だった、土屋先生は。弱いもの弱いものを見た人だった。そして自分のことを洗いざらいうたっておられた。お父さんがバクチをうってつかまったことまで歌に作っておられた。頭のひくーい人だったからな。

伊藤 保

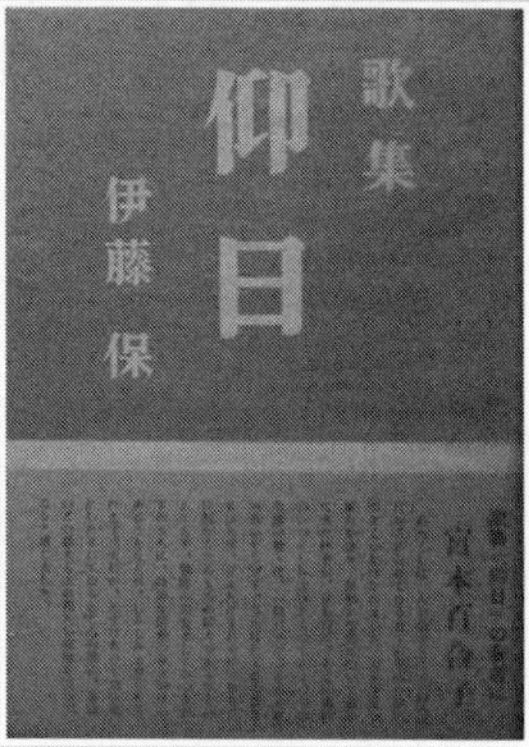

大正2年（0歳） 大分県下毛郡山国町に生まれる。

昭和2年（14歳） 父死亡
昭和7年（19歳） 母死亡
昭和8年（20歳） 四月、ハンセン病のため九州療養所（現菊池恵楓園）に入所。この頃より短歌を始め、十二月、「アララギ」に入会。

昭和9年（21歳） 療養所の文芸誌「檜の影」の幹事となる。

昭和11年（23歳） 一月、斎藤茂吉に師事する。

昭和12年（24歳） 三月、土屋文明が来園。その後、土屋文明に私淑する。

昭和15年（27歳） 十一月、井手とき子と結婚。

昭和16年（28歳） 十月、結核のため喀血。その後、もっぱら静養生活となる。

昭和19年（31歳） 六月、右下腿義足となる。八月、再び喀血。

昭和21年（33歳） 一時病状重篤となるが、秋頃より持ち直す。五月、九州アララギ会より「にぎたま」が創刊され同人として参加。

昭和22年（34歳） 鹿児島壽蔵の知遇を受けて「新泉」に入会。

昭和24年（36歳） 四月、五味保義来園。六月、歌友として最も親しかった村上多一郎死亡。十月、妹かよ死亡。

昭和25年（37歳） 五月、第一歌集『仰日』を九州アララギ発行所より刊行。

昭和26年（38歳） 装丁を改めて『仰日』を第二書房より再刊行。

昭和28年（40歳） らい予防法改正に対策委員として参加。

昭和29年（41歳） 「未来」に参加。

昭和32年（44歳） 四月、自治会機関誌編集人となるが、病状悪化のため七月辞任。

昭和33年（45歳） 十一月、第二歌集『白き檜の山』を白玉書房より刊行。

昭和35年（47歳） この頃より足の浮腫、脾臓の異常が出る。

昭和38年（50歳） 九月、同じ療養所の歌人津田治子が死亡。大きなショックを受ける。十一月十六日、バンチ症候群にて死亡。

昭和39年 十一月、『定本伊藤保歌集』を白玉書房より刊行。『白き檜の山』以降の作品を『霜天集』として収める。

一度は世に出づることのあらむかもわれ商《あきなひ》の書《ふみ》手放さず

わがやまひ厭ふ身寄りに氣がねして祖母の便りの一歳《ひととせ》もなき

良しと云へば大葉子を呑み澁き飲みこの度はやや甘し蘇鐵の葉かも

病みてよりいはけなく縋り來る妻の欲れる葡萄よ何處ゆかばあらむ

やはらかき春の直土《ひたつち》紙を踏むごとく痲痺《しび》れし足に觸るるも

柔毛《にこげ》立ちて露のひかれる熟桃《うれもも》をもぎてあたへむ子のわれになし

戰爭に力かさざりしとは何を言ふ木の葉を繃帶に卷き堪へて來にしを

響《とよも》して地震《なゐ》すぐるとき標本壜に嬰兒ら搖るるなかの亡き吾子

病む身契りて看護あひつつ睦めればわが主イエスの許し給ふべし

豊かなる頬にかげさす貝のごときやさしき耳よ八年契る妻
雲の影の退《そ》きてさし開く天慈姑《あまな》のはな義足に露を踏みてきたりぬ
汗いづる浄き肌《はだへ》の胸の邊《へ》にのこるを撫でてこよひ眠りぬ
『仰日』昭和25年
萎えし手にて義足に足袋を穿かせゐる吾を寫しゆく撮影機の音
人参の花いけて互《かた》みに對ひをりみごもりてより美し妻が掌《て》
これの世に生れてわづかの息を吸ひ死にゆく吾子は掌《て》を開きたり
吾子を堕ろしし妻のかなしき胎盤を埋めむときて極りて嘗《な》む
子をおろしし妻の衰へ目にみつつなほしも吾は斷種ためらふ
生きてあればかくさやりなく逢ふ夕べ降りくる雪を汝は喜ぶ

雪に濡れし汝が額髪をはらひをり降りしづまりて白き檜《ひ》の山

吹雪《ふぶ》きゐし檜原は霽れて月のぼる汝を歸して木《こ》の暗《くれ》ゆけば

禱りふかく頭《かうべ》を垂れて集ひをりハンガーストをさだめて雪の降る野に

ビニールの豫防衣つけし警官ら默し立つ旗立ててきし患者らの前に

十幾年添ひつつ鏡臺ももたせ得ず壁にむかひて妻は髪結ふ

肉《しし》の痺《しび》れ骨におよびて痛み拔くわれの手を足を縛りくるる妻

首あげて臥處より妻を呼べば吾を擲ちし日傘を抱きて茫然とをり

『白き檜の山』昭和33年

吾ら癩患者國會に行進をするを待ち防毒面備へゐる豫防衣の警官

この小さき癩園にミシン屋寫眞師がありて金錢は吾らの自治を弱むる
かくばかりともしび澄みし寢臺の寂しさは血を喀きし頃より知りぬ
仄明るく曉《あけ》の光差す嫩葉窓手をさし伸ぶる生きたきわれは
絮とびて素殼となりし野薊の穂をつつみつつ湧くけさの霧
笑《ゑま》ひつつあらがふはけさも治子さんにて吾を圍める檜の影二十名
震ひつつ泣きつつ妻は血のつまるわが咽喉《のど》に手を入れ吐かせくれをり
解剖承諾書かきて入所を許されしいのちの長く生きて老いたる
年々に越えし苦しみさまざまにてすでに古きは思ひいださず

『霜天集』昭和39年

『定本　伊藤保歌集』白玉書房、昭和三十九年刊

解説

馬場　昭徳

一度《ひとたび》は世に出づることのあらむかもわれ商《あきなひ》の書《ふみ》手離さず

「輸送車にて」という詞書を付したこの一首から、伊藤保の第一歌集『仰日』は始まる。

二十歳のときハンセン病が判明した伊藤は熊本県菊池の九州療養所に移る。当時、ハンセン病は恐ろしい伝染病と考えられ、「らい予防法」に基づいて隔離されることになっていた。以後、伊藤は死亡するまでの間をこの療養所で過ごすことになる。その間、伊藤は同園内で同じ療養者である井手とき子と結婚する。園内では病状が重度の者と軽度の者が結婚し、お互いに扶養しながら療養生活を送るというシステムがあった。

したがって伊藤の作品は療養生活、療養所内の出来事、夫婦間の出来事、療養所内外での自然観照が主な歌の素材となっている。そして当然、伊藤の歌の最大の特色はハンセン病患者としての歌群にある。

わがやまひ厭ふ身寄りに氣がねして祖母の便りの一歳《ひととせ》もなき

良しと云へば大葉子を呑み濫き飲みこの度はやや甘し蘇鐵の葉かも

やはらかき春の直土《ひたつち》紙を踏むごとく麻痺《しび》れし足に觸るるも

初期の作品から三首を引いた。

ハンセン病の伝染力が極めて弱いということが分かったのは後のことである。当時は患者からの手紙も読んだらすぐに焼却するという具合で、患者との接触は極力避けられていた。身内にハンセン病患者がいるというだけで憚られていたのである。また、有効な薬剤も開発されていなかった。二首目は藁にも縋る思いでいろんな療法を試しているのである。蘇鉄の葉を甘いと感じる状況が切ない。三首目はそういう病者の神経の細やかさが出ている一首である。

伊藤はハンセン病自体は決して重度のものではなかったが、結核、バンチ症候群を併発し、そのため病状は次第に悪化してゆく。

汗いづる浄き肌《はだへ》の胸の邊《へ》にのこるを撫でてこよひ眠りぬ
肉《しし》の痺《しび》れ骨におよびて痛み抜くわれの手を足を縛りくるる妻
震ひつつ泣きつつ妻は血のつまるわが咽喉《のど》に手を入れ吐かせくれをり

病状の進行がこれらの歌に現れている。一首目、ハンセン病に冒された皮膚は汗をかくことが出来ない。汗が出ているということは、まだ健全な皮膚なのである。他の作品もハンセン病ということを抜きにしても、一人の病む者の自己描写として読者を粛然たらしむるものがある。

先に述べたように療養所内で伊藤は妻を得るが、その妻との様々な交わりも伊藤作品の重要な素材となっている。

病む身契りて看護あひつつ睦めればわが主イエスの許し給ふべし
人参の花いけて互《かた》みに對ひをりみごもりてより美し妻が掌《て》
十幾年添ひつつ鏡臺ももたせえず壁にむかひて妻は髪結ふ
首あげて臥處より妻を呼べば吾を擲ちし日傘を抱きて茫然とをり

閉鎖された療養所の中での生活で、他に特別な娯楽があった訳ではない。自ずと夫婦間の絆は強くなっていったであろうし、逆にそれゆえの諍いも多かったようである。

一首目の「睦めれば」は性交のことと考えていいだろう。伊藤は療養所内でキリスト教の信者となっているが、このキリスト教徒としての葛藤が一首目に出ている。二首目のような妻の賛美、三首目のような妻への思い遣りが歌われている一方、四首目のような夫婦間の諍いを歌った作品も歌集中に多く見られる。

そのような夫婦関係の延長にもなるのだが、伊藤の作品でその頂点をなすのは次のような作品群である。

柔毛《にこげ》立ちて露のひかれる熟桃《うれもも》をもぎてあたへむ子のわれになし
響《とよ》もして地震《なゐ》すぐるとき標本壜に嬰兒ら搖るるなかの亡き吾子
吾子を堕ろしし妻のかなしき胎盤を埋めむときて極まりて嘗《な》む
子をおろしし妻の衰へ目にみつつなほしも吾は斷種ためらふ

ハンセン病患者の妊娠の多くは中絶を強要された。伊藤の妻は二度、妊娠しそして中絶した。一首目は一回目の中絶の後の作品。「柔毛立ち」が桃の実の皮を言いながら赤子の産毛を思わせて美しい一首となっている。中絶された胎児は研究のため、ホルマリン漬けにされて標本となった。二首目は地震の揺れに遭いながら標本壜の中の胎児をありありと幻想するというもの。そのショッキング性と同時に、写実を超えた幻想性を感じさせる作品ともなっている。四首目、妻の胎盤を療養所の近くの丘に埋めて来ての作品。露悪的となることを恐れず現実を描くのは、師と仰ぐ土屋文明の影響なのだろう。五首目にあるような躊躇いはあったが、その後、伊藤は断種している。
　このように伊藤の作品はハンセン病患者の日常とそこでの思いをぎりぎりの地点まで見詰め、歌集刊行時より大きな反響を呼んだ。「らい予防法」の改正にも積極的に取り組み、それに関する作品も伊藤作品の貴重な収穫である。
　しかし一方で伊藤の作品が単にハンセン病患者の特殊な状況の報告だけだったら今日、その作品も色褪せていたであろう。

かくばかりともしび澄みし寝臺の寂しさは血を喀きし頃より知りぬ
仄明るく曉《あけ》の光差す嫩葉窓手をさし伸ぶる生きたきわれは
年々に越えし苦しみさまざまにてすでに古きは思ひいださず

　ハンセン病患者であることを背景にしながら、より普遍的に生命の底まで錘を下ろすこのような作品が、今日なお伊藤の作品を色褪せぬものにしているのであろう。

生涯

松下紘一郎
（歌人・「未来」「稜」所属）

　歌壇の麒麟児と一部で称された伊藤保。彼がいたハンセン病国立療養所菊池恵楓園は、熊本市に隣接する合志市にあり、約十八万坪（五九九、八九二㎡）の広大な敷地に存在する。この菊池恵楓園は明治四十二年に開設、今に至っている。伊藤保は、昭和八年四月妹と一緒に患者輸送車に乗ってここに入所した。

入所後間もなく、彼は同療養所の医官内田守人（「水甕」）が患者のために始めた檜の影短歌会に入会、作歌に励んだ。そして一年後には早くも幹事となっている。

或る時たまたま園内で出会った園長（宮崎松記博士）に、「『伊藤君、よく元気になつてくれた。駄目かと何度も思つてゐたが』そう申された」と書いている（随筆『藁がこひ』）。園長にこのように親しく声を掛けられるというのは、患者が当時一七〇〇名程もいたこととて、余程彼が知られた存在であったことを思わせる。それは療養所内だけでなく広く歌壇の評価を得ていたからに他ならない。例えば近藤芳美は「ともすれば短歌から離れようとするとき繋ぎとめてくれた何人かの作者の一人に伊藤保があった」と、近藤独得の語り口で伊藤の第二歌集『白き檜の山』に跋を寄せている。それは単に癩に苦しむ境遇の作というより今では、斎藤茂吉が「うつせみのこの世にありて不思議なる光を放つ歌のかずかず」と贈ったように、華々しい出発であった。

その伊藤について、始めから身近に接してきた前記の内田守人は言う。「伊藤は才人であり努力家であり、野心も相当持っていたようだ」と。そして曰く「彼は歌壇の麒麟児だ」と。才人、努力家また野心家はとも角、麒麟児とは――。この言葉ほど、その実像に迫る意欲を駆り立てるものはない。

さて、伊藤が自らを語っている観の随筆『藁がこひ』に、次のようなくだりがある。

「恩師斎藤茂吉先生の御著書を手の届く處に揃へて先生の温顔に接する如き感動をいだいて歌にひたつてきたのだつた」と。この述懐に見る何か過剰な感じの謹厳、おのずからその人間像が浮かぶ。又、何か夢遊状態にあった中で、キリストの降臨を見たことを語っている。それは「基督のみ聲ありありと夢に顕《た》ち病める肉群《ししむら》なでて行かしぬ」の歌ともなっているが、彼はこれを「浄きまぼろし」とする一方で、「身を鞭打つても猶足らぬ悲しみは、夢に女犯の罪に到らんとして驚いて目覚め」たことの告白をあえてしているのである。いわゆる人間の業《ごう》を自らに曝している。一体何を意図してのものか。

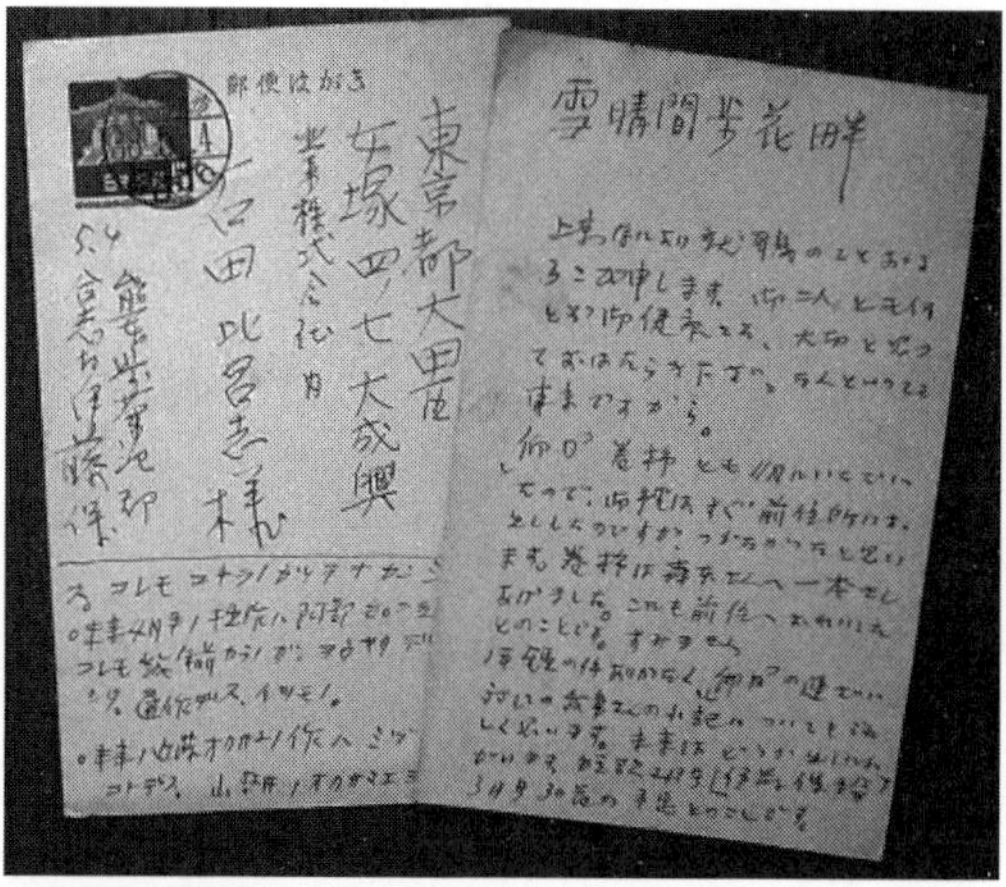

石田比呂志宛葉書

かつて内田が言った「野心」が潜んでいるかも知れぬ。だがそれはつづまるところ一に、歌の昇華を欲してのことではなかったか。たまたま療養所仲間での、「あの人にとっては歌が宗教。一首の中におさまりがいいのならキリストでも仏教でもいいのだから」に符合する。勿論そうした批判を意に介する伊藤ではなかったろう。むしろ歌人としての屹立こそが願いではなかったか。歌集『仰日』を彼は歌壇文壇の有名人に誰彼となく贈り、批評を乞い、来ないと催促し続けたと内田の著『生まれざりせば』にあるが、これも広く認められたい一心からのものであったろう。

ここで今一つ、歌人としてのみでない伊藤について書き添えておく。その一、昭和二十八年らい予防法改正反対に、彼はその対策委員であったが、そこでは自らの提案を掲げた論の展開に加え、本館前の坐り込みにも加わっている。その二、凡そ同時代に問題となった藤本松夫事件―本人否定の殺人事件―の救援活動に人権問題として最後まで取り組んだのであった。

このように、事に当たっては常に行動の人であった伊藤である。

その後昭和三十二年三月、彼は菊池恵楓園の機関誌「菊池野」の編集人となる。その編集だよりに、彼は先ず「明るい人間関係」を説いている。そう書かねばならぬ園内の雰囲気であったのか。その沈滞した空気を刷新したい思いの伝わる内容で、いかにもその先導者たらんとしたのであろうか。

だが病む伊藤の身は次第に悪化し、僅か五号をもって退くこととなる。

芽ぐみたるさくらに寒き雪しぐれ伊藤保が病篤き日　津田　治子

彼女の歌集『雪ふる音』に見るが、むしろ治子の方が先に他界する。そしてその二か月後に伊藤保は五十歳の生涯を終えた。彼の願いの通り、歌人としての名を残して――。

【参考資料】
石田比呂志「伊藤保序論　その生死の間」「伊藤保ノート」『夢違庵雑記』短歌新聞社、昭和五十二年九月
松下竜一『檜の山のうたびと』筑摩書房、一九七四年

宗 不旱

明治17年（0歳） 五月十四日、熊本市上通に生まれる。本名耕一郎。家業は当時、養蚕具商。

明治23年（6歳） 熊本県鹿本郡来民町の祖父嘉七の家に住む。

明治30年（13歳） 済々黌卒業間際に退学。長崎の鎮西学院を卒業。

明治34年（17歳） 筑後八女郡大淵村の小学校教師となる。初めて歌を作る。

明治36年（19歳） 俳句を始める。

明治37年（20歳） 二年前に入学した熊本医学校を中退上京。同じ下宿に窪田空穂を知る。短歌に身を入れる。

明治39年（22歳） 母急死。十月会に入り、植松寿樹・松村英一らを知る。

明治43年（26歳） このころ継母の姪と結婚、まもなく離婚。

明治45年（28歳） 朝鮮に渡り、満州から北支・中支・南支と渡り歩く。硯刻の技術を覚え、路傍に商いつつ各地を放浪。台湾に渡り、傍ら作歌する。

大正12年（39歳） 帰国して上京。

大正13年（40歳） 松村英一のすすめで「短歌雑誌」に、「私の見た現代代表歌人の歌」を11回連載。花田比露思を知り、「あけび」に投稿を始める。

大正14年（41歳） 『新釈柿本人麿歌集』出版。立命館大学学長中川小十郎の経済支援を得、万葉集研究に専念。

大正15年（42歳） 米村咲と結婚、長男生まれる。

昭和3年（44歳） 経済支援打ち切られ、碑文谷から雑司ヶ谷、さらに上板橋江古田新田へと転居を重ねる。

昭和4年（45歳） 第一歌集『筑摩鍋』刊行。改造社刊『現代日本文学全集』の「現代短歌集」に二十首収録。硯石採集のため台湾に渡る途中、熊本の歌人たちと交流。

昭和6年（47歳） 改造社刊行短歌講座『歌人評伝篇』に「平賀元義」を書く。父没。

昭和15年（56歳） 離婚。

昭和16年（57歳） 第二歌集『荔支』出版。この間、次々と子を亡くす。

昭和17年（58歳） 中風症再発。水俣・松山・八代など転々とし、五月三十日、阿蘇内牧の達磨温泉を出て消息を絶つ。

青き浪たかく溢るるその浪に君をうかべてよもすがら寝ず

ああ革命。われにも何か起れかし。団栗の実のころぶ冬なり。

はすのみのとびてかへらずちちのみのひとりのちちをすててかへらず

初期歌篇（『宗不旱全集』より）

元日は為べき事なし漆《うるし》とり壊れ硯を継ぎてあそぶも

床の上に花ひと種《くさ》もかざりえぬ春にはあれど子と遊びて足る

たづね来て立ちし質屋の門《かど》のくち吾妹《わぎも》はいりねわれはここにたたむ

三歳《みつ》になりていまだ脚《あし》たたず天井のふし穴のぞき目はり叫けぶも

見あげつつ槻《つき》と欅《けやき》の差別論妻とわがする雑司ヶ谷の道

子とをれば思ひは充たる取りて打つ太鼓てこてこ秋の夜らかも

ふところに幼児《をさなご》掻《か》きとり乳の饅さげつつぞ来《こ》しけふの花見に
歌人《うたひと》かなんぞのやうに見られては恥はなからずや背《せ》はと書きたり
鍋の尻かきつつをればそこらべに動くものあり草芽ならしも
花あやめイロとバクチに堕ちはてし頃もありしかわが世の中に
懐ろに匕首《あひくち》とりつ場《ば》のまなか見すゑし思《も》へば身もかはりたり
魂《たま》しあはば身のすゑなどは人言の云ふにも足らじ魂しあへこそ
自動車をおりてわぎ家《へ》の道も狭《せ》にゆるる稲穂の香を浴みにけり
『筑摩鍋』昭和4年
口もとにトマトの汁をしたたらしゆきにしといふすずし君はも
面解《おもと》けて義歯《いれば》はづれてゐましけむその夜の父をおもひゐるにけり

七歳《ななつ》をばかしらに三人《みたり》ならばせて酔のみつれば涙しながる
烏賊《いか》につけし昔わすれぬひともじのぐるぐる巻《まき》を喰《くら》ひつ飲みつ
身の破滅一歩のまへにある如し河豚《ふぐ》がよろしと飲みはじむれば
中新井住みつくものと植ゑもせし庭樹の数も売りてしまひぬ
世をばふるその日その日のはかり米ふくろのものを店頭《みせさき》に買ふ
故里になほ身を寄する家ありて春辺を居ればうぐひすの鳴く
宗翁とよびかけられてかへりみぬ浮ぶゑまひのなほありや我に
曇りぞら低く覆へば阿蘇冬嶺《ふゆね》なべての山はいただきを消す
ここにしも国のわざはひ来し如し牛の糧《かて》さへ阿蘇人の得ず

『茘文』昭和16年

沖つ凪曇となるかこのゆふべ天草見えず野母《のぼ》もまた見ず　（田結）

立ちがけにあなめでたしや茹《ゆ》でたての卵二つを人のたまはる　（伝松の家にて）

ゐみかはすかほひとつなき家ながらすわれば照らす夜の燈《あかり》かも　（夜のあかり）

去るなとは我はいはぬに水鳥のあなあわただし立ち去りにけり　（水鳥）

残しある花生《はないけ》とりて枯菊の無惨の花は塵溜《ごみだめ》にすてぬ

浅草のちんやにあがり父と子が今宵《こよひ》をかこむすき焼の鍋　（子に別る）

走りゆく子のうしろかげに浅草の夜《よ》の燈火《ともしび》をわが見てゐたり

身の行方こころのゆくへいづれとも知らねど拝む香椎の宮に　（離京）

高木護編『宗不旱全集』五月書房、昭和五十八年刊

解説

阿木津　英

昭和四年刊『筑摩鍋』は、宗不旱の第一歌集である。十年間の中国大陸放浪生活から戻った大正十二年、四十歳前後の歌からおよそ六年間の歌をおさめる。和紙製本菊判の異色本で、冒頭「序言にかへて」に「先づ一本をとりて、故、李、順、高本紫溟先生の英霊にさゝぐ」とある。高本紫溟は、江戸時代の儒学者、藩校時習館の教授であり、漢詩人。また、本居宣長や高山彦九郎とも交流があり、肥後国学の祖と言われる。その漢詩を若い宗不旱は愛したというが、歌人ではなく、あえて古い時代の国学者をおのが歌集の冒頭に掲げる。さらに「巻末記」に、「私は微々たる一硯工です。私は歌人といふではありません。すくなくとも、今日歌壇の作歌者流でないことだけは申し上げておきます」とも記す。

若き与謝野鉄幹がそうだったように「歌人」をもって立つことを恥ずるという、一種古風な美学をあえて押し出すのである。昭和初頭、さすがに時代錯誤には感じられたであろうけれども、そういうあり方を理解する層がなお残存している雰囲気があったのだろう。大正・昭和と滔々と進んでゆく底流に、反時代的な一潮流が渦巻いていた。

帰国後、花田比露思と意気投合し、以後その主宰誌「あけび」をよりどころとする。歌風は、その関西根岸派に通う。関西根岸派は、島木赤彦・斎藤茂吉ら「アララギ」青年歌人たちの〝新しがり〟に与しない、万葉集を重んずる子規系統の別派である。不旱は北原白秋・斎藤茂吉に対して厳しい評価を下す。このような芸術派は不旱らからすれば〝新しがり〟だった。「すくなくとも、今日歌壇の作歌者流でない」という宣言には、市場経済を背景としつつ歌集を次々に出版し、「作家」「芸術家」をもって身を立てるという、近代的な存在様式に対する違和が籠もっているだろう。十年間の空白ののち帰ってきた不旱のこの反時代的な表白は、思う以上に当時の歌壇ジャーナリズムに迎えられた。

しかし、不旱の青年時代の歌を見れば、そのような側面ばかりではないことがわかる。

青き浪たかく溢るるその浪に君をうかべてよもすがら寝ず

十月会合同歌集『黎明』・明治43年刊所収

ああ革命。われにも何か起れかし。団栗の実のころぶ冬なり。

九州日日新聞「二月の光」・明治44年2月

牧水・啄木の影響など、充分に新しい時代の波をかぶっている。不器用な作者ではない。大陸放浪十年間の空白が、進取の気性と復古の気風と矛盾する両面の一方を削ぎ落とし、持ち前の復古の気風を際立たせたのであった。

根岸歌えよまぬわれの身を退《そ》きてあるしまさらむ寂《さ》ぶしくあるとも

そんな壮士風の不旱が、自らの歌集に『筑摩鍋』と名づけ、冒頭の序歌に「あふみなる筑摩の祭とくせなむつれなき人の鍋の数見む」（伊勢物語）を掲げる。筑摩鍋とは、女たちが交渉を持った男の数だけ鍋を重ねて被り、神幸に従ったという平安時代から伝わる筑摩神社の祭に由来するもの。さらに、大伴家持にあてた笠女郎の相聞歌を掲げてもいる。不旱に相聞歌はなんとも不似合いなようだが、じつはこの一巻は、十八歳年下の妻咲にささげる抒情歌集でもあった。老いそめて得た小幸福が、一巻をほのかにつつんでいる。

魂《たま》しあはば身のするゑなどは人言の云ふにも足らじ魂しあへこそ

萩の芽をひと芽ふた芽とつむに似て恋は摘まるゝものにかもあらむ

巻尾の一連。『筑摩鍋』は、歌をおおよそ逆年順に並べる。東京で女子師範に通っていた米村咲とは、姻戚関係にあった。三重の近親結婚ということで郷里では強い反対があったという。魂合う二人でさえあれば人の言う身の末など何でもないことだと、四十三歳にして恋を得た不旱がうたう。

「歌人《うたひと》かなんぞのやうに見られては恥はなからずや背《せ》はと書きたり」「うつし世の人中にして口《くち》広《ひろ》にものはな云ひそ背《せ》はと書きたり」——旅行中の不旱に手紙の入った小包が届いた。手紙には、不旱の性格を知る若い妻が戒めの語を書いてある。まさしく己が理解者と、欣然たる笑まいの図である。

ふところに幼児《をさなご》掻《か》きとり乳の罎さげつつぞ来《こ》しけふの花見に

見あげつつ槻《つき》と欅《けやき》の差別論妻とわがする雑司ヶ谷の道

しかし、生まれた長男は、三歳になっても足が立たなかった。後援者の経済支援も断たれた。硯はそう売れるものでもなく、生活は徐々に窮迫するが、それでも『筑摩鍋』時代の歌は、なごやかでのびやかである。つつましい幸が紙背に感じられる。

歌集『茘支』は、昭和五年から十六年までの歌をおさめる。昭和六年の満州事変勃発以後、いわゆる十五年戦争の時代に入ってゆく。時代とともに、硯工不旱の生活もまた窮迫の度を増した。

五人生まれた子の二人までが精神薄弱児であった。

古下駄は母が持つなりやよ久《ひさし》からかさ持てよ我は徳利もたむ

世をばふるその日その日のはかり米ふくろのものを店頭《みせさき》に買ふ

身一つを昨日《きのふ》にも似ずもちくづしゐるとしりつつ怪まぬかな

故里になほ身を寄する家ありて春辺を居ればうぐひすの鳴く

歌縁・地縁のある関西方面や熊本方面に長逗留する日が続く。熊本には歌人不旱を厚遇する人脈があり、不旱の国士風な狷介不羈の肌合いをよろこぶ人々があった。「なほ身を寄する家ありて」の「なほ」には、万感の思いがこもる。

ついに一家離散し、妻は去った。昭和十七年、米英に宣戦布告直後の緊迫した喧噪のうちにあって、誕生月五月に不旱は消息を絶った。歌集『荔支』を出版して一年のちのことである。

清田由井子
（歌人・現代短歌南の会「梁」所属）

生涯

宗不旱が消息を絶ったとされる鞍岳は、阿蘇外輪山に連なる山で、その西方には不旱の故郷山鹿市来民《くたみ》の里が見渡せる。もし命終の場所を求めたとすればこの深葉の山をえらぶにさほど迷うこともなかったであろう、と納得もする。

宗不旱は明治十七年、熊本市上通にて相当手広く養蚕具商を営む父嘉次郎、母寿江の長男として生まれたが幼少の頃は来民で錺屋《かざりや》の屋号をもつ祖父の膝下で育った。来民は渋団扇で有名でのちに不旱は「くちなしの実もて色塗るふるさとの来民の団扇春の日に干す」、と明るき感傷を歌っている。宗家の寵愛を一身に受けて育った不旱であったが次々に一家の期待を裏切ってゆく。熊本医学校も二年で中退し、更に医学を究めんと上京したのは明治三十七年、東京湯島天神下の下宿伏龍館に寓し窪田空穂と相知った。短歌にのめり込んだ不旱はこの文芸志向のおかげで折角の医学の道を閉ざすこととなった。この頃十月会に入り植松寿樹や松村英一などを知り短歌や詩を発表している。第一の結婚に破れて故国を去り朝鮮、中国大陸、台湾へ放浪の旅へ出たのは明治四十五年、さながら亡命者のようであった。杜甫や李白の詩を実地に味わい後の生業となる作硯の技を磨き硯の路上商をしつつ糊口をしのいだ。が、いよいよ零落した不旱は十年ばかりの旅に見切りをつけ、空穂の家に卒然と現れたのが大正十二年関東大震災の四日前、麻のゆかた一枚に柳行李一つをぶらさげ乞食同然の姿であった。見捨てることの出来ぬ空穂に小遣い銭までまかせ居候は翌年三月まで続いた。

不旱二十三歳の時母が脳溢血で急死した。万葉を読み和歌をよくし業平の歌を読み解いてくれた誇り高い母。思えばこの母の死が宗家の悲劇のはじまりだった。「天地にひとりの母をうしなへば薺花さへ眼にふりにけり」、その嘆きをこう詠んだ不旱、その深層部にはかなりの打撃を受けた。

「短歌雑誌」に歌人評「私の見た現代代表歌人の歌」を書き出したのは大正十三年松村英一のすすめであったがその評はどれも不遜無礼なものばかりで白秋や牧水にまでずばずばと舌鋒をふ

るった。松村はそれを背信行為としてのち交際を断つ。不旱が拠った「あけび」主宰花田比露思は、「微々たる一硯工」などと卑下しつつも生来の自尊心と傲岸さが時に顔を出しそれが人の歌を容易に許さなかったのではないか、と言う。花田とは「短歌雑誌」の筑波歌談会で友情を深め長く続いた。ぞんざいのように見えても歌には凝り性の人であったようだ。その頃『新釈柿本人麿歌集』を出版する。

大正十四年には「再び踏むまいと思ひ捨てし」故郷の地に踏み立ち熊本歌壇の中心的存在だった安永信一郎に遇されたり幼時過した錺屋の剝落ぶりも目のあたりにした。久びさに郷里のぬくもりにひたった不旱は、突然に「歌壇勇退」を宣言する。が、「歌を捨てるには無之…」などと書くところが不旱らしくおもしろいのである。おそらくこの時点で立命館大学学長でさきの台湾銀行副総裁であった中川小十郎の知遇を得、万葉集研究のため経済的援助を受けることとなったのであろう。

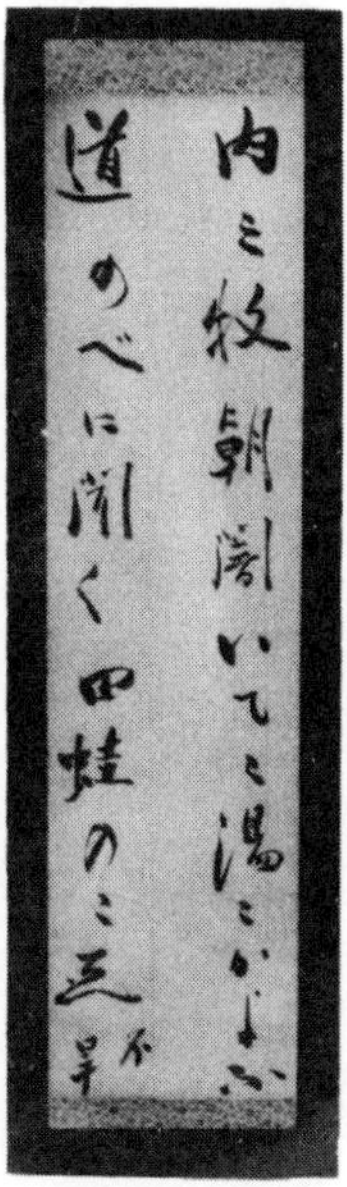

不旱が昭和十七年五月三十日阿蘇内牧の達磨温泉に書きのこした絶筆の歌――安達一雄氏蔵

米村咲と再婚したのは四十三歳の時で咲二十三歳、親子ほどの年齢差で二人はいとこ半同士であった。新居は東京碑文谷。「浮藻葉《うきもは》のただよひし日はひと目をもわれは見ざりし庭菊の花」と詠み「流離の生活十年におよべり、今にして漸く安居せしものの如し」と詞書をし第一歌集『筑摩鍋』に収めた。中川の十分な支援もあって人並みの暮しがやっとめぐってきたかに見えたがその安穏もそう長く続かなかった。次々に生まれた子どもの内、長子研一郎と五子石生の身に障害があらわれ三年たっても脚はたたず知能にも遅れが目立ち死亡。その上中川よりの支援打ち切りもあり貧窮の中に長女浜路も急死し他の子も次々と病に倒れた。頼れる者のない咲は不旱を枷から解放し歌一筋にしてやりたいと働きに出ることを決意する。不旱の心身も衰えてゆき、一家は離散した。不旱は生後半年の二女由布子を抱き帰郷したがその子も死亡。知友熊本の「日本談義」主宰荒木精之は誌面を提供し居候もさせずいぶん世話をやいたようだ。知友の家を転々とし「そのうち深葉山のようなところで人知れず消えるつもりです」ともらすことも多くなった。「生活の道に下手」な不旱は、第二歌集『茘支』だけがただ一つの恃みであり矜恃であった。そこには「言はん方なき淋しさ」が含まれ子らへの情愛が切々と歌われている。終焉の時は見えていた。昭和十七年五月、五十九歳の不旱は『茘支』一冊を道づれに阿蘇へ向った。そして、深葉の山に入ってゆき、ふる里の山に消えた。

【参考資料】

宗不旱特集「日本談義」日本談義社、昭和二十六年六月
宗不旱追悼号「あけび」あけび編輯所、昭和二十七年九月
思い出の宗不旱「日本談義」日本談義社、昭和四十七年五月
荒木精之『宗不旱の人間像』古川書房、昭和五十二年
安永信一郎『熊本歌壇私記─私の短歌五十年─』東香社、昭和五十三年
中村青史『窮死した歌人の肖像─宗不旱の生涯─』形文社、平成二十五年

黒木傳松

明治33年（0歳）　宮崎県日向市日知屋に、父松次郎、母マツの一人息子長男として九番目に生まる。父は鍛冶屋。東郷村坪谷で育つ。若山牧水と同村。

大正3年（14歳）　高等小学校卒業。父について鍛冶工となる。

大正7年（18歳）　「創作」（若山牧水主宰）に入社。

大正10年（21歳）　黒木ナカと結婚するもまもなく離別。父死去。

大正11年（22歳）　母死去。郷里を出る。呉服京染店を熊本県泗水村で営む姉を頼り、その店員となる。若山牧水を慕って上京。道路工夫に、ついで特殊鋼工場の工員となる。

大正12年（23歳）　関東大震災にあう。

大正13年（24歳）　熊本に帰る。翌年、尋常小学校準訓導となる。後年、試験検定により小学校正教員となる。

昭和3年（28歳）　河北まさ子と結婚。若山牧水死去。

昭和6年（31歳）　歌集『樹木を愛す』発行。三十五部。私家版。

昭和8年（33歳）　牧水七回忌。牧水直伝の朗詠を大悟法利雄とレコードに吹き込む。

昭和20年（45歳）　戦災にあう。無一物で終戦を迎える。

昭和21年（46歳）　熊本県菊池郡泗水村で鍛冶屋開業。

昭和22年（47歳）　八人目の子が生まれ、五男三女の父となる。

昭和29年（54歳）　第一歌集『野鍛冶』を日本談義社より発行。

昭和31年（56歳）　「杉」創刊。黒木傳松主宰。

昭和33年（58歳）　精神分裂症のため入院。二年四ケ月ののち退院。天理教の信者となる。

昭和36年（61歳）　四年八ケ月、五十七号をもって「杉」廃刊。

昭和42年（67歳）　脳軟化症のため死去。

昭和44年　歌集『野鍛冶以後』を黒木傳松遺歌集刊行会より発行。

一心に鍛冶屋をやつて食うてゆく我の心を今日は尊む　※

腹這ひて煙草くゆらすわが父は五十八年間世に生きてをる

大正7年

日の本のおきてかしこみ徴兵の検査を受くと吾は行くなり　※

玻璃窓に雨の細きを眺めつつ「気ヲ付ケ」を習ふ兵隊われは

すめろぎの国の兵士とつどへども寂しかりけり人間われは

大正10年

手を放てばガクリと首の項垂《うなだ》るる父の頭を剃りてやりつる（父の死）

双《もろ》の手を合せし父はとこしへにこの土の中にじっとしてゐる

逃ぐるがごと村を離れて来りけり汽車は山をめぐり川辺を走る（離郷）

先生に逢ひ得てわれは嬉しくて、これが牧水としげしげ見たり（沼津市、創作社）

大正11年

通りゆく美《は》しき少女《をとめ》と鶴嘴《つるはし》をうち振るわれと風に吹かるる

窓そとは雪降る雪降るすさまじき機械の中にわが働けば

モーターのはたと止みたり、いざ飯《めし》と槌おけば淋し吾の生活《たつき》の

煙にまみれ汗によごれて日をひと日稼ぐすなはち一円を得る

教師なる黒木傳松子供らに屋根の屋の字を教ふるところ

温かき君が手膝にとりゐつつ如何にせよとのわが心かも

よき日なり人あらぬ田の藁塚《わらつか》の影に汝《な》が居る吾を待ちをる

草鞋ばき尻端折りし牧水を富士に天城《あまぎ》におきて憶はむ（牧水死去）

昭和3年

木の梢《うれ》の櫨の實採りは枝ながら風にゆられて歌ひつつ採る

あらがねの鐵焼く野鍛冶七人の子を育てむと鎌うちに打つ（鍛冶屋開業昭和21年）

敗戦の世に生くべくは形振《なりふり》のいらぬ世過ぎと鍛冶屋を吾は

隠沼《こもりぬ》の隠《こも》る世過ぎに添はまくとわが家妻は装《よそほ》ひもなし

一円も無き日を妻が明るきに吾が語調やや媚びをる如し

八人の子には八枚の夏衣がいる、蟬はあちらで鳴かしてくれよ

嵐野に身悶えをする裸木よ、ゆきてその幹に掌《て》をば置かむか

人間は手を振るものか、荷を持たぬ片手ふりふり人遠くゆく

夕日照雨《ゆふそばえ》天《てん》に圓《まど》かの虹なれば見上げゐて吾は抱かるる如し

酔いて妻に帰る野中の一本道、ゆらりふらりと笑ます月かな

銭少し入りて嬉しき夕餉にて、ひとの戀などを言ひ出づる妻

※は『野鍛冶』に掲載されていない。歌誌「創作」に掲載。

『野鍛冶』日本談義社、昭和二十九年刊

暑き日の鍛冶は疲れて夕暮れは気もすさみをり子等よふるるな

一日の鍛冶清かれと庭を掃き朝の始めの清水をみたす

火処の火の極まり鉄をとかす色わが一徹はここより生る

貧のため歪み生きて必死なりし演技もやがて終りゆかんか

海《うな》ぞこの魚《うを》も享《う》けたる生なれば砂に鰭《ひれ》ふり目を開けて生く

『野鍛冶以後』黒木傳松遺歌集刊行会、昭和四十四年刊

解説

五所　美子

腹這ひて煙草くゆらすわが父は五十八年間世に生きてをる

酔ひ果てては妻を疑ひ子を疑ひ怒りさかまくこれが吾が父

十九歳作。病に倒れた父に代って一家を支えている。家業は鍛冶。「創作」の月評で牧水は「誇張もせぬ、泣き叫びもせぬ生一本の心がそのまま三十一文字に現はれてゐる」と高く評価した。

手を放てばガクリと首の項垂《うなだ》るる父の頭を剃りてやりつる

わが父の眠る墓所の砂にゐて砂とあそべば眞晝さびしさ

父が死んだ。カメラより冷静な目である。傳松は元来感情が強く感傷の人でもあった。

日の本のおきてかしこみ徴兵の検査を受くと吾は行くなり

二十歳になった男子は徴兵検査を受ける義務があった。皇国の臣民として胸を張る素直な若き日の傳松がいる。しかし、その九年後、二十歳の彼はいない。

機械のごと擧手の禮して己が名をおのれ呼ぶ顔、天つ日のもと

箇閲點呼じりじり暑し樗青葉にそよとの風も吹きは出でざる

ふるさとに帰って箇閲点呼を受けている。「機械のごと擧手の礼」する傳松からは、感情が削げ落ちている。樗青葉に風はない。彼の心にも風は吹き通らない、蒸し暑さ。この九年間に経験したものは何か。東京での挫折、小学校卒の代用教員となった今の身の不如意である。心が荒む。酒に逃げる。文学の短歌への夢はあれど石に嚙みつく一心の難行苦行はできない。

父母の死後、牧水を慕って上京した。世界不況のどん底で、就職難の時代であった。

通りゆく美《は》しき少女《をとめ》と鶴嘴《つるはし》をうち振るわれと風に吹かるる

道路工夫となった。清らかな叙情の奥にふかい悲嘆がある。

「不馴にて苦痛甚し」と詞書にあるこの職は二ヶ月で終り、食客一ヶ月ののち、「創作」歌友の奔走により特殊鋼工場に入った。「職工の歌」や「夏の工場」の一連は、熱気を帯びた労働の現場が、緊張感や高揚感をもってリアルに表現されている。

蒸汽ハンマの蒸汽あえぎて槌打つ音ひねもすなれや夏の工場《こうば》に

赤熱の鐵するすると伸び走る、壓延機まなく轟けるなか

前者は、昭和初期の土屋文明の歌「小工場に酸素熔接のひらめき立ち砂町四十町《すなまちしじつちやう》夜ならむとす」の先蹤かと思わせる。後者は、昭和三十年代の佐藤佐太郎の「平炉《へいろ》より鋳鍋にたぎちゐる炎《ほのほ》火の真髄は白きかがやき」などを想起させる。しかし、文明も佐太郎も第三者、客観の人として、工場地帯を労働の現場を迫真の眼をもって対し歌った。傳松は労働の当事者である。労働は日常であり生活そのものである。

窓そとは雪降る雪降るすさまじき機械の中にわが働けば

汗と煙に眞黒き吾等働き入り騒音むしろしんと静まる

窓の内の機械の音、窓の外を覆い尽くす盛んな雪。両者が競いあうかのように交錯し交響している一首目。「騒音むしろしんと静まる」の二首目は、生きて動く機械の轟音の中で一心に不乱に働いている者にしか感受できない空気である。傳松が歌ったのは労働の喜びのみではない。基調となすのは、折々垣間見させる孤独感と苦悩であった。

モーターのはたと止みたり、いざ飯《めし》と槌おけば淋し吾の生活《たつき》の

煙にまみれ汗によごれて日をひと日稼ぐすなはち一円を得る

安い賃金。鉄工場の仕事は鍛冶の腕を生かせたが、心身の疲労は増してゆく。

よき日なり人あらぬ田の藁塚《わらつか》の影に汝《な》が居る吾を待ちをる

古代歌謡を思わせる相聞歌。純朴な傳松にはこんな歌が似合う。
彫琢するのでなく、飾りのない生地のよさが彼の歌の身上である。
牧水はハガキで「おくさんあなたの力で傳松を更正させて下さい、頼む」と書き送った。
熊本県泗水村で鍛冶屋を開業した。昭和二十一年、四十六歳になっていた。八人目の子が生まれようとしていた。

敗戰の世に生くべくは形振《なりふり》のいらぬ世過ぎと鍛冶屋をわれは

亡父《ちち》がのにそぶりわが似る鍛冶屋ぶり金焼小唄歌ひいでつつ

野鍛冶わが朝の始の槌打つや森にはとよむ百鳥《ももとり》のこゑ

よぼよぼの鍛冶屋の爺《ぢい》とならむとき涼しかれよわが哀《かな》し兩《りよう》の目

傳松は帰るべき所に帰ってきた。先祖伝来の鍛冶の血は、彼を蘇らせた。のびやかに自在に力強く、歌が次々と生まれる。長いブランクがあったが、彼独自の歌の世界がひらかれてゆく。
「よぼよぼの鍛冶屋の爺《ぢい》とならむ」未来を予祝する傳松だが。

嵐野に身悶えをする裸木よ、ゆきてその幹に掌《て》をば置かむか

夕《ゆふ》日照雨《そばへ》天《てん》に圓《まど》かの虹なれば見上げゐて吾は抱かるる如し

人間は手を振るものか、荷を持たぬ片手ふりふり人遠くゆく

情感ゆたかに、しみじみと温かく、人生の味わいをたたえた歌が多く生まれた。傳松は言う。「歌は結局は感傷だらう。感傷とは容易ならざることである。さうだらう。第一人は憂ふる人なり。〝優なり〟であり、憂ひには大小深浅軽重種々あるのだから」と。若い日に歌を甘くし湿らせる嫌いのあった「感傷」は、年月を経て個性特長へと昇華した。

貧乏は相変らずであったが、人生で最も充実した日々を送っていた。しかし、傳松に精神分裂病という苛酷な運命が待っていた。入院退院、信仰の道へと身を置いたが、いかなる時も歌を詠み続けた。

幾らかの矜持もありて解剖の刃はみづからに向けて澄ましむ

自分を知ることは人間を知ること。自分の中の善も悪も美も醜も見逃さず、これ表白せねばならない。求道の精神が常にあった。

本田　節子
（作家・歌人）

生涯

歌人黒木傳松は若山牧水と同郷で短歌界では小牧水といわれた。

傳松は明治三十三（一九〇〇）年三月十一日生、昭和四十七年十一月十八日、野鍛冶の家で逝く。脳軟化症で六十七歳であった。

傳松が生れる前の黒木家は八人も女児がつづき、うち五人が早逝、イワ、フク、リンだけが成長した。末女が生れて十四年、もう男児が生まれることもあるまいと、長女イワに婿三木清助を迎えていた。

黒木家の先祖は刀鍛冶、明治になって鍛冶屋になり農地もあって百姓もしていた。裕福とまではいかないがそれなりの生活であった。そこに傳松誕生、父松次郎は日知屋の家を清助、イワ夫婦にあずけ自分は家を出た。港町から五、六〇キロの山奥、宮崎県東臼杵郡東郷村大字坪谷《つぼや》多武の木（現日向市東郷町）、傳松はここで育った。

父の傳松への甘やかしは際限がなかった。通学途中の店に「傳松が寄ったら欲しいものを食べさせ、飲ませて」と頼み、この店でかくうち酒（酒屋で一合枡の縁角にのせた塩を肴に枡の角から立ち呑みする）を覚えた。傳松のかくうち酒は十歳ぐらいからだったらしいから恐れ入る。

脳卒中で父が倒れた。傳松が横座で十二歳の妹ヌイが向こう鎚を打った。

酒精中毒症で五十九歳で父が逝った。父を書いた一文がある。

「父は善良であつた。弱かつた。かなり感受性は敏感であり、自我の強い男であつたらしいが自分自身を鞭ちすぎたのだと思はれる。自分の意志を外には出し得ずに自ら敗者の位置に立つて一人で苦しんでゐたらしい。」

ここにいるのは傳松そのものなのに私は驚いた。そして傳松自身も書いている。

「私も父の轍をふんでずるずると死んでしまふのかも知れぬ。そしてすべてはそれでいいのかもしれぬ。」

晩年の傳松がここにいる。父と子はこうも似るものなのかと思う。

戦後すぐ、私が高等女学校二年の時（年齢的には現中学二年）全校生徒に傳松の講演があり、内容は短歌のことだった。私は母に報告した。母はまさ子夫人はよく家に見えるし、短歌を教わりたいならお願いしておくという。

「創作熊本支社」といっていた短歌会が開かれるのは夜。傳松の自宅での会に出席するのに、当時は外灯などなく真暗な鎮守の森が怖かった。目の前にかざす自分の手さえ見えないのだ。短歌会で歌の朗詠を聞き、腹に響くとはこういうことかと初めて実感した。以来私は朗詠が聞きたいばかりに居残った。ちなみに私の歌が朗詠されることは一度もなかった。

後に傳松は書いている。

「朗詠はどの歌も同じ調子で朗詠するのでなく……短歌人が一首の歌の感動内容を一読直ちに作曲して朗詠するようにならなければいけない。或いはそれがあまりに極端だというなら、せめて一首の歌が表現する感動とその朗詠の音楽的表現とが一致するようにならねばならない」と。

傳松の朗詠は日本一といえよう。何故なら昭和八年に傳松と歌友はＮＨＫの依頼で上京。短歌朗詠のレコードを吹き込んだ。断然傳松のＢ面が良い。高音は澄み低音は落ち着き重

昭和三十一年、「杉」創刊

量感がある。

またその風貌はやや長めの丸顔、坊主頭だったのがいつの間にか七・三に分けるようになった。いつもほほえみをたたえたその慈顔に会えただけで私は安心した。私の結婚の日、席上偶然にも夫となる人が傳松の担任した生徒だったことが判明、当時は自宅から婚家への嫁入りだったが、傳松は花嫁につき添うかたちで婚家先までついてきた。中には当時なかったお酒が飲めるからという人もいた。だが私は傳松の好意が素直に嬉しかった。

昭和二十五年のこの年、私の夫は司法試験に不合格。翌年は受験勉強のために上京。夫留守の間に長男誕生。生活費はゼロ。姑は前年に逝き、舅はいつもにこにこと優しかった。夫上京の間は舅と赤ん坊との暮しに一銭のお金もない。短歌のあることが唯一の支えであった。

私は赤ん坊を背負い、四、五キロの土埃道を歩き師の顔を見に行った。仕事の邪魔はしたくないから師のほほ笑みに会えたら安心して帰った。何故だかは判らなかったが心が落ちつくのだった。


【参考資料】

本田節子『歌人黒木傳松　歌と評伝』熊本出版文化会館　二〇〇三年
黒木傳松「お別れとお詫びの言葉」「杉」昭和三十六年八月
斎藤史「野鍛冶読後」「杉」昭和三十三年三月
二宮冬鳥「『野鍛冶抄』評」「杉」昭和三十三年二月
黒木傳松「自分を語る」「創作」昭和五年七月
黒木傳松「先生を憶ひつつ」「創作　若山牧水追悼号　創刊八十巻記念」昭和三年十二月
都甲鶴男編『牧水の門下生』平成二年十一月

安永信一郎

明治25年（0歳）　一月二十日、熊本市洗馬町（現船場町）に生れる。本名は新一郎。長じて欄間木彫職人として働く。

明治42年（17歳）　森園天涙が熊本を訪れた折の歌会に出席。作歌を志す。

明治43年（18歳）　大眉朝果の「明眸」、茂森白影の「極光」に参加。

大正6年（25歳）　福岡の博覧会に木彫欄間を出品、金牌一等を得る。「水甕」に入会。

大正7年（26歳）　このころ、春子夫人と結婚。熊本の徒歩町に新居を構える。

大正9年（28歳）　長女蕗子（歌人安永蕗子）生れる。

大正10年（29歳）　宗不旱と交流始まる。

大正11年（30歳）　「水甕」同人。

大正13年（32歳）　合同歌集『溪木集』に参加。

昭和2年（34歳）　斎藤瀏らと「熊本歌話会雑誌」を創刊。木彫を廃し、水道町に書籍雑貨店立春堂を開店。

昭和5年（37歳）　次女道子（作家永畑道子）生れる。

昭和11年（44歳）　九州日日新聞歌壇選者となる。

昭和20年（53歳）　熊本日日新聞歌壇選者となる。

昭和21年（54歳）　第一歌集『一年』刊行。「水甕」退会。「草雲雀」を創刊主宰。

昭和22年（55歳）　「草雲雀」を発展解消して「椎の木」を創刊。

昭和24年（57歳）　ＮＨＫ西日本歌壇選者となる。

昭和26年（59歳）　第二歌集『大門』刊。

昭和36年（69歳）　熊本県近代文化功労賞を受賞。

昭和41年（74歳）　三月、春子夫人、六十八歳で没。

昭和50年（83歳）　勲五等瑞宝章を受章。

昭和52年（85歳）　第三歌集『連山』刊。

昭和53年（86歳）　『熊本歌壇私記』刊。

昭和59年（92歳）　第四回荒木精之文化賞を受賞。

昭和63年（96歳）　熊本内科病院での入院生活を始める。

平成3年（99歳）　五月四日、没。

小刀の研ぎ刃《は》に寫る空の色あさはすがしく晴れにけるかも

柵に掛けて妻の干したるをさなごの裍《むつき》の上に散る枇杷の花

貧しさに搗きて少なき餅なれど數へつつ子はよろこぶものを

背後《うしろ》よりおくれ來る子が西の燒け紅《あか》しといふに我《あ》も返り見つ

この秋の蠶の安價《やす》さ米の安價《やす》さを言ひて値切らる我が彫る品も

垂り雲を洩る日は海《わだ》の遠寄りにひとときき明く照りにけるかも

立ちとまり子にも敎へて仰《あふ》ぐには寂しきかなや杉の木の花

越しゆきしバスの埃のしづまれば日に照り白し道の蒲公英《たんぽぽ》

樵夫《きこり》らが柴火に炙《あぶ》り食《く》らふ見ればば春の占治《しめじ》の山にたつ頃

梅檀の梢《き》の殘《のこ》り實《み》に來る小鳥影をおとせり疊の上に
温かき春の夜の雨わすれゐて濡れたる門《かど》の國旗を入るる
金鱗のかがやく魚介下げて來し不旱と逢ひぬ夢のなかにて
終戰の後の寂しきわが家にありつきて育つ仔《こ》犬二匹も
焼け跡ゆ妻の拾ひ來しゆがみ鍋これのひとつに夕餉をかしぐ
友の家をたづね求《と》め來て玄關のたたきにこぼす傘の滴《しづく》を
蟋蟀が寒夜の床《ゆか》に鳴く聽けば慚愧慚愧と呼ばうがごとし
偶たまは天のま洞《ほら》に湧く雲のゆたけきを見む店をりながら

『大門』ふたば書林、昭和二十五年刊

放《はふ》り捨てる如おきてゆく小銭の皺のばしをり日すがらの雨

百貨店のなかを通りて過ぎゆくを常とせり百貨店の匂はよろし

心しづめむよすがをもがも商人の信一郎をあはれみたまへ

あした我が掃く門《かど》の土アメリカにいまだあやかる日本国の土《つち》

街の上に阿蘇の群嶺《むらね》がこの日見ゆ夕日の前の淡きむらさき

昼の餉《げ》に呑みくだしたる鶏卵ひとつその鶏卵をやがてしてあはれむ

それぞれにのがるべからぬ運命の犇めきあへり皆汗くさく

銀行の借りをなほして来し妻がまれに明るき面もちをする

時雨くれば犬あたふたと犬小舎にひそむそれからやがて日の暮れ

草の上足投げ出して考へる純真はここにまたかしこにも
繋《つな》がれてをれば轢かれることもなくやすけき犬と年越えにけり
にんげんの命のながれとどめかね掌《て》をおきてをり終命《いまは》の妻に
寝具《やぐ》あげてつぶやく朝のひとりごとにんげんは生きて退屈をせり
迷惑をかけるではない吾が昼臥《ね》ねむる少時《しばし》をこよなしとして
ひそか夜の寝《い》ねぎはに落ちし柿の実のひとつの音のおほきかりけり
生きてきしばかりの俺とさざんかの花に言ひたりこの一年《いちねん》を
芝原を埋めし落葉のうへ踏めばこの世のはての声きくごとし

『連山』平凡社教育産業センター、昭和五十二年刊

解説

黒瀬珂瀾

八十年にもわたる作歌生活を通し、安永信一郎は一貫して「市井」の詩を紡ぎ続けた。九州歌壇の隆興に力を尽くす一方、自身の歌集刊行には恬淡としていたため、魅力あふれるその歌が広く知られているとは言えない。だが、信一郎の歌には市井生活を無名性の中に一歩一歩進む者の多くが共感する詩情が満ちている。

堅木刻る我が小刀の刃こぼれてこの日さみしき風ぐもりかな
疲れつつ錐もみをれば夕ちかみ門の樹に来てつくづくし啼くも
庭に射す陽は昼ふかしたまたまに寝入りたる児の蠅おひてやる

信一郎の初期作品においてその作家性が最も如実に出たと思われるのが「こがたな」五十六首。これは水甕同人の合同歌集『溪木集』（大正十三）にそれまでの歌を纏めたもので、『大門』にはその一部のみ収録された。若き日の信一郎は木彫工芸を生業としたが、その精緻な造形作業から感得した鋭敏性と美的感覚は紛れもない。右は「こがたな」から引いた。一首目、刃が小さく欠けた瞬間に曇り空へと移る連想が実に繊細。二首目も錐の鋭さと晩夏の蟬の哀愁の取り合わせが美しい。どちらも硬質な抒情と柔和な感情を巧みに合一させる点に信一郎の特徴がある。

そして当初より彼は、市井の「生活感」を巧みに詩に写し取ることをテーマとしていた。三首目も昼の光が差し込む中に幼児の生を描写し、一首には静かな祝福感が満ちている。

信一郎には元来こうした精緻で鋭敏な感覚があったようだが、地元の先輩の紹介で入会した

「水甕」の叙景美を尊ぶ気風も、その育成に大きく影響しただろう。その一方で「作品的な魅力では當然、茂吉、千樫の方にあつた」（『大門』後記）と述べるように、信一郎は初期アララギの生命主義的な歌風を理想に抱いてもおり、特に斎藤茂吉からの影響は終生非常に大きかった。

犬族のとほなが吠《な》きの聲きこゆ燒原の街霜ふるらむか
老慘のわれに見よとぞひと群のかなめの嫩葉陽に透きとほる

右一首目は『大門』より。「長鳴くはかの犬族のなが鳴くは遠街にして火は燃えにけり」（『赤光』）の本歌取りであり、元歌の哀歓を終戦直後の荒廃した街への思いに転換している。二首目は『連山』より。当然ここには「沈黙のわれに見よとぞ百房の黒き葡萄に雨ふりそそぐ」（『小園』）をふまえての、齢を重ねてもかわらぬ茂吉への敬慕があったろう。

鑄かけ屋の鑄かけ仕事を道に見て憩ひゐにけりうらら春の日
金鱗のかがやく魚介下げて來し不旱と逢ひぬ夢のなかにて

精緻鋭敏で平明な叙景美、そして、生命主義的共感、二つの志向を《市井感覚》という一点で巧みに混合した信一郎。その歌風をいかに独自のものとして高めてゆくか、そこに安永信一郎の戦後の作歌活動の根幹はあったのではないだろうか。右二首は『大門』より。一首目、上句を快いリズムで満たし、下句を穏やかに纏め文体自体に、市井の同輩である鋳掛屋へ向ける眼差しの優しさが滲み出ている。仕事風景から心の安らぎを感得するヒューマニズムがある。

二首目の「不旱」は放浪の歌人・宗不旱のこと。大正十一年に信一郎は不旱と巡り合い、終生親交を結び、不旱晩年の生活のために尽力した。昭和四十三年から翌年にかけて刊行された『ドキュメント日本人』全十巻（学藝書林）の第六巻『アウトロウ』に、信一郎は伝記「不旱阿蘇山中に消ゆ」を執筆している。不旱の名が一般に伝わるきっかけにもなった。「かがやく魚介」という神秘性と行方不明の友の命を重ねた点に、切実な思いがこもる。

稀なるは総て美し楮の葉の広葉のかげに熟れし烏瓜

自衛隊演習はスポーツ祭典の如《ごと》あるらし土筆立つ野に楽しからまし

歌を離れゆきしはおほかた富をなせりひとり残りて歌の雑誌つくる

街塵を吸ひて我歯に嚙み合はすたまたまにして心《うら》寂しけれ

かくいのち生きてあること有難し朝《あした》の熱き味噌のお汁《つゆ》吸ふ

右五首は『連山』より。一首目、コウゾの葉と烏瓜の取り合わせの裏には、小さなものを見つめ続けて来た人間の視線がある。戦後の信一郎にはこの歌の上句のように、一つの思いを言い切る形が散見される。生の反映として歌を詠む姿勢の表れだろうか。二首目は小市民としての自己を規定したところから発せられる社会批評にアイロニーがある。直接批判はせず少々韜晦した形で疑問の心を詩に絡めてゆくのは、実に現代的でもある。三首目は表面的な自嘲の裏に、歌詠みとしての確固たる自負を込めている。こうした金銭にまつわる歌も信一郎は積極的に詠んでいる。三首三様の意思表明の歌を挙げたが、初期の鋭敏性からこうした洒脱の気風へと、信一郎の歌境は大きく変遷していった。これらも市井生活の詩情を重んじる感覚の中で獲得されたものだろう。

さらに、四首目については石田比呂志が「突発的な浅いさびしさの謂ではなく、ある期間、潜伏内包してきたところの常住の心的情緒を言うている」、五首目は「無碍自得のひろびろとした世界への通路である」と評価した（『續・夢違庵雑記』、昭和五十五）。たしかに、歌の出発はどちらも些細な事柄なのだが、石田の指摘の通り、それがいつしか深い感情に結び付くところに歌の深みがある。生命主義の発露としておのが命を見つめる詩情と言えるだろう。

長い歌人生活を送った信一郎だが、『連山』以降の十余年の作が歌集に纏まっていないのが残念である。さらに多くの人に読まれるべき歌人であることを、ここに改めて訴えたい。

井上　智重
（熊本近代文学館元館長）

生涯

安永信一郎は熊本が生んだ市井の歌人である。明治二十五年（一八九二）一月二十日、熊本市洗馬町一丁目（現船場町）に生まれた。三人兄弟の真ん中。父を九歳のときに亡くし、十一歳で二本木の活版所に勤めに出た。十三歳のとき、水道町で欄間彫りの店を手広く営んでいた叔父に引き取られ、一年遅れて高等小に入り、さらに熊本簿記学校を出してもらった。

十七歳で星野九門の柔術道場に通い、四天流目録相伝を授けられたが、これと前後して大眉朝果（一末）と付き合うようになる。明治末から大正の初め、熊本の歌壇にきらめく明星が大眉であった。回覧誌「明眸」を創刊、仲間は早熟な少年たちであった。信一郎は徴兵検査を受け、輜重卒第二役に編入されるが、啄木の「一握の砂」を読み、異常なほどの感激をおぼえた。兵役を終えて大正二年、兄浅吉と欄間作りの作業場を水道町に持ち、職人としてのかたわら、作歌に励むこととなる。行きつけの酒場や町角で仲間と出会うと、互いに肩をたたき合って、「悲しいではないか」と気取った言い方で言い交したという。貧しく悲しい歌人たちの群であり、信一郎は「哀花」という号を名乗っている。三歳年下の茂森白影（唯士）の「草昧」にも歌を寄せ、白影が上田沙丹、友枝寥平らと創刊した「極光」の歌会にも出かけたが、そこに山頭火も顔を出した。山頭火は大正五年春、熊本の自由律俳誌「白川及新市街」の同人を頼って妻子を伴い、熊本市に移り住み、下通に「雅楽多」という古書店を開いていた。

翌六年春、福岡市大濠公園での博覧会に「古梅鶯声」と名付けた透かし彫りの欄間を出品、金牌一等賞となった。そのとき、泊まった宿の娘春子とその秋には結婚した。春子は福岡県立高女を卒業したばかりで、信一郎が歌詠みだという一点に信頼し、嫁いできた。この大正六年に信一郎は「水甕」に入社している。大眉の紹介によるもので、戦後、「椎の木」を創刊するまで三十年間、「水甕」で通したが、むしろ斎藤茂吉に強く惹かれるものがあった。

大正九年二月十九日の夜明け、女の子が生まれた。借家の庭に蕗の薹が立っているのを見て、ためらうことなく蕗子と名付けた。

小刀の研ぎ刃《は》に寫る空の色あさはすがしく晴れにけるかも
破《やぶ》れたる障子の棧につかまりて這ひ立つやうに吾子はなりたり　『大門』

昭和二年二月三日、水道町の電車通りの四つ角に「立春堂」を開店した。握りなれた小刀生活に別れを告げたのだ。雑誌や文房具、たばこ、郵便切手などを商った。この年、第十一旅団長として斎藤瀏が赴任してきて、熊本歌話会が発足した。熊本医大教授加藤七三、五高教授上田英夫、それに信一郎が中心となった。瀏は旅団を率いて中国山東省に出兵。凱旋して来るが、予備役となり、昭和五年に熊本を離れ、やがて熊本歌話会も解散する。次女の道子が生れた。

立ちとまり子にも教へて仰《あふ》ぐには寂しきかなや杉の木の花

立春堂には、出家得度し、漂泊の旅をしていた山頭火もふらりと訪ねて来た。放浪の歌人宗不旱の場合はもっと悲惨であった。十九歳年下の従妹と東京で所帯を持ち、七人の子をなすが、次々と死なす。生活苦から離別、熊本に戻って来ると、立春堂に立ち寄った。不旱との付き合いは長かった。

不況の嵐で金策に追われることもあったが、二人の娘は学校の成績もよく、蕗子は第一高女、女子師範専攻科を出て、小学校で教え、第二高女の嘱託となった。道子も第一高女に進学。昭和二十年七月一日の熊本大空襲。

術もなく今日も来て見る住ひし家三日つづけてなほ燃えにけり
焼け跡ゆ妻が拾ひ来しゆがみ鍋これのひとつに夕餉をかしぐ

復員してきた学生らが九品寺の借家に集まって来て、昭和二十一年、ガリ版印刷の「草雲雀」を創刊。同年十月、第一歌集『一年』を出版した。「草雲雀」は二十二年六月の「椎の木」創刊に伴って発展的解消となり、多くの短歌愛好者が信一郎の「椎の木」のもとにはせ参じた。二十三年には水道町の前の場所に立春堂を再開できた。新制中学校の教員となった蕗子は春の集団検診で左胸に影が見つかり、療養を続けるようになる。

昭和二十八年六月二十六日、熊本市は大水害に襲われる。水道町も一面海のようになった。翌朝、信一郎は店を開くかたわら街をほっつき歩いた。

トラックの後を歩めば屍にびとを臥かせり筵の下の白き足
人垣の前に並べし屍體のなか少年もありまさ眼に耐へず

蕗子はペニシリンのお陰で命をとりとめ、胸郭成形手術で肋骨七本を抜いた。熊本日日新聞の記者をしていた道子が結婚し、上京することになり、蕗子は「椎の木」の編集を引き受け、寒いたばこ売場に着物姿でひたと座りながら、いつまでの命かと思い、いま目の前にあるものを歌うだけだと思った。

赤錆びし銭数へつつみるものか売場の玻璃にたちくる虹を　蕗子

蕗子は昭和三十一年第二回角川短歌賞。鮮やかなデビューを果たし、中央歌壇にも足場を築いていく。昭和四十一年、春子に先立たれ、蕗子との二人だけの暮らしが続くが、この父娘に私は小津安二郎の「晩春」の笠智衆と原節子とを重ねたくなる。笠智衆は熊本人であり、蕗子は原節子と同年生まれだ。昭和六十三年秋から信一郎は主治医の病院に入院した。物忘れがひどくなり、歌も作らなくなっていた。平成三年五月四日、九十九歳で死去。病室の冷蔵庫には飲み残されていた缶ビールが一つ残っていたという。

【参考資料】
「椎の木　安永信一郎追悼号」平成三年五・六月号
安永信一郎『熊本歌壇私記　私の短歌五十年』、東香社、昭和五十三年
同　「ある自画像」、「日本談義」、昭和三十四年一月号
安永蕗子『風のメモリイ』、熊本日日新聞社、平成七年
石田比呂志「安永信一郎『連山』と浅利良道の死」、『定型の霜』、松下書林、昭和五十七年

桃原邑子

明治45年　三月四日、沖縄県中頭郡与那城村に生まれる。旧姓名嘉村。

大正13年（13歳）　沖縄県立第一高等女学校に入学、首里で寮生活する。

大正15年（15歳）　「日本文学」短歌欄（阪口保選）に投稿。

昭和3年（17歳）　沖縄県立女子師範学校入学。

昭和4年（18歳）　十八歳。女子師範学校本科二部卒業。十二歳年上の詩人桃原良信（思石）と結婚。沖縄与勝尋常高等小学校訓導。翌年、長女笙子誕生。

昭和6年（20歳）　「詩歌」に入会、阪口保、前田夕暮に師事。

昭和7年（21歳）　長男良太誕生。昭和九年、次女緑、昭和十一年、次男良次誕生。

昭和14年（28歳）　三男良三誕生。夫転職のため、台湾宜蘭に移居。

昭和20年（34歳）　三十四歳。長男良太、沖縄へ出撃直前の特攻機の事故で死亡。

昭和21年（35歳）　台湾から熊本へ、親類を頼って引き揚げる。昭和二十四年、田浦小学校横居木分教場に赴任。

昭和26年（40歳）　「詩歌」の先輩葉山耕三郎主宰「歌帖」（大分県）に入会、昭和四十四年まで出詠。

昭和27年（41歳）　田浦小学校勤務。蒲池正紀・西村光弘主宰「南風」（熊本県）に入会。また、このころ「詩歌」仲間の木村真康主宰「文学圏」（兵庫県）に入会。いずれも平成十一年まで出詠。

昭和29年（43歳）　「地中海」入会。

昭和38年（52歳）　夫良信死去。

昭和39年（53歳）　沖縄タイムス歌壇選者。新沖縄文学選者。沖縄タイムス文学賞受賞。

昭和41年（55歳）　五十五歳。第一歌集『夜光時計』出版。「地中海沖縄支部」を発足させる。

昭和46年（60歳）　六十歳。井牟田小学校退職。

昭和54年（68歳）　第二歌集『水の歌』出版。熊日文学賞受賞。

昭和61年（75歳）　七十五歳。第三歌集『沖縄』出版。

平成4年（81歳）　熊本県芸術功労者に選ばれる。

平成10年（87歳）　沖縄タイムス芸術選文学功労賞受賞。

平成11年（88歳）　六月八日没、享年八十八歳。

私の心臓の中に煮えたぎるものをかんじた。赤くうれたあだんの蔭にゐて
「詩歌」昭和8年

時に自分の意見を持つことが出来ても、女のくせにと歪められてしまふ
「詩歌」昭和10年

いちはやくわれに膨らむ海ありて傾きしままの船が揺れゐる
上る日を海よりと言ひ落つる日を海へと告げてわがふる里よ
『夜光時計』赤堤社、昭和四十一年刊

ロザリオはふたりの捲く手に鳴りゐたれ昏れゆく海にずり落ちながら
葦沼にさかしまの青き天がありわれは仰ぎて汝れは見おろす
『水の歌』不識書院、昭和五十四年刊

のたうちてあげし声やがて肉焼くる音に変はりてひとは死にゆく
なびき寄る藻にかくれしは頭蓋にて鼻腔を透きて潮の流るる
すさまじき屍臭は言はずかたはらに掘りし野蒜の香を告げ合へる
しかばねを掩へる草より湧きたちて限りもあらねこの白き蝶
月射せばみな美しき岩の上の屍に置きしやはらかき影
砲に幹裂かれし赤木の裸枝に紐のごと乾けりひとの臓腑の
御真影を抱きてさまよふ校長をスパイとぞ殺めき日本兵は
かくばかりかなしき音の世にやあるいくさやみたる夜の海鳴り
日本兵をジャップと罵りし米兵がわれをオキナワンと呼びて優しき

神の国と崇めて二千六百年日本を恋ひぬ祖国と恋へり

教師われが老いて入り来し校庭に死にたる君らの喝采聞こゆ

O型の血潮のすべてを地は吸へりこのばらばらはわが生みし子や

十死零生の特攻兵君が殺めしはわが子良太ぞ互みに哀し

なつかしむ如くしばしばも名を呼べり子を殺めたる特攻兵の

子のうへに突込みて来しかの兵の住むてふ北国は地図にとぼしも

子を殺めし特攻兵にわが見せし笑顔の嘘をとはに悲しめ

いくさにて裂かれしからだ後生《ぐしやう》にて必ず直してあげるから子よ

『沖縄』九芸出版、昭和六十一年刊

夫や子を亡くせしは沖縄人だけぢやない解つてをります曾野綾子さん
ヤマトなる器に盛りしわが歌の哀れ琉球の心逃げゆく

『桃原　沖縄Ⅱ』桃原良次、平成十五年刊

愛してゐるふりして夫婦在ることも良いではないか重き梅雨空

「文学圏」平成3年

道をゆくわれに牙むき吠えたつる犬よ私もお前が嫌ひ

同　平成4年

わが良太雀となりてお嫁さんつれて電線に揺れゐる夕べ

「南風」平成4年

跛ひくわれに手を貸す事なかれ　なあに一人前に生きたいんだよ

「文学圏」平成6年

＊「詩歌」「文学圏」「南風」は、『桃原邑子歌集』桃原良次、平成二十年所収

解説

阿木津　英

身悶えは拒みとならずあふられし炎となりて燃ゆる裸木　（昭和二十八年「歌帖」）

葦沼にさかしまの青き天がありわれは仰ぎて汝れは見おろす　（『水の歌』）

歌集『沖縄』以前の桃原邑子は、情熱的な相聞歌の作り手だった。

『水の歌』出版の頃の作者に、熊本で何回か会った。海に溺れかけた生徒を見て飛び込んだという、そのときの膝の複雑骨折が因で足をひきずる、しかし豪快で気さくで快活な、〈不倫の恋〉など似ても似つかぬような「沖縄のオバァ」であった。誰もが、あれはホントの事ですか、と問いたくなって、実際問うたらしい。その答は、ある時には「フィクションだけであのような歌は作れないと思っていますけれど」。別の人には「嘘だと思われるなら、私の歌がヘタだってことね」。結局わけがわからないのであった。

香川進は、『水の歌』の相聞歌を「わたしたちからみれば特別な風物から来る精神構造また風土性を理会しなければ解釈しがたいもの」（「巻末に」）と述べた。当たっているだろう。桃原邑子には物語りたいという衝迫がある。一冊まるごと沖縄戦をうたった歌集『沖縄』も、体験そのままではない。長男良太の事故死も台湾でのことであった。邑子は「私はその沖縄のみんなの人の悲しみが詠みたかった」と述べたが、このようなフィクションもまぜて歌を噴出させるエネルギーは、近代短歌に慣れた読者には「解釈しがたいもの」として見えるのだ。

わたしたちの失ってしまった〈物語るたましい〉が、明治末年生まれの沖縄人《ウチナーンチュ》である桃原邑子には脈々と息づいていた。ベンヤミンはいう。伝達の最古の形式である物語の、その伝え方は報道とはことなって、事件をみずからの生に沈潜させ、みずからの経験として語り出す。体験でなく、経験として語り出す。事実と虚構とを分裂させて報道による情報にとりまかれた現代のわたしたちには、この物語る形式のありようが容易には理解できない。

「水はいのち。水はおみな。水は私。」「そのまっかな太陽を沈める海は、みなみのくにのおみな。むしろ涸れてしまえばいいとさえ思う哀しい水のおみな、そしてそれは私のうた。」（『水の歌』あとがき）。十八歳のとき邑子は、十二歳年上のあこがれの詩人桃原思石と結婚した。思石は当時、沖縄の新聞紙上で活躍する有名人で、文章家でもあり、油絵も描いた。琉球王朝尚家に近い士族を出自とする三十歳の思石との結婚は、よほど情熱的な経緯が思われる。そんな体験をもつ邑子にとって、沖縄を遠く離れて沖縄を思うとは、すなわち「恩納なべの恋」を思うことだったのではないか。

恩納岳あがた　里が生まり島　森ん押し除きてぃ　こがたなさな

森をおしのけてという恩納なべのスケールの大きい情熱が、邑子の相聞歌にも反映している。また、歌集『沖縄』を物語ろうとするその火種は、長男良太の死である。事故現場に良太と並んで立っていた良次氏によると、昭和二十年四月十一日午後四時過ぎ、台湾宜蘭南飛行場には沖縄へ向けて出撃直前の特攻機二十機ばかりが駐機していた。三機がまずエンジンを始動させ、一機立ち、二機目も立った。三機目が動き出したが、「助走に入ってすぐ、真っ直ぐに来るべき所を何故か左に逸れ、速度を上げながら私達二人の方へ突入して来た」（『地中海』二〇〇九・九）。

たのか。

「十死零生」と言われた特攻兵である。怯えや生きたいという無意識の思いが操縦の手を誤らせ

十死零生の特攻兵君が殺めしはわが子良太ぞ互みに哀し

子を殺めし特攻兵にわが見せし笑顔の嘘をとはに悲しめ

事故機を操縦していた軍曹は再び沖縄へ出撃したが、途中の島に不時着、生還したという。

なつかしむ如くしばしばも名を呼べり子を殺めたる特攻兵の

桃原邑子の歌の大きさは、子を殺された悲しみとともに殺した特攻兵をもふくみこむ。被害の嘆きばかりでなく、加害者の側の悲しみをも掬いとって、戦争そのものの悲しみへと高めてゆく。

さながらに投げ捨てられし人形のさまに轢かれて少女ありにき　『水の歌』

このようにして晩年の邑子は「さながらに投げ捨てられし人形のさま」に似た沖縄の悲しみをうたおうとするが、やがてその器がヤマトの短歌であることに矛盾を感じないわけにはいかなくなったように見える。

ヤマトなる器に盛りしわが歌の哀れ琉球の心逃げゆく

口語自由律短歌から出発した邑子は、戦後に文語定型を学んだ。歌は巧い人であった。その巧さを削ぎ落として、作れば作るほど傍若無人なまでにヘタな歌を作った。ヤマトの優等生であることをすっぱりと脱ぎ捨てて、人間の器の大きさを示していった。

跛ひくわれに手を貸す事なかれ　なあに一人前に生きたいんだよ

生涯

わが詠みし沖縄の歌参万首沖縄戦後五十年史の語り部となれ」

（歌集『桃原』）

与那嶺志保

桃原邑子は熊本に暮らしながら、亡くなるまで故郷沖縄を思い、とりわけ戦後三十三年が過ぎたころからは沖縄の歌を、沖縄の歌だけを詠むことを、来る日も来る日も自らに課した。相聞歌で知られた邑子が沖縄を詠むには、しかし三十三年という歳月が必要だった。三十三年。伝統的に祖先崇拝の文化を持つ沖縄では、先祖を供養する行事が今も息づく。死者は三十三年忌を経て祖霊神となる。戦後三十三年を経て沖縄を詠み始めたことは、邑子が、沖縄を離れてなおウチナーンチュ（沖縄人）として生きたことを示しているようだ。

歌集『沖縄』は私たちを一九四五年の沖縄という時空に引きずり込む。四五年四月。米軍が沖縄本島中部に上陸。人々は戦場を南へ、南へと逃げ惑い、艦砲射撃に倒れた。あるいはガマ（自然壕）に身をひそめ、県民をスパイ視しなぶり殺す日本兵におびえ、飢えに苦しんだ。「本土への侵攻ここにて食ひとめよたとひ沖縄皆亡ぶとも」―沖縄戦とは何だったのか。それを邑子は三十一文字に込めた。最初から勝つつもりはなく、沖縄は本土決戦までの時間をかせぐ捨て石だった。「親にはぐれ泣き叫ぶ子を見ぬふりに逃げてゆきたりわれもその一人」「むくろなる母の乳吸ひ幾日を生きし幼かまなじり閉ざせり」―その歌は、見たくないとは言わせませんよとの迫力を持つ。「私は沖縄人《ウチナーンチュ》です。沖縄にとって一番ひどいことは、あの戦争の戦場となったことでした。私はその沖縄のみんなの人の悲しみが詠みたかったのです」（『沖縄』あとがき）。

邑子は沖縄戦を体験していない。一九二九年、沖縄県立女子師範学校を卒業した十七歳の邑子は小学校訓導となる。首里士族で詩人でもあった桃原良信（思石）と結婚、五児を授かる。三九年、一家は当時日本の植民地だった台湾へ移住。戦後は熊本に引き揚げた。邑子の詠む沖縄戦はすべて、書物を通した追体験によるものだった。生前、邑子の本棚には沖縄関連の本がたくさん並んでいた。

邑子の長男良太さん（享年十三）は戦時中、一家が暮らした台湾で日本軍の特攻機に轢かれ亡くなった。「そんな、十三歳くらいで死なして何一つね、生まれた、あの、あれがないと。…私が生きのびていて尽くさんといかんなって。私にできることは何だろうかと、いつも思います」（「自作・詩による自叙伝」NHKラジオ昭和六十二年一月二十五日）。「制服のちぎれの血の染む名札標・中二・O型・桃原良太」「死にし子のポケットにある黒砂糖けふの三時のおやつなりしを」「血のおどろ紡ぎて胎にかへす術あれよからだをうしなひし子の」

邑子は一九一二年、沖縄県与那城村（現うるま市）に生まれ、県立第一高女で短歌と出会った。「とっても胸が燃えたわけです…藤原定家の『見渡せば花も紅葉もなかりけり浦の苫屋の秋の夕暮れ』という歌です」（前掲）。翌日、折口信夫が来県中だと新聞が報じた。「よし、と。今日は自分の歌を見せに行こうかと…（定家の）歌を丸写しして…そのまま持って行ったらおかしいから…『夏の夕暮れ』に直したんです…けれども先生は…歌をやったらあんた将来はね、苦しむことになるから歌はせん方がいいですよと…おっしゃったわけです…道々考えました…後から苦しむとおっしゃったけれども、作ってみんことには分からんでしょうがと」（前掲）。奮起した邑子は「日本文学」に投稿し特選。「それからもう毎日歌ばっかり作りますよね。ふふふふ。一カ月に二百首くらいつくりましたよ」（前掲）。

結婚後、台湾での生活を経て戦後熊本に引き揚げた邑子は夫とともに田浦小横居木分教場に赴任する。「ものすごい山の奥ですよ。沖縄でもちょっとあんな所ありませんねえ」（前掲）という田舎。しかし純真な教え子たちとの日々は、戦争で傷ついた邑子の心を慰めた。六三年、夫・良信が亡くなる。七一年に退職した邑子は、田浦町の団地に一人暮らしした。朝は暗いうちから起き、万葉集にも詠まれた野坂の浦まで散歩しながら詠んだ。そこから見える海は、ふるさとにつながっていた。「この空のこの海の続きに古里の空あり海あり基地抱きつつ」（歌誌「南風」）。

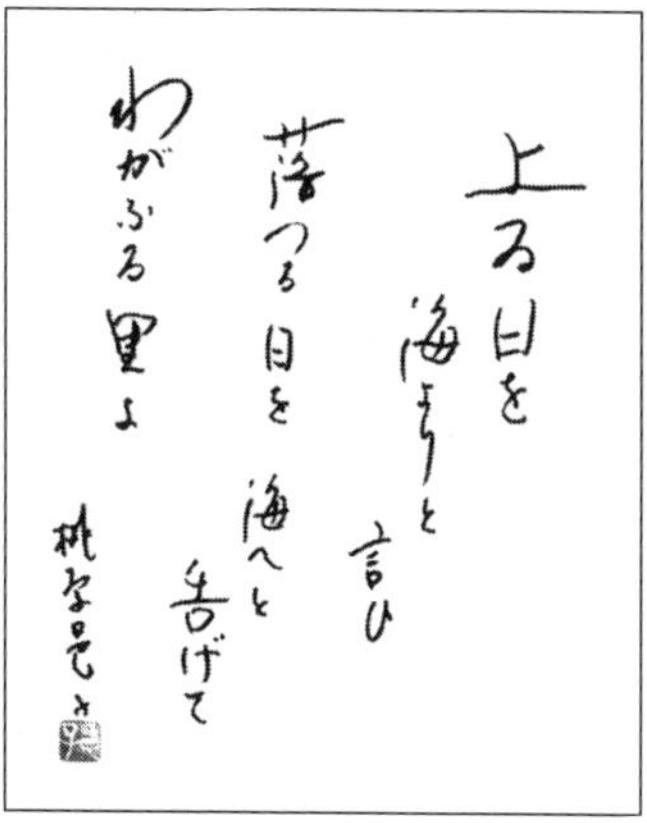
上る日を海よりと言ひ
落つる日を海へと告げて
わがふる里よ
桃原邑子

「わが家のめぐりには、雑草が伸び放題である。…ひょっとしたら、あの戦争で死んだ子の化身なのではないかと思ってしまうのである。同じ人間どうしが殺し合いをする戦争。このような愚かな人間には、生まれないでおこうね、もし転生というものがあるならば、鳥か草木になりたいよ」（コラム「つれづれ草子」、新聞名、発行日不詳）。どれだけの歳月が流れても、戦争に子を失った母の悲しみは癒えない。いつも、何を見ても、亡くした子を連想する。

沖縄がどんなに日本による支配・差別の歴史と沖縄戦、米軍統治、米軍基地の重圧に苦しんでも、日本人は時に同情を投げかけるだけで、我が事とは夢にも思わない。邑子はそんな日本人の無関心に差別意識を感じ、えぐりだした。戦後約三十年の沈黙の後、ウチナーンチュとして詠む決意をし、毎日沖縄を詠み、良太さんの生きた証を刻んだ。「沖縄戦の歌いい加減に止めなさいいやいや死ぬまで続けるのです」（『桃原』）。

さらに邑子は熊本の地から常に現在の沖縄を追い続け、沖縄戦後米軍統治時代を経て本土復帰した後もなお、在日米軍基地の七十五%が集中する現状を詠んだ。「苦世《ニガユー》のみにありしよ戦さ世《ユ》あめりか世《ユ》いま大和世《ユ》も核蔵ふ島」

九九年、邑子は熊本市のホスピスで息を引き取った（享年八十七）。二〇〇三年には第四歌集『桃原（とうばる）―沖縄Ⅱ―』が出版された。「あの戦の生き残りが生きてゐる内にどうか基地なき島にしてください」（『桃原』）。

【参考資料】
編・地中海沖縄支社「桃原邑子・追悼特集」、「地中海」二〇〇〇年六月号
船田敦弘「琉球の語り部―桃原邑子―」、「地中海」五十周年記念号二〇〇二年五月号
大崎（現・与那嶺）志保「ある沖縄歌人が生きた時代――桃原邑子が背負い続けた沖縄の叫び」、早稲田大学第一文学部社会学卒業論文、二〇〇四年十二月
桃原良次「台湾宜蘭南飛行場」、「地中海」二〇〇九年九月号。同「トウバルのはな―桃原邑子の周辺―」、「地中海」二〇一二年六月号

小野葉桜

明治12年6月15日、宮崎県東臼杵郡大字田代小川吐《おがわばき》に、父小野熊四郎母チヨの、三人弟妹の長男として生まれる。本名小野岩治。

明治24年（12歳）　田代尋常小学校卒業。その後、何年のことか明らかでないが、延岡の私学校「亮天社」で学ぶ。京都に遊学。

明治32年（20歳）　美々津尋常小学校で代用教員。この時住居とした大森豊吉方に、後に妻となる大森浪江（当時14歳）がいた。

明治35年（23歳）　十二月、延岡中学四年生だった若山牧水との交流が始まる。

明治36年（24歳）　一月、牧水と牧水の従兄弟の若山冰花《ひょうか》と葉桜三人の歌合わせが宮崎の「日州独立新聞」に掲載される。四月、牧水を中心とした回覧雑誌「野虹」に参加して文学仲間との交流を深める。父熊四郎死去。

明治37年（25歳）　二月五日、上京。四月、日露戦争の召集令状を受け帰郷。中国大陸へ。

明治38年（26歳）　七月、召集解除。

明治39年（27歳）　十二月、田代で薬店を開業、養蚕事業にも従事しながら峰青年会を組織。

明治40年（28歳）　一月、大森浪江と結婚。東臼杵郡会議員に選ばれる。十月、長男博誕生。

明治42年（30歳）　人力車の事故により頭部を打って病を得る。在任一年余りで議員を辞職。

明治43年（31歳）　三月、次男愛《めぐむ》誕生。

明治44年（32歳）　一月、「東京時事新報」の新春文芸短歌で一等に選ばれる。

明治45年（33歳）　病状が良くなり、町役場に勤める。牧水との絆が再び深まる。年号が改まって大正元年十二月、三男瑞樹《みずき》誕生、牧水の命名であった。

大正2年（34歳）　八月、牧水が東京で編集発行する「創作」に「悲しき矛盾」十七首、十月、「海辺にて」十六首発表。

大正3年（34歳）　二月、「創作」に「岬の冬日」十六首発表。歌集「悲しき矛盾」出版の準備を始める。三月、病気が再発。ひとり田代小川に帰郷し、弟米一宅で療養する。四月、四男滋誕生。浪江は女手で生活を支える。

昭和6年（52歳）　母チヨ死去。

昭和17年（63歳）　弟夫婦の温かい看護を受けていたが、十月九日永眠。

見るみる樹は仆れ巨いなる幹の上を青みて風の流れすぎにけり

つづけさまにさくさくと樹を伐り倒すこの切りくちのやはらかきこと

ひと平らすすきばかりの穂が光るくもり日の山を我がこゆるかな

秋草に寝てうち仰ぐ空の蒼さなんべんも鳶が輪を描くなり

初冬の山路さびしみ一夜ふた夜母待つ家に寝にかへるなり

我がためにしろき飯たき卓を共に夕餐《ゆふげ》したまふ老いし母かな

青青と岬にせまる松山のあをみて明くる港街かな

網を曳く漁夫にまじりてひいて居れば白き腕《かひな》の腹立たしくなりぬ

こころ顫へて眞蒼き海に吸はれゆくきらりきらりと魚は光れり

夕曇るおほわたつみの静けさよゆるき傾斜地《なぞへ》に蕎麦の花咲き
汐さびし釘あと黒き大船の破片に歌は彫るべかりけれ
暮れかかる海に向へばしたしかり海に吸はれて消えむと思ふ
このさびしき天つちに居て雨後の陽に青める麥の眼に光るなり
縁にいでて酒飲み居れば盆の月卓にさし来ぬさびしきは旅
いづこともなく虫が鳴き出して盃の酒が歯にしみて来る
樫の葉のかたき青より秋の夜の七日の月が卓にさしける
冬の陽に吸はれゆくべきさびしさかおくれて枇杷の花うすく咲く
冷笑の中の矛盾のおもしろさ身をめぐり泣く母と妻と児とあり

泣くときも泣顔が似る似らぬとて笑へり吾児はひた泣くに

繪ごころもなきこの父が描いてやる画をうれしがる児の笑顔かな

十日ほど晩酌をやめてかずかずの玩具を買うてやらむと思へり

いま叱りし児が我が頸にまつはりて物などねだるいとほしきかな

母の顔さびしくなれば我が手ひき物いへといふかなしきは吾子

柿買へとせがむ児を叱り追ひやりて針箱のすみに銭さがす妻

いつよりかかたちつくらずなりけると妻の顔さへぬすみ見にけり

古袴三たびとりいで穿ける妻さびし今日より学校に行く

秋来れど秋がかなしくなくなれり悲しきことは四時《しいじ》につづく

人の性は善でもない悪でもないただ水のごとき物と解釋して見る

喃《の》う石よといひて見たくなり大いなる石を撫でにけり孤獨のさびしさ

小鳥飼ふさへいまはうとまし妻も子もこの鳥のごと放ちやらむか

濱に出でてことごとく石をかぞへんとかぞへはじめぬ孤獨のさびしさ

帰るべき家は冷めたし冬籠り友ほしの身や歌ほしの身や

耳鳴りの脳にひびきて後頭部に唸るこゑあり獣にやあらむ

行く秋を病にやせて詩にうゑてただ狂ほしの胸の血ゆらぐ

どどと狂ひて岩窟《うつろ》に浪はまきかへるかくあれかくあれこころおびえず

『悲しき矛盾』三月書房、昭和六十二年刊

解説

馬場　昭徳

小野葉桜の作品に今日、私たちが触れうるのは歌集『悲しき矛盾』によってだが、これは葉桜自身の手によるものではなく、残された原稿をもとに、死後四十五年ほどして編まれたものである。その生涯なども不明な点が多いのでまず、作品成立の時期を押さえておきたい。

歌集冒頭近くに、「久しぶりに家にかへりて父上の墓前にぢつと目を瞑ぶり居り」の一首がある。葉桜は十代の頃から歌作を始めたと見られるが、父が死んだのは明治三十六年。歌集はその後の作品を収めていることになるが、明治三十七年は上京、すぐに応召して中国に渡ったりしていることから考えて、明治三十八年くらいからの作品と見ていいのではないか。葉桜、二十六歳くらいであろうか。その後、病のための発作が起きる大正三年、三十四歳までの作品が『悲しき矛盾』には収められているのだろう。

時代背景でいえば、明治三十年代前半に全盛を迎えた「明星」浪漫主義は三十年代後半になると衰退し、代って自然主義が大きな流れとなる。明治四十一年には「明星」が終刊となり、葉桜の朋友、若山牧水が第一歌集『海の声』を出している。石川啄木が釧路から再び上京したのもこの年である。明治四十三年には牧水の『別離』、啄木の『一握の砂』が出され、牧水の「創作」が刊行されたのが、大正二年である。葉桜はその生涯のほとんどを宮崎で過ごし、独行と思われる作歌活動の中で、しかしながら特に牧水との交流を通して、そのような時代の流れも敏感に吸収していたのであろう。

以上のようなことを踏まえて作品を見ていきたい。前ページの葉桜の作品中、十四首目までが年譜にある人力車事故以前の作品と私は見ている。この時期の葉桜は結婚を経て社会活動にも積極的に取り組み、充実した生活を送っていたと思われる。それが作品の清新さにもよく表れている。

見るみる樹は仆れ巨いなる幹の上を青みて風の流れすぎにけり

つづけさまにさくさくと樹を伐り倒すこの切りくちのやはらかきこと

秋草に寝てうち仰ぐ空の蒼さなんべんも鳶が輪を描くなり

一首目、巨木が伐り倒され、その枝葉が占めていた空間に青空が広がる。その情景を「青みて風の流れすぎにけり」と捉える感覚の新しさは明治時代のものと思えないものがある。二首目も伐られる樹の幹にやわらかさを見ていることに注目する。固定観念を先立てて物を見ようとする者には出来ない表現である。三首目は上の句で「空の蒼さ」を言い、下の句で「鳶」を出すことにより、場面を立体的に組み立てている。技術的な高さも示しているといえる。そして自然と同じ次元に立ち、全身で自然をゆったりと受け止めているような作歌態度も見ておいていいだろう。

その自然への親和でいえば、海を歌うときそのことは更によく表れている。

青青と岬にせまる松山のあをみて明くる港街かな

網を曳く漁夫にまじりてひいて居れば白き腕《かひな》の腹立たしくなりぬ

こころ顫へて眞蒼き海に吸はれゆくきらりきらりと魚は光れり

夕曇るおほわたつみの静けさよゆるき傾斜《なぞへ》地に蕎麥の花咲き

対象をゆったりとした構図で捉え、それに心を添わせてゆくような作りである。インパクトは強くはないが、ゆっくりと心に沁みてくる歌となる。二首目の自己省察の仕方などはどこか石川啄木を思わせるものがある。三首目、上の句の不安な心を言って、それをきらりと魚が光る場面で受けるあたりも実に印象的である。伸びやかな自然との交歓とその中での自己確認を初期の葉桜の特徴と見ていいだろう。

さて、その葉桜の人生であるが、年譜にもあるように、三十歳のときの人力車事故で一挙に暗転してしまう。頭部に重傷を負った葉桜は郡会議員を辞し、妻が小学校教師として働くようになる。生活は困窮していくが、貧しさの中でも家庭の平安は保たれていたようである。

繪ごころもなきこの父が描いてやる画をうれしがる児の笑顔かな

いま叱りし児が我が頸にまつはりて物などねだるいとほしきかな

母の顔さびしくなれば我が手ひき物いへといふかなしきは吾子

柿買へとせがむ児を叱り追ひやりて針箱のすみに銭さがす妻

ここにあげた歌を見ただけでも葉桜と子供らの交りがほのぼのと見えてくる。それぞれの歌の場面の描き方の丁寧さが、すなわち葉桜の愛情の深さなのである。四首目の妻の姿も貧しいながら懸命の生活の様子が、子供への対応を通して伝わってくる。厳しい生活の中でも良質の歌心は失われていない。

しかしこの平安も葉桜、三十四歳時の発作で潰え去ってしまう。一家は家庭生活を営むことさえ困難になったようである。

喃《の》う石よといひて見たくなり大いなる石を撫でにけり孤獨のさびしさ

小鳥飼ふさへいまはうとまし妻も子もこの鳥のごと放ちやらむか

行く秋を病にやせて詩にうゑてただ狂ほしの胸の血ゆらぐ

もはや、語りかける相手は石しかないと思うような孤独を感じる中で、家族と別れる決意をし、最後に短歌に縋ろうとしたが、もはや病状はそれも許さなかったようである。詮ない思いであるがもし、葉桜三十歳のときの事故さえなければ、新しい感覚の自然詠と慈愛に満ちた家族詠の多くを残し、名のある歌人として活躍したであろうと惜しまれる。

生涯

森　なつ美
（小野葉桜の孫）

小野葉桜については不明な点が多い。

生前、名が世に出なかったこと、三十五歳の若さで作歌活動を断たれたこと、その原因である脳の病のために、以後ひっそりと暮らさざるを得なかったこと、などが理由であろう。

それでも、語り継がれた淡い思い出と、残された数少ない歌から、浮かび上がってくる光景が垣間見られる。

学生服姿の写真が一葉残されている。デザインされた台紙には京都寺町通りの写真館の名が印字されており、京都との縁《ゆかり》を示すものはこれだけだ。医学、薬学、ドイツ語、といった言葉が彼の周りに見え隠れするのは、主に京都での遊学に因るものだったかもしれない。

明治三十二年、二十歳の葉桜は、宮崎の美々津尋常小学校の代用教員となった。美々津は商港として開けた活気のある町で、関西や中国地方と文化の交流が盛んであった。この時住居としていた日向市美々津新町の大森豊吉宅に、後に葉桜の妻となる、豊吉の十四歳の長女浪江がいた。明治三十五年秋に、延岡中学四年生だった若山牧水との交流が始まった。牧水はまめに日記を認めていたので、その中にいくらか葉桜を知ることができる。牧水の日記より。

十二月二十九日　小野葉桜ヲ訪フ、初対面ナリ、直チニ歌合セヲ開ク、題ハ、梅、椿、磯、硯、春ノ五ツ、夜浜田屋ニ泊ス、又小野君等ト、短文会、連歌会ヲ開ク。

葉桜はいつから短歌へ傾倒していったのだろう。この時期にはすでに〝葉桜〟の号を使用している。さまざまな勉学に励みながら、心の奥には歌があったのかもしれない。

次第に、葉桜に上京したい思いが芽生えた。何といっても東京は文化の中心であった。しかし当時文学を志すには、越えなければならない問題が今以上に大きかった。一家の総領としての責任を放棄するのである。親は嘆くだろう。身一つになった結果、成功の保証があるわけではない。葛藤を抱えながら、明治三十七年が明けて二月、葉桜はついに上京。間もなく牧水、浪江も上京する。さらに牧水の日記から。

二月五日　葉桜、着京の報を送る。宿所は、麹町区三番町、常盤館内。

四月十一日　朝、小野君に連れられて、早稲田の学校に行く。

四月十六日　夜、日向美々津の大森浪江さまお出でなり。

葉桜、浪江、牧水の三人は親しく交遊していたようだ。

いよいよ本格的に始動した時に、不運が訪れた。日露戦争への召集である。苦労して果たした東京での暮らしは三か月足らずで終わりを告げた。熊本の第六師団第三野戦病院に看護兵として入営、ひと月後、中国大陸へ発った。

戦争が終わり、翌明治三十八年七月、葉桜は招集を解かれた。しかし上京のために再び一から始めることは難しかった。あるいは戦地での体験が何か影響をもたらしたということはなかっただろうか。浪江も帰郷した。彼女の両親は葉桜との結婚に反対だったが、二人は想いを貫いた。

葉桜は生まれ故郷の西郷村田代で薬店を開業し、養蚕事業を行ない、青年会を発足させて、地域の発展に尽力した。そして二十八歳の若さで東臼杵郡の郡会議員になった。歌を忘れようとでもするかのような生き方の変化である。ところがある夜、酒に酔って人力車から落ち、頭部を強打し、在任一年余りで職を辞する事態となった。政敵に襲われたとも伝えられる。次男が誕生した頃、一家は美々津へ移った。妻の実家があり、温暖で療養に適した地でもあった。

宮崎県美郷町の葉桜歌碑

次第に体が快復し、浪江の伯父が町長をしていた関係で町役場に職を得た。

健康を取り戻した時、短歌への強い想いが

再び湧き上がった。東京時事新報の新春文芸短歌で、金子薫園により一等に選ばれている。牧水ともまた頻繁に語り合うようになり、彼が主宰する「創作」、その他に作品を次々に発表した。『悲しき矛盾』と題した歌集の出版が具体化された矢先、またも不運が襲った。病が再発したのである。

僅かに残存している葉桜の日記は奇しくもその数日間のものだ。大正三年三月二十三日、役所の者六名ほどで夕食会が開かれたのだが、席上ひどい冷罵嘲怒を浴び、いたたまれずに暇乞いをしたとある。幻聴であった。翌々日には後事を妻に託し、田代の実家に帰った。葉桜三十五歳、彼の歌人としてのいのちはここで終わった。

浪江は教師をしながら四人の子どもを育てた。

葉桜は弟、米一夫婦の温かい世話を受け、一進一退の病状であったが、昭和十七年十月九日に永眠した。

十六年後、東京に住んでいた浪江は、庭で仏壇に供える花を摘んでいる時、突然、崩れ落ちた。花を携えて夫の元へ旅立ったかのようだった。葉桜を愛したがゆえの、波瀾の彼女の人生だったかもしれない。日常の続きの最期であったためか、その表情は穏やかだった。

【参考資料】
『若山牧水全集』日本図書センター、昭和五十七年
菊池嘉継著『喃う石よ　小説歌人・小野葉桜』、平成十五年

森園天涙

明治22年（0歳）　七月十日、鹿児島県薩摩郡上東郷村に生れる。本名豊吉。父が多額の負債を抱え、高等小学校を卒業後、代用教員となる。雑誌「新国民」「明星」「秀才文壇」等に投稿、橘宗利、西田嵐翠、中島哀浪らと交流。

明治40年（18歳）　鹿児島で文芸同好会「白楊会」を結成。明治四十四年春ごろ故郷を出奔し、鹿児島や熊本を放浪、工場等に住みこむが同年十月、母危篤のため帰省。

大正元年（23歳）　九月、歌集『白昼の山』を刊行。若山牧水に称揚される。

大正2年（24歳）　九州日日新聞入社。

大正4年（26歳）　五月、九州詩社を結成、機関誌「山上の火」を発行（翌年一月まで）。九月、上京。岩谷莫哀宅に年末まで寄寓。

大正5年（27歳）　一月、光風館書店に就職。五月、後藤園（後に知子と改名）と結婚。

大正6年（28歳）　三月、「珊瑚礁」創刊。編集に当たる。同八年三月廃刊。

大正8年（30歳）　大正日日新聞に入社。後、大阪毎日新聞社に転じる。

大正12年（34歳）　八月、東京日日新聞に配属され上京。関東大震災に遭う。

大正13年（35歳）　「日光」に参加。

昭和4年（40歳）　新聞社を退き、書籍出版の天人社を興す。同八年解散。

昭和7年（43歳）　ひとのみち教団に入信。同九年、教団内で歌誌「あしかひ」が創刊。編集・指導にあたる。

昭和12年（48歳）　二月、当局の圧力でひとのみち教団が解散、「あしかひ」廃刊。六月、後継誌「あさひこ」創刊。十二月、熊本日日新聞東京支局長就任。

昭和18年（54歳）　鹿児島日報編集長就任。

昭和19年（55歳）　「あさひこ」解散。

昭和21年（57歳）　公職追放のため鹿児島日報を退社し上京。新聞関係に就職できないため、広告代理店・大進広告社を興す。

昭和24年（60歳）　一月、第二次「珊瑚礁」創刊するも、年末に脳溢血を発症。長期療養に入る。

昭和32年（68歳）　一月三十一日、再発作のため没。

ああ秋來ぬ脈打てる空の神經はいたきまでわが眼にうつるかな
霧の夜の谷間に立ちて眼を閉づる世の淋しさはいまわれに落つ
人聲をとほくに聞くは堪へ難しつめたき山のひるを眼閉づる
すさまじくうら手の山の燒くる夜をはづかの父の錢ぬすみ出づ
『白昼の山』大正元年
梨の花世にも清しく生きむとしもだゆる人の子にゆふぐるる
早鞆の瀬戸のよあけの波の中うつつなき身をひたしたりけり
別るべきひとのすべてにわかれ來て月の關門ひとりなりけり
大正4〜5年
うごかざる汽車が鳴らせる笛のこゑそこら深雪の谷にひびくも
現世に樂しきことをおほくもつ子等が夜更けて物語るこゑ
大正6〜8年

山風につかれ歸りてふるさとの父の榾火にあたたまりにけり
ひさびさの手紙のはしにいもうとは米のあたひを書きておこせり
あらくさの丘のなぞへを切りひらき人の住むべき路とほりたり
大正8～昭和8年

生みの子を育てあぐみてとがりゆく妻のこころをあはれむわれは
朝飯も寢がけの茶漬もおいしくてこの世明るくわがふとりたり
昭和9～12年

渡り鳥のおのがじしなる啼聲の空遠ざかり一つにきこゆ
むらぎもの心散りやすき己れかもつぎおやの歌を誤植しにけり
おのれなく生くる人には吾家も刑務所の中もけじめなからむ
ニュース放送終りしあとを中庭の砂利踏みゆける靴音聞ゆ
昭和12～19年

月今宵のラヂオにきけば大場鎮も杭州もただ深き雨雲

商人はかしこかりけり非常時の制度の裏に物ひさぎつつ

相剋・對立すべて日本の道ならずわれ隨はね人のうしろに

家出づる柩に添ふと庭先にふくれあがれる潮の色見つ

おそくまで男女はしやぐ隣りまは軍需いんふれの徒にしあらむか

わたりゆく宇治の神橋日にかわき板の節目の色黒くたつ

神山の岩屋に張りし注連縄の白きをぞ見る谷をへだてて

比律賓に百機屠りし荒鷲の二機かへらざりその二機をおもふ

スポーツの勝敗としも思へるや九萬五千といふ捕虜の數思ふ

もろ手あげ大き飛行機と喜べる學童にさへや機銃あびせつ
おのづから神に歸りて終るべき生命とおもへおろかにわれは
莫哀も東聲も死にきよき歌をつくりし友のみな死ににけり
昭和24〜25年
集金に原稿集めに未だかつてせざりしことを老いてわがする
手にとりて名刺眺むる若き眼がありあり示す輕蔑感を
二千九百拾圓の給與十二月分として貰ひたり年越せよとや
歌の友二人が爆死せし話聞きながら長き廊下あゆみゆく
同居生活の不自然を時にかこつ妻けさは睦めり炊事なしつつ

『森園天涙歌集』森園天涙歌集刊行会、昭和四十四年刊

解説

黒瀬珂瀾

森園天涙は山間の村、現在の鹿児島県薩摩河内市東郷町藤川に生まれた。遠い街々への憧憬を心に抱えて、様々な雑誌に短歌を熱心に投稿する、明治末期の浪漫的な文学青年であった。

梅が香の浮動する夜をさまよひぬ月の光をややいとひつつ

木の花のしろきが窓にこぼれ入る工場に若き生命を容るる

天涙生前の歌集は二十三歳の時の『白昼《マヒル》の山』（大正元年）のみ。そこには鋭敏すぎる感覚に苦悩する若者の姿が描かれている。二首目は生家を出奔し、町の染物工場で住みこむなどした頃の歌だが、浪漫的な破滅願望と自己愛がある。そんな点を踏まえて若山牧水は「苦悶や憧憬の火に耐へかねて切に山の彼方へ心を走らせてゐる」、「山の歌のなかには殆ど完全無欠、古来わが国の叙景歌中にあつて絶唱に値する程のものがある」（「東北」、大正元年十一月号）と称賛した。

をやみなく地震はゆれども草原に何にも知らぬ子供の眠り

あなかしこ燒殘りたる社の庭にいのちをもちてけふ會ひにけり

上京し出版、そして新聞業界に身を投じた天涙は大正六年に「珊瑚礁」を創刊編集するなど活躍するが、仕事が多忙になるにつれ作歌は乏しくなる。しかし、出詠数は少ないが、天涙が反アララギの超結社誌「日光」に参加し、右のような関東大震災の歌を寄せた点は注目したい。

草木のおのづから伸びてゆくみればさながらに人は生くべかりけり

みこころの深きは知らず山川のあさきがままにわれはあるべし

近海をおなじ方向へはしる汽船三艘ありて後なるがはやし

天涙の歌がより人間臭く、時代性あふれた面白い作風へ変容するのが「ひとのみち教団」に入信し、昭和九年に教団の歌誌「あしかび」（同十二年の教団解散後は「あさひこ」）を創刊して以降。信仰が詩情に影響を与えた具体例の一つとみることもできよう。右一、二首目の大らかな明るさ。三首目、この汽船に自らを重ねるところもあろうか。鈴木善一はこの時期の歌を「人間の主体性が強く打出され、いわゆる技巧のかげは益々薄くなって来た」（『近代短歌の系譜』）と評したが、これは過度な自意識を排して、自己の思いに素直になろうとする態度をさすのだろう。

高座よりみちのわるくちいひしてふ僧侶もをりて座のにぎはしき

向合ひし判事の額うすくして何か親しき思ひわきつも

夜のうちに腫れふさがりし眼を向けてあかつきおきの風を清しむ

ひとつらに頭そろへし葱坊主君死にてより伸びにけらしも

さらに右一、二首目のように、鋭い批判や軽妙なユーモアを含む人事詠、三、四首目のように穏やかな観察眼による自然詠に深化を見せる。そして大戦後、念願の「珊瑚礁」復刊を果たした。

秩序なき國のますがた電車さへ乗りきそひ力ある者が勝つ

戦前の生活をほこり顔にいふこの同居人も憐れなる一人

焼跡をかぎりつらなる石の塀ところどころは白く崩えたり

混乱した戦後の世相を飄々と詠んだ歌群を天涙の新境地として高く評価したい。そして更なる活躍を期待された矢先、病に歌を奪われたのは残念だが、天涙、長く読み継ぎたい歌人である。

インタビュー

森園俊氏

《記録・黒瀬珂瀾》

平成二十七年六月九日、東京都府中市にて、森園天涙の次男（戸籍上は三男）である森園俊さんにインタビューを行った。森園氏は大正八年生まれで九十六歳。日本大学に学び、戦後は写真撮影や映画宣伝などを手掛けられた。天涙の孫である鈴木道子さんにも同席いただいた。

――人間森園天涙

森園俊　最初は大阪にいて、親父が今の毎日新聞に勤めてた。関東大震災の時は大森にいたから、その辺で東京に移りました。

黒瀬珂瀾　大正十二年八月、まさに大震災の直前にご家族で大阪から東京に移ってこられましたね。

森園　とにかく立ってらんない。玄関の三畳間で四つん這いになってた。鹿児島から来てた女中が僕を抱きかかえて外へ出て。母が入れ違いに入って、生まれたての弟が行李に入ってたのにふすまが倒れてきたのを支えた。あの時は父は新聞社から家へ歩いて帰ってきた。醤油の工場かどこかを通って、ズボンが汚れたと言っていた。

黒瀬　天涙さんはどういう人でした？

森園　努力の人間。頭はいいし。学歴は高等小学だけで、代用教員あがりだったけど。臼井大翼さんとかを頼って上京して。上京の時の歌ですか、「別るべきひとのすべてにわかれ来て月の関門ひとりなりけり」。有名な歌になってるようですね。僕は短歌の趣味はないけど、なかなかの歌だなあ、とは感じた。岩谷莫哀さんはどういう人か知らないです。

黒瀬　莫哀は四十歳で死んでますからね。

莫哀は十代からの天涙の親友で、歌集『白昼の山』の跋文を書く。大正四年に天涙は上京し、出版業を営んでいた莫哀の許に寄寓した。大翼は天涙と共に第一期の「珊瑚礁」を創刊。

――新聞広告の仕事人

森園　小原國芳先生の学校に僕ら兄弟を入れたり、教育熱心な人でした。仕事は相当忙しかったですねえ。毎日新聞では広告関係の部署にいて、広告取りが本業なのに、有名な学者や作家や絵描きとかいった人たちと、どういう訳か親しくなって。北原白秋なんかもしょっちゅう遊びに来た。親父と白秋が話し込んでいるとき、ふすまを突き破って部屋に飛び込んだら、「いやあ、お宅のお子さんはお元気ですなあ」と白秋がびっくりしてました。どちらかというと家庭より仕事を優先してたかなあ。日曜日にもよく、博報堂とかメディアの人と付き合って、自分は酒はまったく飲めないいんだけど、よくうちに招待してましたね。家では短歌の話はしなかったなあ。よく覚えてるのは、僕が小学校二年の時、成城に移ったころ、よく布団で一緒に寝て、寝付くまで頭を撫でてくれたことですねえ。

　天涙は新聞人として、広告業にその手腕を発揮した。当時の様々な歌人たちを結びつけたり、「日光」などの歌誌や多くの会の発足に参画したのも、そういった手腕によるものだろうか。

森園俊氏

森園　昭和元年、親父が今の毎日新聞の広告部長だった時、不忍池でやった「こども博覧会」ってのを仕切って、それで無理をして一か月くらい寝込んでしまった。意識不明状態が続いて。体力を無視して全力を尽くしたんだけど、無理がたたった。

　「皇孫御誕生記念こども博覧会」は大正十五年一月十三日から二月十四日まで上野公園不忍池畔で開催。来場者数約五十万人。照宮成子内親王の誕生を祝って開催。皇族記念や子供用品の展示、おもちゃ館、遊戯施設などが設けられ、大成功を博したため、同年夏に京都で更なる規模で再開催された。

――妻・知子さんとのなれそめ

黒瀬　年表などを見ても、天涙と奥様とのなれそめが解らないんですが…。

森園　短歌が縁でしょうね。

鈴木道子　旧姓だと後藤園で、結婚したら森園園になっちゃうんで知子に改名したそうです。おじいちゃまが熊本日日新聞（当時の九州日日新聞）で短歌の審査員をやってた時期があって、素敵な人ということで（祖母が）友達と一緒に会いに行ったそうで、それで文通から始まったって。祖母も当時、先生をしてて、歌の縁ですね。どちらも情熱的なところがあった人でした。『白昼の山』を読んだときはその情熱に驚きましたけど……(笑)。

天涙と知子の結婚は大正五年。上京の翌年である。天涙の妻であり、俊さんの母である森園知子には歌集『やまぶき』(昭和45)がある。その後記によると投稿を始めてじきに天涙から歌集『白昼の山』が送られてきた、と。

――天涙の人脈

森園 あちらこちらの有力会社に行って広告をもらってきて、かなりの有名人とも知り合いだった。どこで知り合ったのか中里介山と仲が良くて、うちによく来た。三輪オートバイに乗ってよく来たね。だんだん戦時色が濃くなってきたころ、介山が「アメリカを見に行きたい」と言いだして、親父がその準備で各新聞社を案内して回った。介山は大の写真嫌いだったけど、僕が写真をやってたんで、「じゃあ撮ってもらおうかな」と言ってくれたんだけど、すぐに僕が軍隊に取られて、中里さんもじきに死んでしまって、撮らずじまい。

中里介山(明治18~昭和19)は大長編小説『大菩薩峠』で知られる人気作家。昭和十四年六月にアメリカ視察旅行に赴いている。

――成城住まいのハイカラな人

黒瀬 短歌と仕事の他に、何かなさってたりはしなかったんですか?

森園 テニスはうまかったです。

鈴木 子供たちを毎週日曜に、玉拾いに連れていってたそうです。

森園 博報堂のお偉方を招待して、成城のコートを借りてよくやってた。

鈴木 業界のせいかハイカラなんですね。チョコレートが好きだった。鹿児島に帰るとき、いつもチョコレートか、「とらや」のゴルフボールの最中を土産にするんで、妹の子供たちはおじさんが帰ってくるのが楽しみだったそうです。

森園 お酒はぜんぜんだめだった。でもいつも大勢招待してね。成城の家は広かったですから、三百坪くらいあって木がいっぱいあって。仕事が一番忙しかった頃。

成城に住んでいたのは大正十三年から昭和八年の間。広告業に邁進していたが昭和四年に東京日日新聞を退社し、出版社である天人社を興した。しかし、刊行物が高踏に過ぎたためか、経営は苦しく、昭和八年に解散。この時期、短歌制作は低調で作品数も少ない。

――ひとのみち教団について

黒瀬　それまで繊細な叙景歌が中心だった天涙の作品が、ひとのみち教団に入信して以降、ぐんと面白くなると思うんですが。

森園　ひとのみち教団に入ったのは、誰から紹介されたのかよくわからない。（信者に）けっこう知識人もいたしねえ。親が入ったから家族も引っ張られて入ったけど。

鈴木　でもひとのみちでうちの父（鈴木善一）と知り合った。

森園　ひとのみちは軍部の圧力で終わっちゃった。家庭でお説教めいたことは話したことはないし、家族も熱心にお参りしたこともないし。そんなに堅苦しいところでもないしねえ。

鈴木　もしかして「あしかひ」の誰かに誘われたんじゃないかなあ。

ひとのみち教団は御木徳一が大正十三年に立教。天涙は昭和七年に入信し、教団内の歌誌「あしかひ」の編集に就く。鈴木善一は天涙の長女陽子と結婚し、戦後の「珊瑚礁」の事務を受け持った人物。後に『森園天涙歌集』（昭和44）の編纂刊行に当たった。

――天涙と戦争

黒瀬　俊さんが出征されたのは？

森園　（昭和）十七年ですね。学徒動員で、半年繰り上げで卒業。十月一日で出征です。肋膜をやったから日赤にいって影が出ればいいなあ、と思ったけれど看護婦さんに「立派な兵隊になれますよ」って言われてがっくりきちゃって（笑）。僕は航空の監視所、目視で何が飛んでるか見張る役目、茨城県の海岸で。怖かったのは戦闘機。対空双眼鏡で見てると漁船を撃ってるのがはっきり見えます。親父は当時、鹿児島の藤川に疎開してた。復員して東京で切符が何とか手に入った。弟と一緒に藤川に戻ったとき、家の前の丘に差し掛かって、降りかけたときに父と妹に出くわした。映画みたいだった。

黒瀬　天涙は戦争について何か言ってましたか？

森園　まだあんまり緊張感もなかったし、戦争については、いいとも悪いともあまり口にしなかった。

鈴木 この戦争は勝てないぞ、とはよく言ってたと聞いたけど。

森園 それね、中里介山が言ってた。介山が言ったのを親父はよく繰り返してた。介山はロシアに行ってみたいと言ってた。

――天涙の戦後

黒瀬 戦後、広告社を興してますね。

森園 その会社もなかなかうまくいかなくてね。昭和二十一年、親父が今の鹿児島日報の代表取締役になったとたん、進駐軍からパージ、公職追放で。社長になったのはほんの数日。それで東京に戻ろうってことで家族で東京に移って会社を興した。

黒瀬 新会社で苦労した様子を戦後の「珊瑚礁」で飄々と歌っておられて、貴重な作品だと思います。ですが、昭和二十四年に脳溢血で倒れられますね。

森園 いやあもうね、会話できなかった。

鈴木 もうだめと言われてたけれど意識が戻った。

森園 でもしゃべることができない。右手も動かないから筆談も難しい。でも、左手で書く字が僕の字よりも断然にうまいんだ。ただ、完全な文章は書けないし、こっちが言ってることは解るんだけど、思ってることが言葉になって出ないんだ。大変だったですよ。ほとんど寝たきりで体を起こすくらい。僕は銀座に勤めてて、親父まだ生きてるかなあ、と思いながら毎日帰宅した。

鈴木 倒れた日がすごい寒い日だったそうで、私が産まれて一か月くらいのころです。ずっと自宅で、病院には入ってません

森園 病気がなかったらねえ、短歌でもっと好きなことやれたのに。もうちょっと長生きしてほしかったですねえ。我々もまだ半熟だったしねえ。

【参考文献】

石原明「森園天涙の「マヒルの山」」、「博物」昭和四十四年三月号

同　「「森園天涙歌集」を読む」1・2、「博物」昭和四十五年一、二月号

多久麻「森園天涙　マヒルノ山」、「短歌現代」平成五年三月号

鈴木善一著・多久麻編『近代短歌の系譜』、ながらみ書房、平成八年

東郷久義

明治39年（0歳）　十二月十五日、鹿児島県日置郡にて父吉之助、母常の二男として出生。

明治44年（5歳）　七月、母、死亡。

大正13年（18歳）　鹿児島商業学校卒業。神戸税関に奉職、この頃より文芸誌に投稿。

大正14年（19歳）　脚気のため退職。

大正15年（20歳）　簡易保険局（東京）に就職。

昭和2年（23歳）　磯前喜代子と結婚。「アララギ」の白水吉次郎に師事。

昭和4年（25歳）　白水亡き後、「水甕」に入社、松田常憲に師事する。

昭和13年（34歳）　病気により簡易保険局退職。全快後は父親の業を助け作歌に励む。

昭和20年（39歳）　罹災、転々と居を変える。

昭和22年（41歳）　武郵便局長（鹿児島）を拝命。第一歌集『海紅』刊行。

昭和23年（42歳）　九月「南船」創刊。

昭和25年（44歳）　高麗郵便局に異動。十月、父吉之助死亡。

昭和39年（58歳）　八月、「水甕」を退社。「南船」編集に専心。

昭和41年（60歳）　十二月、第二歌集『万里の砂』刊行。

昭和42年（61歳）　八月、甲突河畔に歌碑建立。

昭和48年（67歳）　六月、高麗町郵便局長を定年退職。

昭和52年（71歳）　十二月、妻喜代子死亡。

昭和53年（72歳）　十二月、『白き佛』刊行。

昭和56年（75歳）　八月、福留良子と結婚。

昭和59年（78歳）　歌集『かげろふ一基』刊行。十二月、入院、軽い脳出血。

昭和60年（79歳）　一月退院、自宅療養。

昭和63年（82歳）　南船会館を建設。

平成元年（83歳）　七月、霧島プリンスホテル庭園に歌碑建立。

平成5年（87歳）　八月、市内の大勝病院入院。八月、集中豪雨により南船会館・住居、床上浸水。同月、病院にて脳内出血したが奇跡的に恢復。

平成6年（88歳）　四月、退院。

平成7年　十月、大勝病院に検査入院。十月三日、脳内出血。十二月八日、死亡。

うつしみの冷えてきにけり帰らなと夕松原にほこりをはらふ

相寄りしえにし嘆ける吾が妻が哀れふたたびみごもりにけり

冬荒れの日ぐせとなりて島住みの寂しくもあるかただ波の音

母とねる癖つきてゐる幼児はわれと寝る夜も乳房《ちち》をまさぐる

このまちの青垣山のひくやまにのこる夕日を見て去《い》なむとす

老い父が兄にかくれてくれし金袂に入れて二階にゆきぬ

不即不離をモットーとすと言ふ兄はわれに対ふにもその構へみゆ

水のごと薄めし焼酎を父のめばあといくばくの齢かと思ふ

老い父は子供のごとく襁褓《むつき》して死に給ひしと吾等きよむる

『海紅』昭和22年

慶応義塾の兄を中退せしめたるころよりの父いよいよ貧し
石切りが石切るおとも秋日和われはこやりてはや二十日なる
初老のわれに適ひし仕事とも柱時計のねぢまきに立つ
異母弟が散歩にはけとくれし下駄冬は家並の蔭をゆくかな
高麗橋をのぼりくる大型ミキサー車その重量とわれとゆきかふ

『万里の砂』昭和41年

闇の中に闇より暗く立つ影は妻にあらじか人形《ひとがた》にして
汝が飲みし黒薩摩《くろ》の盃に飯をもるうつうつとして今のわが愛
打擲の日もありにつつ五十年悶々として過去はかへらず
人生きしししるしの墓も旧りにけり山に入らんとするひと平

『白き佛』昭和53年

落ちてゆく夕日の中に樹は立てり赤松と樅相隣りして

次の間に小さきあかりは残しけり足悪き妻が夜の用のため

かなかなの鳴く岩風呂や七十路のわが日々修羅の遠くなりつつ

劃然とあひだをひろく植ゑし樹々平等に秋の天いただきぬ

をりをりの風に酢甕の福山酢匂ふがごとし町をいゆくに

向山に獲物を追へる犬のこゑ昼のみづうみを越えて聞こゆる

小事ありて大事を思ふこころ得つ箴言として年あらたまる

まだ永く生くるつもりの愚かなる計にて恩給三年ため来つ

無性に無性に寂しき目覚めにて海老の如くにくぐまりてゐき

風邪に臥せばしみじみひとり腹病めばこれまた独り妻亡きあとは
天地の終りのごとく雨下る闇に手をとる人を得たりき
刑務所の塀に添ひたる一条のこの川いづこの川よりやさし
『かげろふ一基』昭和59年
受話器とらぬことも療養のひとつにてベル鳴りひびく吾が六畳間
四階のベランダの窓の小半日とんびが一つすぎたるばかり
お正月そは木洩れ日のごときもの七十九歳の旦《あした》となりて
五十米道路に添へる家々を不眠の夜は杖つきてゆく
あした行き昼には帰る吟行ぞひとり住みゐる母にも行かず
『茫々六十年』平成3年
『東郷久義全歌集』短歌新聞社、平成十四年刊

解説

恒成美代子

東郷久義は、昭和二年から四年までアララギの白水吉次郎に師事した。その師の姓の「白」の字を使い、東郷白路という筆名で「アララギ」に出詠している。昭和二年七月号、中村憲吉選の、「青山集」には四首採られている。

暁の月低くかかれりほのぼのと渚松原明けか行くらむ
磯松に鴉群れ啼く聲のしてここ草山はあさがすみせり
冬の日のただに明かければ晝渚磯松が梢ゆ鴉おりくも
月冴えて濱白々し磯松の影をおとして立つが寂しき

しかし、これらの歌は第一歌集『海紅』には収められていない。師事した白水亡き後「水甕」に入社、松田常憲に師事した。それは、二十五歳から五十八歳迄の通算三十三年に及ぶ。『海紅』に収めた歌は「水甕」入社後の作品即ち松田常憲の眼を通したものであり、その数一千首に及び、歌集にする際に自選、その上で改めて常憲に選歌の依頼をし、氏の序文を乞うている。

うつしみの冷えてきにけり帰らなと夕松原にほこりをはらふ
この夜も更けしづみつつ月光は沓脱石《くつぬぎ》の上の下駄を照らせり
打ち群れて鴨は下ると啼きにけり下りては岩の色にかくりぬ

第一歌集『海紅』に収められている四首であり、年齢で言えば二十四歳から四十一歳までにあたり、三五四首を収めている。

一首目の歌は、松原のあたり迄散歩したものであろうか。海を眺めていた体が冷えてきたので帰ろうとして立ち上がるしぐさが目に浮かぶ。着物の裾の「ほこりをはらふ」ただそれだけの歌であるが、寂寥感が滲む。二首目の歌は、沓脱石《くつぬぎ》の上にある下駄に差す月光を詠んでいる。寝静まった夜更けの縁側、月が煌々と差している。深く静かな物思いに孤独の影が揺曳する。三首目の写生の歌、二句目の「下ると」から四句目の「下りては」に至る時間の流れ、対象である「鴨」から目を逸らさず凝視し、把握している。若い頃より病みがちな体は、幾度も病のために退職・転職を余儀なく繰り返している。「君の半生は療養生活であつたかといぶかしむ程である」と、松田常憲は序文に記す。対象に寄せるまなざしに病む者の眼があり、生の実感を確かめるようでもある。

東郷の歌の真髄は、写実の底に流れる抒情である。氏の資質でもあろうが、歌の出発の時に培われた写実はまぎれもなく承継されている。「水甕」の標榜する〈おのがじし〉を実践することによって、歌は写実から人間探求へと深化してゆく。

老い父は子供のごとく襁褓《むつき》して死に給ひしと吾等きよむる

異母弟が散歩にはけとくれし下駄冬は家並の蔭をゆくかな

第二歌集『万里の砂』より家族に関わる歌を二首。一首目は、七十八歳で亡くなった父親の挽歌。「襁褓《むつき》して死に給ひしと」が哀れでもある。その父を湯灌しているのであろう。哀憐の情の籠もる一首である。そして、二首目は異母弟より貰った下駄を大切にしていることが窺える。微妙な立場ながら、異母弟に感謝の思いの伝わってくる一首。五歳の時に実母を亡くしている故に、異母弟とも実の兄弟のような、交わりであったと推測できる。

東郷久義を称して「面差しは古武士のごとく」（「南船」平成八年六月号、東郷久義追悼号　藤木久美子記）という表現がある。剛直で信義にあつい昔の武士の意である。一見すると、眼光鋭く、男っぽい風貌がなせるためでもあろう。しかし、昭和五十二年、長い間連れ添った妻・喜代子に先立たれたことによって、生活も歌も一変した。東郷の全歌集を読んでいて感じることは、この糟糠の妻を亡くしたことによって、境涯詠に傾斜してゆく。そして四年後に福留良子と再婚したことによって、それらの歌が一層光芒を放つ結果となっている。

亡き妻の追悼歌集『白き佛』は、和紙の和綴じの装丁。一ページ二首組で構成され、四十六首を収めている。巻頭には妻・喜代子の顔写真と、略歴を付す。

大理石のこの骨壺にをさまれる白き佛と地下におりゆく
打擲の日もありにつつ五十年悶々として過去はかへらず

五十年生活を共にし、苦労を分け合った妻に対する懺悔とも思える歌、そして「白き佛」と言わしめた愛の深さ、人は失って、はじめてその欠落感ゆえに身を苛まれるのであろう。

続く歌集『かげろふ一基』は、境涯詠としての色合いが濃い歌集となっている。それは、独り身となった初老の男の生活がリアリティをもってうたわれているためである。そして、再びの婚。歌と作者が不即不離の佇まいを見せている。

無性に無性に寂しき目覚めにて海老の如くにくぐまりてゐき
風邪に臥せばしみじみひとり腹病めばこれまた独り妻亡きあとは

天地の終りのごとく雨下る闇に手をとる人を得たりき

妻・喜代子が亡くなったのが七十一歳の時であり「無性に無性に寂しき目覚め」とうたい「しみじみひとり」とうたう。自己の内面の心境を訴えるかのようでもある。古武士の面輪の東郷が内面の弱さ、寂しさを憚らずうたっている。そして、三首目の「闇に手をとる人」を得た僥倖。七十五歳での再婚であった。この歌集の「あとがき」には、「私など宇宙の一微生物にすぎないであらうと考へてゐる。これがこの題名となつた次第である」と記している。

きさらぎと言ふ感激に涙落つ病みて二年歌を作らず

右の歌は『東郷久義全歌集』に収められている「拾遺」の掉尾を飾る歌。「病みて二年歌を作らず」と率直にうたう最晩年の〈生〉であり、歌であった。

生涯

黒松　武蔵
（歌人・「南船」編集長）

東郷久義は明治三十九年十二月、鹿児島市に父吉之助、母常の次男として出生、山下小学校、鹿児島商業学校を経て、大正十三年神戸税関に就職している。このころから文芸誌に投稿しているが、脚気を発病して退職、やがて東京芝浦の簡易保険局に就職する。昭和二年磯前喜代子と結婚、北原白秋の「日光」に投稿する傍ら、赤彦門下の白水吉次郎の知遇を得た。

「小生の短歌開眼は昭和二年より昭和四年初迄師事した故白水吉次郎氏に因る処が多い……」

昭和四年水甕に入社して、松田常憲に師事する。昭和九年簡易保険福岡支局開設と同時に福岡に転勤するも、昭和十三年病気により同簡易保険局退職、故郷の鹿児島に帰り、療養に専念する。快復後は、父の呉服業を手伝う傍ら、昭和二十一年、自宅を水甕支社の会場として歌会を開き、翌年、武郵便局長となって、ようやく生活の安定を得る。このころから本格的な支社としての活動に熱が入る。

昭和二十二年一月、歌集『海紅』刊行（水甕叢書第八十二篇）序を松田常憲が書いている。「君の歌には病中の作といへど療養生活者にありがちの陰惨な影がない。安心立命とまではいへなくても悠揚迫らぬ落着があつて、平淡の中に常に明るさが漂つてゐる。」

昭和二十三年九月、「南船」創刊（四十三歳）、タブロイド版で、四十六人の人が歌を寄せている。

ダンス一つ唄一つさへうたへねば酔群の中よりわれ疾く去る

昭和二十五年、武郵便局長より高麗郵便局長に転勤、終生の勤務地となる。昭和二十七年ごろより、高江、大口、日当山、枕崎などの歌会に出席して、歌作の啓蒙に当たる。翌年、合同歌集『雁』を南船叢書第一篇として刊行し、創刊五周年大会を霧島で開催している。昭和二十九年ラジオ南日本の療養短歌選者となる。

三十九年水甕を円満退社後、南船編集に専念する。この年、南日本芸術学園短歌教室が開講され、講師となる。毎週の出講と同時に、各年度毎に合同歌集（出詠二十余名）を出版し、外部か

鹿児島市甲突川河畔の歌碑

ら講師を招聘しては会員の切磋琢磨の場としている。この間、「短歌研究」等にしばしば作品を発表している。

昭和四十一年十二月、還暦を記念して、第二歌集『万里の砂』を刊行し、四十二年八月に創刊二十周年を記念して、社友の手になる歌碑が、甲突川河畔に建立される。

つばくろが縦横にとびせきれいが直線にとぶこの川の時間

昭和四十四年、鹿児島新報歌壇選者となる。四十八年、高麗郵便局長を定年退職し、会員の督励指導に奔走する。五十一年、前立腺の手術を受ける。五十二年、妻喜代子死去。五十三年、亡き妻を追悼して『白き佛』を刊行する。

昭和五十四年六月、北海道在住の知人の案内をえて、帯広、知床を旅する。後に『かげろふ一基』の「北海遊草」（五十四首）として纏められ、久義畢生の連作となった。

対向車前方車なき直線路限りなく緑の野をしたがへて

昭和五十五年、新鹿児島県歌人協会を結成、山本友一氏を講師に招いて、第一回短歌大会を開催する。五十六年、新年お歌会に陪聴の栄に浴し、さらに、『昭和万葉集』に十三首掲載される。

同年八月、福留良子と結婚する。
昭和五十九年、喜寿を期して歌集『かげろふ一基』を刊行する。

落ちてゆく夕日の中に樹は立てり赤松と樅相隣りして

なお、この歌は後日、霧島プリンスホテルの庭園に歌碑として建立された。毎年一月には新春短歌大会を鹿児島市で、秋には霧島で一泊二日の大会を実施、常時六十名からの出席者を得てきている。

昭和五十九年十二月、軽度の脳出血で入院、自宅療養後快復、六十二年、文部大臣表彰（地方文化功労）を受ける。自宅敷地内に南船会館を建設する。平成三年、歌集『茫茫六十年』を刊行。

同行と思ひしは己れいち人の考へにして其の鳥はとぶ

平成七年、勲五等瑞宝章を授与される。同年十月、脳内出血で入院、十二月八日永眠、八十八歳。鹿児島市唐湊墓地に納骨、戒名寶海院釈願船。平成十四年、会員の手になる『東郷久義全歌集』を刊行して、氏の全業績を偲んだ。現在、南船は三百五十名の会員を擁し、来年には創刊七十周年を迎えようとしている。

【参考資料】
「アララギ」第二十巻　七月號　昭和二年「青山集」中村憲吉選
『南船』東郷久義追悼号　南船社　平成八年六月号

浜田 到

大正7年　アメリカ、カリフォルニア州ロスアンゼルスに、父謙吉、母クニの長男として生まれる。

大正11年（4歳）　父母と共に鹿児島県国分市に帰省。翌年、父と母は到と弟を母方の祖母の家に預けて再び渡米。

昭和5年（12歳）　母、三十六歳で死亡。

昭和10年（17歳）　鹿児島で発行されていた潮音系短歌誌「山茶花」に初めて短歌を発表。

昭和12年（19歳）　広瀬富子（17歳）を知る。

昭和13年（20歳）　姫路高等学校入学。

昭和16年（23歳）　岡山医科大学入学。

昭和17年（24歳）　広瀬富子と結婚。

昭和19年（25歳）　岡山医科大学卒業。十月、鹿児島市済生会病院に勤務。十二月、応召。

昭和20年（27歳）　山形陸軍軍医学校にて終戦を迎える。

昭和21年（28歳）　国分市谷口医院に勤務。

昭和22年（29歳）　同人誌「歌宴」創刊に参加。十一月より鹿児島市済生会病院武町分院に勤務。

昭和24年（31歳）　結核により三か月入院。「工人」に作品発表。

昭和26年（33歳）　「短歌研究」8月号の「モダニズム短歌特集」に十首発表。

昭和29年（36歳）　岡部桂一郎編集の「黄」に作品発表。

昭和33年（40歳）　「短歌」6月号に新鋭作品として「星の鋲」二十首を発表。

昭和34年（41歳）　「短歌」編集者、中井英夫の奨めで6月号に「架橋」六十首をはじめとして、8、10、12月号に計一三五首を発表。

昭和35年（42歳）　「短歌」6、11月号に六十首、「極」に二十首発表。

昭和37年（44歳）　「短歌」8月号に「光の繭」三十首を発表。

昭和38年（45歳）　「短歌」11月号に「薔薇失神」三十首を発表。

昭和43年（49歳）　四月三十日午後十一時、往診の帰路、自転車の運転を誤ち側溝に転落して死亡。


註）『架橋』は浜田到の死後に編まれたため、制作時期による仮名遣いの変遷は遺稿に従って収録されている。

榲桲《マルメロ》を文鎮となし書く挽歌蒼き暑熱の土にし消えむ
熟るるまじと決意する果実、雷の夜の固き芯めく少女とあり
悲しみのはつか遺りし彼方、水蜜桃《すゐみつ》の夜の半球を亡母《はは》と啜れり
美しき崖ともなれや寒き婚せしがはれやかに吾等に嗣子なし
棺に花撒きし夏、それからの少年にして昼顔愛す
花の動悸押花にせむ遺《のこ》されし短き言葉と短き夏と
桶水の眩しき反射はこぶべくは母に昧爽《よあけ》の坂はじまるや
柩捧《も》てば頌歌あふれ出づるごとき母の不思議を葬らむとす
骸《むくろ》ぬぎ飛翔のみとなりし夜の鶫、燐寸を擦ればその〈死〉うごくも

薔薇ひらく標《ママ》へともなり生きゆかむなき母のため韻律のため
昧《くら》きより百の病巣に雪ふりていのりにはひる千の屋根みゆ
孜々として蟬鳴けりかがやける苦しみのほか地に位冠なし
微笑みのあかるむ甃道　わが死にし眼を閉ざしくれむ手よ見ゆ
水飼場まみづの匂ひくらやみに牛・馬らのみ聖家族なす
哀しみは極まりの果て安息に入ると封筒のなかほの明し
幾片《いくひら》の顫へよりなる薔薇ほぐされしづかに冬の醫者となりゆく
頌《ほ》むるよりほか知らざりしひと喪《な》くて暁《あけ》には森の髪うごくかな
瞼《リーデルン》――妻のそのながき縁《ふち》光《て》る毎に恵まれざりしは斯くもうれしく

汝が脈にわが脈まじり搏つことも我れの死後にてあらむか妻よ

硝子街に睫毛睫毛のまばたけりこのままにして霜は降りこよ

遠雲雀さらに高きへ火移すを日没はかがやかす〈死こそ入口〉

ふとわれの掌《て》さへとり落す如き夕刻に高き架橋をわたりはじめぬ

死に際を思ひてありし一日のたとへば天體のごとき量感もてり

こんこんと外輪山が眠りをり死者よりも遠くに上りくる月

百粒の黒蟻をたたく雨を見ぬ暴力がまだうつくしかりし日に

戸口戸口あぢさゐ満てりふさふさと貧の序列を陽に消さむため

藍うすき夏の手向けの花もちて白日の亡《は》母《は》へ歸りゆくなり

紺の雪古外套を着て行けば死後のしづけさにゆき着く如し
孤り聴く〈北〉てふ言葉としつきの繁みの中に母のごとしも
不幸が帽子のごと似あふ妻となり街にはガラスの破片撒かれゐき
わが患者靴工死ねば梅雨空に痩せし木型の月捨てられをり
夜の色は天《そら》の高さをはみ出でてははたと崖が鳴りいたりけり
わが指のうすき影だに朝風の蟻の心をひとりにするか
朝風の蟻を殺してひとりなり　よごれし空の下に目をとず
年わかく妻に倚りにし幸ひの由緒は杳《とお》く雪ふりてやまず

『架橋』白玉書房、昭和四十四年刊

解説

馬場　昭徳

浜田到には生前の歌集はなく、その死ののち旧「歌宴」同人と夫人の手によって『架橋』が出版された。

『架橋』を読むとき私はいつも心の顫えのようなものを感じる。今回、再び『架橋』を読み進めながらこの顫えは到の不安に私の不安が共振してのものではないかと思い始めた。人は生きていく上で様々な不安を抱え、意の如くならない生活に呻吟する。だからこそ慰藉や救済を求め、また詩や歌も生まれる。しかし大方の人間はある程度、現実と馴れ合い、不安を曖昧化させながら生きてゆくのであろう。到は不安の凝視が徹底している。そして心の深いところまで錘を下すようにしてそれを言葉にする。またそれと同時に到は、救済への希求も語る。それはほとんど祈りでもあるかのようである。凝視の深さと祈りの清澄さ、これが到の歌の世界へ読者を引きずり込んでいくと私には思われるのである。

そのあたりのことを到の代表歌の幾つかに見ていきたい。

薔薇ひらく慄へともなり生きゆかむなき母のため韻律のため
頌《ほ》むるよりほか知らざりしひと喪《な》くて暁《あけ》には森の髪うごくかな

まず母を歌った作品を引いた。アメリカで生まれた到は幼少のときも両親と共に過ごす時間は短かったし、その母の早逝は到の心の中に愛情の大きな空白を残したままであっただろう。到の母への追慕の思いは強く、歌にもそれはしばしば表れる。一首目の「薔薇ひらく慄へ」とは到の歌の特徴そのものである。到は儚いもの、あえかなるものしか歌わない。この世に確固としてあるものはこの世限りのもの。儚くあえかなるものだけが死後の世とも通じ合えるものなのである。しかしただあえかなるだけでは死後の世と通じ合えない、それは詩の韻律によって止揚されることで可能となるのである。

二首目の「頌むるよりほか知らざりしひと」は亡き母を指す。到独特の比喩に充ちた作品だが、「森」から「髪」への転化に注目して読めば、森の木のざわめきが母の髪のそよぎをイメージさせていると読んでいいのだろう。暁の森に向かい、到が心を開いて立っているとき、森は母のようにあたたかく大きな存在として到を包み込むのである。到の母への思いが端的に表現された一首である。

瞼《リーデルン》――妻のそのながき縁《ふち》光《て》る毎に恵まれざりしは斯くもうれしく
美しき崖ともなれや寒き婚せしがはれやかに吾等に嗣子なし

次に妻の歌を引く。到はその恋愛を成就させ二十四歳のとき広瀬富子と結婚する。到の生涯で唯一、到の思いがスムーズに実ったケースと言ってもよいであろうし、特に二十歳代の到は富子の存在を唯一の支えのようにして生きる。一首目、到は妻に宗教的ともいえる美しさを与える。二首目、それだけに二人の間に子どもがいなかったことを到は嘆いたのだろう。子を得て初めて到の愛情の空白は埋められたのかも知れない。そしてここで注目するのは一首目、「恵まれざりし」と言って「うれしく」と言う。二首目、「寒き」と言って「はれやかに」と言う。このように対立する概念の鬩ぎ合いを統一して一首をなすというのは到の特徴的な方法である。

汝が脈にわが脈まじり搏つことも我れの死後にてあらむか妻よ
こんこんと外輪山が眠りをり死者よりも遠くに上りくる月

死をイメージして作られた歌を引いている。意のままにならない現実を前にしたとき、例えば到とよく対比される塚本邦雄はその現実に対し憎悪をもって対峙する。到は逆である。現実世界を出来るだけ希薄化させ、それと死後の世界の統一的把握に向かう。到にとって生と死は対立する概念ではなく、まして死は恐怖の対象ではない。死は現実世界と死後の世界を繫ぐ一通過点に過ぎない。また死後の世界は到が追慕してやまない母がいる所でもある。少なくとも短歌で表現された世界において、到はそのような想念の中に救済を求めているかのようだ。一首目、最愛の妻であっても本当に二人が結ばれるのは死後の世界においてだと言う。二首目、「外輪山」は到を取り囲む社会と考えてよい。その周囲が寝静まるとき、遠くこうこうと白い月が上って来る。下の句はその月よりもむしろ死者たちが到の近くにいると言っている。死者たちとの交歓こそが到の救いでもあるかのように歌われている。

哀しみは極まりの果て安息に入ると封筒のなかほの明し
ふとわれの掌さへとり落す如き夕刻に高き架橋をわたりはじめぬ

前に書いたところと重なるかも知れないがもう一度、到の祈りを確認しておきたい。一首目、受け取った手紙を読んで到は何か救われたのだろう。しかしその安息はあくまでも「哀しみは極まりの果て」得られるものなのである。二首目、「掌」は現実世界と到を結ぶ接点。「高き架橋」はこの世からさえ抜け出してしまいそうな橋を思わせる。時は「夕刻」。「とり落す」に、現実世界を無化してでも救済を求める到の姿が痛々しいほど感じられないだろうか。

ここでは到の歌の読みの一例を示したが、到の歌は様々な読みが可能である。しかしいずれの読みにおいても不安を凝視しながら、愛と救済を願った到の姿が浮び上って来るはずである。そしてそれは突きつめて、現代を生きる人たちすべての願いなのでもあろう。

生涯

八汐阿津子
（歌人・「にしき江」「心の花」所属）

冬ひと日みじかき晴れ間に膝ほそめほほえみ落すは嗚咽にちかし

このように自らを詠んだ歌人浜田到の実人生はあまり知られていない。それは到自身が望んだことでもあったのだろう。到は自ら境涯を語ろうとしなかった。人は人口に膾炙した歌や、交流のあった塚本邦雄に会うことを断ったという有名なエピソードから浜田到を「神経質な孤高の歌人」としてイメージする。確かに地元の歌人とも会うことは極めて少なかった。しかし、地元の歌人仲間はそれを到の資性として受け入れ理解し敬愛した。

生前一冊の歌集も持たなかった浜田到の歌集と詩集は、死後間を置かず仲間によって発行された。『架橋』は歌人たちによって、『浜田遺太郎詩集』（遺太郎は到の詩のペンネーム）は詩人たちの手で。この歌集と詩集の発行は切り離しては考えられない。もともと双方に深い交流があり、到の共通の仲間であった。二冊の本に先だって発行されたのが地元の詩誌「詩稿十七号　浜田遺太郎遺作特集」である。遺太郎の詩のみではなく、後に『架橋』に入れた「神の果実」他、追悼文等々を収めた貴重な一冊である。その編集経緯の一切は「詩稿」の発行者井上岩夫のあとがきに詳しい。井上は到の死後三週間目には特集号の構想を持って未亡人を訪問。五月末には夥しい量の遺稿の整理に取り掛かり、八月二十五日の発行に漕ぎつけている。まさに猛然たる取組みである。この渾身の一冊を井上は非売品として自費で出版している。

一年後の八月、『架橋』は上梓された。同人の後記にも綿密にして労多き編集過程が窺える。続いて『浜田遺太郎詩集』。かくて富子夫人の一途な想いと厚い友情によって詩集と歌集は世に出た。「到のために、到のためなら」、浜田到は仲間にそう思わせる歌人であったと言える。

「贅沢も虚栄もいらぬ。只、奥深く品のいい睦まじさが欲しい」。昭和十七年十二月三日、新婚の到は日記にこう書く。到が願った奥深い睦まじさは到の死の日まで変わらなかった。いや、その死後も続いたと言っていい。妻富子は到の作品と資料を守って後の三十年を生きた。当時「歌宴」の同人であったの大徳さち氏

昭和三十六年、妻の実家の茶房で

は夫人を「飾らない女学生のような無邪気な人でした。無垢な感じはずっと変りませんでした」と偲ぶ。その面影は到が愛した恋人時代の富子像にぴたりと重なる。

浜田邸をしばしば訪れ昭和四十二年頃までは泊まることもあったという従弟の徳重敏寛氏に話を伺う機会を得た。氏は「到兄さん」を懐かしむようにぽつりぽつりと記憶を辿って話された。

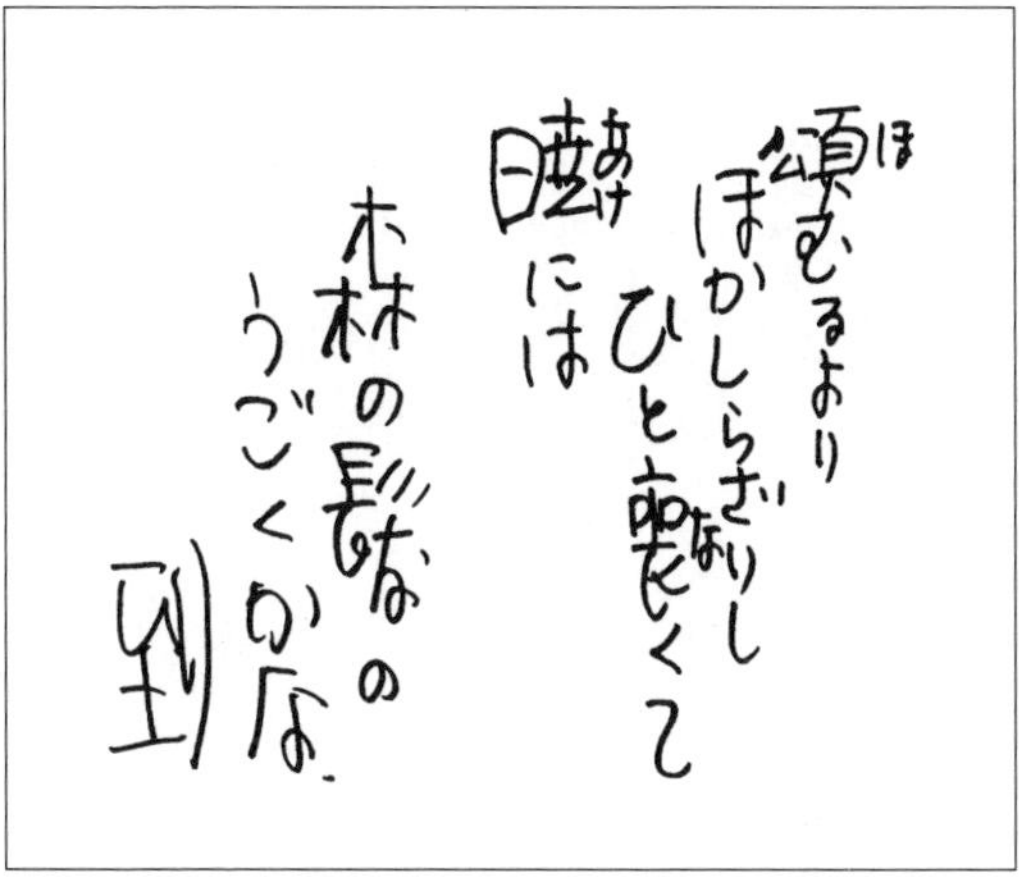

歌集『架橋』口絵色紙

ごく普通の仲のいい夫婦であったこと。「到兄さんは人間的な人でした」、詩人でもある徳重氏のこの言葉は到の人格そのものである。そして最後にこう言われた。「変った人だとか、特別な人という感じは全くありませんでした」。徳重氏の回想の中には神経質な到や、人嫌いの到の影は微塵もない。敬愛する「到兄さん」の穏やかな面影だけがあった。

眠りうすき寡婦へ薬剤《あは》せをりまこと小さき
灯暈の中

戸口戸口あぢさゐ満てりふさふさと貧の序
列を陽に消さむため

何よりも浜田到は医師であった。東田喜隆の追悼文は何度読んでも胸が熱くなる。以下、その一部を引く。

「――果して幾人が彼の作品を理解するであろうか。

彼の人となりと生活を知る人は更に少ない。――（死ぬ）一年位前だった。武町の診療所に彼を訪ねた。彼はとても喜んで次々に来る患者を診察する合間に話した。――年輩のおかみさんが診察に見えたので、「ちょっと」といって彼は立ちあがった。「先生どうも具合がわるくて」と生活に疲れた顔で訴えた。「いけんごあすか」と彼は尋ねた。症状を聞くと「こん薬を使《つこ》っみもんそ」とこまごま注意を与えている。「ここらあたりが凝って痛くて」と肩のあたりを押えると「ここですか」と言って四、五分ゆっくりと後ろからもんであんまをとってやっている。私はおどろきの気持ちで見守っていた。裏長屋のおかみさんの背後から口下手の詩人浜田到が黙々と肩をもむとき午后の光線はそれを照らしてたとえようもない崇高な世界がそこに展開された。私はその日、なにかしら大事なものを得てそれがこわれないように帰途についた。丁度、梅雨明けのころでその小路にはあちこちにあじさいが美しい株を盛り上げていた。――」

浜田到の歌人としての真価と、繊細な優しさを持った人間到を深く理解した人の誠意に満ちた文章である。

【参考資料】

浜田到『浜田遺太郎詩集』昭森社、昭和四十六年
現代歌人文庫『浜田到歌集』国文社、昭和五十五年
大井学『浜田《はまだ》到《いたる》・歌《うた》と詩《し》の生涯《しょうがい》』角川書店、平成十九年
浜田到「血と樹液　詩と短歌のあいだ」「詩学」昭和三十五年二月号
浜田到「あまりにもリルケ的な―私の作家態度」「短歌」昭和三十五年十月号
井上岩夫「浜田遺太郎遺作特集」―「詩稿十七号」昭和四十三年八月

あとがき

本アンソロジーは、『現代短歌』二〇一三年九月創刊号より二〇一五年十二月号まで、二十八回にわたって掲載された連載「九州の歌人たち」を初出とし、単行本化にあたって加筆訂正を加えたものである。

福岡県山門郡沖端村（現・柳川市）から出た北原白秋や、宮崎県坪谷村（現・東郷町）から出た若山牧水など、九州は短歌史に名を刻まれる歌人をもつ。しかし、そればかりではない。足元に目を移すと、地方に在住しながら歌に研鑽した優れた歌人が立錐していた。大分の浅利良道・金石淳彦、長崎の中村三郎、佐賀の中島哀浪、熊本の宗不旱・黒木伝松・津田治子・伊藤保、福岡の西田嵐翠など、かれらに面晤したことのある歌人たちがその名を語り伝え、九州にあってわたしたちはそれを聞き覚えてきた。

しかしながら二十一世紀も十数年を経て、記憶もようやく脱落していこうとしている。古い歌集も容易には手に入らない。今のうちに優れた歌を作った九州在住歌人のアンソロジーを編んでおきたい、というのが本企画の趣旨である。誰でも手軽に代表歌をたのしむことができ、歌人の概観を知って、さらに深く研究入門手引書ともなるような参考資料の若干も掲げるというアンソロジーが、ここに多くの人々の協力によって実現したことを喜ぶ。完成までには少なからぬ歳月と労力とを必要としたが、こうして概観してみると、単なる歌人のアンソロジーを超えて、短歌から見た明治・大正・昭和の九州史というおもむきさえ現れたことをよろこぶ。

九州全域から歌人と歌とを選び出して全体を構成する企画編集には、九州に在住もしくは関わりのある阿木津英・黒瀬珂瀾・五所美子・恒成美代子・馬場昭徳が担当した。二〇一三年三月二十九日に第一回打ち合わせ会を博多にて開催、以後、会を重ねて緊密な連絡をとりあいつつ作業をすすめていった。とりあげる対象は、原則として二〇〇〇年までに没した歌人とした。歌人の生涯執筆者には、各解説担当者がその歌人にふさわしい、ゆかりのある方々を探索した。その他、ご遺族や関係者、各地の歌人や後継結社、地元の文学館・図書館など、多くの方々のご協力をいただいた。異なる歴史的背景をもつ沖縄については、別に一冊を編むこととした。

連載開始から四年の間に、福岡に在住していた企画編集の黒瀬珂瀾が富山へ移住した。生涯執筆を担当した高木正・宮原陽光・江島彦四郎各氏は逝去された。高齢のために体調不良の方もあり、このような企画もぎりぎりの時点であったと痛切に思われる。

最後に、このたいへんな企画を応援して連載の便宜をはかってくださった元現代短歌社社長の道具武志氏、編集の今泉洋子氏、また単行本として仕上げてくださった現現代短歌社の真野少氏に感謝を申し上げたい。

二〇一七年十一月

「九州の歌人たち」企画編集委員一同

企画編集委員略歴

阿木津　英（あきつ・えい）
1950年、福岡県生まれ。九州大学文学部卒業。1974年「牙」入会、石田比呂志に学ぶ。2012年「八雁」創刊、編集発行人。歌集に『紫木蓮まで・風舌』『天の鴉片』（現代歌人協会賞・熊日文化賞）『黄鳥』など。第39回短歌研究賞。評論集に『二〇世紀短歌と女の歌』など。日本文藝家協会会員、現代歌人協会会員。現在、東京在住。

黒瀬珂瀾（くろせ・からん）
1977年、大阪府生まれ。大阪大学大学院文学研究科修了。春日井建に師事。現在、「未来」選者。歌集に『黒耀宮』（ながらみ書房出版賞）、『空庭』『蓮喰ひ人の日記』（前川佐美雄賞）。他の著書に『街角の歌』など。現代歌人協会会員。2012〜14年、福岡市に居住。現在は富山県願念寺住職。

五所美子（ごしょ・よしこ）
1944年、茨城県水戸生まれ。大分県宇佐市にて育つ。九州大学文学部卒業。1982年「牙」入会、石田比呂志に師事。2009年、個人誌「和布刈通信」を発行。2016年、「八雁」入会。歌集に『緑暦』『和布刈』など。評論『歌人上田秋成』。日本文藝家協会会員、現代歌人協会会員。現在、北九州市在住。

恒成美代子（つねなり・みよこ）
1943年、大分県豊後高田市（旧・西国東郡）生まれ。1973年、福岡の「ゆり短歌会」入会。1976年、第一歌集『早春譜』を刊行と同時に「未来」に入会、近藤芳美に師事する。歌集『ひかり凪』（ながらみ書房出版賞）、『暦日』『秋光記』など。エッセイ集『うたのある歳月』。日本文藝家協会会員、現代歌人協会会員。現在、福岡市在住。

馬場昭徳（ばば・あきのり）
1948年、長崎市生まれ。九州大学法学部卒業。「心の花」に所属し、竹山広に師事する。歌集に『河口まで』『大き回廊』『マイルストーン』『風の手力』。長崎歌人会顧問、長崎新聞歌壇選者。現代歌人協会会員。現在、長崎市在住。

九州の歌人たち

発行日　二〇一八年三月十日

編著者　阿木津 英 他

定　価　二五〇〇円+税

発行人　真野 少

発　行　現代短歌社

〒一七一―〇〇三一
東京都豊島区目白二―八―二
電話　〇三―六九〇三―一四〇〇

発　売　三本木書院

〒六〇二―〇八六二
京都市上京区河原町通丸太町上る
出水町二八四

装　幀　かじたにデザイン

印　刷　日本ハイコム

ISBN978-4-86534-227-7 C0092 ¥2500E

gift10叢書 第9篇

この本の売上の10%は
全国コミュニティ財団協会を通じ、
明日のよりよい社会のために
役立てられます